宋金对峙

决战采石矶

戎林/著

中国文史出版社
CHINA CULTURAL AND HISTORICAL PRESS

图书在版编目（C I P）数据

宋金对峙 : 决战采石矶 / 戎林著 . -- 北京 : 中国文史出版社 , 2019.12

ISBN 978-7-5205-1945-8

Ⅰ . ①宋… Ⅱ . ①戎… Ⅲ . ①长篇小说—中国—当代 Ⅳ . ① I247.5

中国版本图书馆 CIP 数据核字 (2020) 第 008705 号

责任编辑： 梁玉梅

出版发行： **中国文史出版社**

社　　址： 北京市海淀区西八里庄路 69 号院　**邮编：** 100142

电　　话： 010-81136606　81136602　81136603（发行部）

传　　真： 010-81136655

印　　装： 北京新华印刷有限公司

经　　销： 全国新华书店

开　　本： 16 开

印　　张： 18　　**字数：** 266 千字

版　　次： 2021 年 1 月北京第 1 版

印　　次： 2021 年 1 月第 1 次印刷

定　　价： 55.00 元

代序：献给长江

我是在长江岸边长大的。

少年时代，我就读的中学离长江南岸的采石矶不远。闲暇，常和伙伴们结伴到江边玩耍，在沙滩上追逐，在矶石上登攀，在翠竹间穿行。记得一个秋天的黄昏，当我们登上采石翠螺山极顶的时候，眼前壮丽的景象一下子把我吸引住了：夕阳，一轮鲜亮的夕阳，那么圆，那么大，像一只通红的珊瑚球，把余晖洒在江面上，波光粼粼的江水被映得通红通红。一片火烧的云，连着一片火烧的浪，成百上千只沙鸥，张着翅膀在火海中翻飞。

我默默地凝视着，一直到夜幕垂空。

以后，无论我走到何方，采石矶头的奇观总会萦绕在我的心头，一种莫可名状的美常使我浮想联翩。

从中学到大学，再到踏上社会，看的书多了，视野开阔了，方知采石是历代兵家必争之地，是中国著名的古战场。

三国的东吴，因采石一战而得天下，后又因采石而失天下。

南北朝时，南朝陈代江山也是得之采石，又失于采石。

黄巢率领农民起义军从采石渡江，挥师宣歙，所向披靡。

宋朝开国皇帝赵匡胤曾在这里的江面上架起中国历史上第一座长江大桥，数十万大军从桥上通过，攻采石，灭南唐，一统大江南北，建立了大宋朝。

朱元璋的大将常遇春持盾挺戈，一跃登上采石矶头，打得元军落荒而逃。从此，大明朝建立。

中国历史上屈指可数的朝代更替，竟然有两次发生在这块土地上。

南宋政治家、诗人文天祥在广东抗金被俘，被押送元都燕京途中曾泊舟采石，写下了著名的《采石怀古》：

不上蛾眉二十岁，重来为堕山河泪。
今人不见虞允文，古人曾有樊若水。

文天祥二十年前曾来采石游览，二十年后为国身陷囹圄。故地重来，不禁为壮丽的河山沉沦而落泪。诗人所提及的，就是小说中描述的那场惊心动魄的战争。正是那个精悍的西蜀文人，在金兵大军压境的危急关头，凭借长江天堑，以一万七千散兵战胜了三十万强敌，谱写了我国历史上一曲以少胜多的战歌。

这是正义者的胜利，是长江的胜利。

不知为什么，我的眼前竟又出现儿时在采石矶头看到的那轮鲜亮鲜亮的夕阳、满天火烧的云。满江殷红的水，不正是千百万抗金军士的鲜血染红的吗！

我兴奋、激动，无数次徜徉在采石矶头，寻觅英雄的足迹。月夜，我曾静卧在渔船上，头枕大江浪花，聆听捕鱼老人娓娓地叙述着那场传奇式的战争。更深夜静，听着大江的呜咽，耳边仿佛回荡起八百年前长江的怒吼。如林的帆桅，刀枪的碰击，浴血的拼杀，常把我从梦幻中惊醒。

我们常说，一个人要有爱国主义精神。爱国主义的内涵到底是什么？那就对自己祖国深深的爱，懂得自己和国家的依存关系。在这部小说里，主人公虞允文不正是这样一个鲜明的典型吗？国是最大的家，家是最小的国。在国家危难关头，不计个人得失，挺身而出，为保卫自己的祖国献出一切，这正是当代我们需要的品质。

恨自己笔力笨拙，不能畅快淋漓地把这场战争表现出来。

直到30岁那年，我读到毛泽东主席在看宋史时的题字：“千古一人，伟哉虞公！”这八个字让我热血沸腾，激励我鼓足勇气，一边搜集史料，一边构思，不知不觉动起笔来。

这部小说出版后，曾多次在海内外获奖，台湾天卫出版社竟然再版两次。中国文史出版社编辑梁玉梅看中了这部书稿，希望再加工一次，扩充得厚实一些，于是，我开始重新思考，重新收集素材进行再创作，几经周折，终于完成了这部二十多万字的长篇。

因为是文学创作，书中除了主要人物和重大事件外，一些人物和细节都进行了虚构。在这之前，我写过一本《神奇的采石》，我将收集到的不少传说融进书中，我想，这对增加作品的魅力也许有一定的裨益。

我知道，因时间仓促、知识有限，书中还有一些不尽如人意的地方，盼能听到读者的意见，待再版时修改。

戎林

1987年初夏于马鞍山

2017年秋修订

2020年春天再修订

目录

CONTENTS

01 出使金都

月亮失去了光辉，东方开始发白。

在一片玫瑰色的朝霞里，中都城（今北京市丰台区）的十三座城门便现出了巍峨的轮廓。宏大宽敞的中心宫城大殿，配着一溜千步长廊，显得庄严雄伟。殿前的汉白玉石阶两边，分列着铜鼎、铜龟、铜鹤之类。四十多个刚刚上哨的金兵卫士个个手执刀枪剑戟，威风凛凛地分立两厢，使大殿前的肃杀气氛陡然增加十分。

石阶下，一个中等身材、身穿绿色袍服的宋朝官员正在焦急地徘徊，他不时地仰起脸扫视着金殿，急切地等待着什么。因为天色还早，这里除了他那橐橐的靴声之外，没有别的声响。

这就是从宋朝京都临安（今杭州）赶到中都来的虞允文。此番他是受朝廷的指令，来金国首都议事的。昨日黄昏，他和随从刚到驿馆落脚，便顾不得一路鞍马劳顿，通过金朝的官员向金国皇帝完颜亮打过招呼，所以一早便来到殿前等待召见。

太阳升起来了，给大殿镀上一层金辉。

虞允文望望从石阶上进进出出的金朝官员，个个旁若无人，神气活现，并不时向他投过鄙视的一瞥，又马上侧身而过。虞允文忍不住了，撩起袍服，噔噔地往石阶上跨了几步，当他还要往里进时，一把雪亮的大刀挡在了他的胸前，一个凶神般的卫士厉声呵斥他：

“呔，退回殿下！”

“我等着你们皇上的召见，已有好长时辰了！”虞允文挺直了腰杆。

卫士把虞允文重新打量了一番，冷冷地撇嘴一笑：“我们皇上正忙着呢，没工夫见你。下去等候，下去！下去！”说着，猛地将他一推。

虞允文一个踉跄，差点跌倒。他感到满腹怒火直往上蹿，很快站稳身子，指着卫士厉声斥责：“大宋使者到来，怎么这般无礼！”

卫士见虞允文气宇轩昂，面无惧色，回身跟另外几个叽咕了一阵。这时，一个小校走过来，叫虞允文稍候片刻。小校按着腰刀，转身走进大殿。

过了一会儿，小校从殿内走出，问道：

“我们皇上问，来者是何身份？”

“昨日不是通报过了吗？”虞允文把头一仰，“大宋朝中书舍人——虞允文！”

“中书舍人？中书舍人是干什么吃的？”几个金兵窃窃私语。

虞允文蔑视地看了他们一眼，一声不吭。

小校回身进殿。

过了一会儿，那小校又出现在石阶上，两手叉腰，两眼望天，阴阳怪气地说：“一个给宋朝儿皇起草诏令的小郎官也想见我们皇上！皇上有旨——不见！”说罢，耸动着双肩，哈哈大笑，两边的金兵卫士也跟着狂笑起来。

虞允文受到莫大的侮辱，一颗心在剧烈地跳动，他摊开两手反问：“大宋朝官员千里迢迢为国事而来，为何不见？”

小校挥手指指殿内：“我们皇上刚刚从行宫颐和园赶到这里，正忙着画像呢，哪有空见你。改日再说吧！”

唏，好大的架子！虞允文怒不可遏，正要据理力争，忽听身后传来阵阵喝彩，回身望去，殿前的校场上，一队剽悍的马队飞腾而过。稍近处，一列金军的弓弩手正在晨光里练习射箭。迎着刺目的霞光，但见人头攒动，手臂乱舞。允文手搭凉棚，引颈望去，那立在校场尽头的箭靶好像是个人形。站在最前头的一个大个子金将，每发一箭，便会引起一阵轰动。

虞允文虽然身为文官，但对射箭颇有兴趣。

小时候，在他四川隆州老家的后院里，有一片开阔的草坪，那真是射箭的好地方。允文小小年纪，每天都要跑到草坪边的假山下，望着大人们骑马射箭。看呀看呀，有时看出了神，连饭也忘了吃。父亲见儿子这样入迷，便给他做了张小弓，还特意找来一匹小马驹。虞允文骑在小马上，手执弓箭，昂首挺胸，神气极了。

他没有辜负父亲盼子报国的热望，每天天麻麻亮，就从床上一跃而起，衣服一套，揩一把脸，直奔草坪……

多少年来，无论走到哪里，不管天寒地冻，还是烈日炎炎，他从没放松过自己，一直坚持苦练，终于练就了一身百步穿杨的硬功夫。

如今，面对着气焰嚣张的金兵，虞允文心潮滚滚，不能平静；他霍地转过身，迎着刺目的霞光，大踏步地朝校场中央走去。他想用箭把完颜亮引出大殿。

金兵的射手们见这位面目清癯的宋朝官员笔直地朝他们走来，个个面面相觑。那个手执弯弓的大个子金将先是一怔，接着斜着眼睛把虞允文上下打量一番，将弓箭朝他面前一推，似笑非笑地说道："哟，你也想露一手！那好，试试，试试呗！"

虞允文嘴角掠过一丝冷笑，随手接过弓箭，轻轻拉拉弓弦。

四下的金兵一齐鼓噪：

"南蛮子，快射，射呀！"

"爷们等着看好戏哩，快射呀！"

虞允文定神一看，那立在校场尽头的哪是什么箭靶，分明是大宋朝皇上赵构的画像：煞白的脸庞，尖尖的下巴，弓腰而立，形同囚犯。先前的几箭，不偏不倚，正戳在"赵构"的心窝上。

虞允文一阵揪心的难过。这哪是练箭，分明是在欺侮我们大宋！身为大宋的官员，怎能容忍这般凌辱！他深深地吸了一口气，把宽大的袍袖扎缚一下，将弓拉满，朝远处的目标望了一眼，后退几步，摆出射箭的架势。

"射，快射！射呀！"

金兵的弓弩手们又蹦又跳，简直要发狂了。

虞允文屏住气，把弓弦用力一拉，“嗖”的一声，那支箭如流星一样，从靶顶上侧飞过。

“唰！”竖在箭靶后的一面标着“金”字的牙边大纛（dao）一下子滑落下来。金兵们伸头一看，哎哟，那系旗的绳子竟被利箭拦腰截断。

还没等他们回过神来，虞允文又连发两箭，射断了校场边另两棵旗杆上的绳子。

大殿外，校场上，金兵的弓弩手、侍卫、扈从全都瞠目结舌。

那大个子金将愣了一会儿，走上前，伸出大拇指在虞允文眼前一晃：“也立麻力！也立麻力！”

“也立麻力”是女真人对善射勇士的称赞。见大个子金将这样夸赞，周围的金兵也一起跟着呼喊：“也立麻力！也立麻力！”

这时，完颜亮正在大殿里拉着架子叫画师给他画像，听到殿外的校场上传来阵阵喝彩，感到惊奇，挥手叫画师停笔，把斗篷一披，大步跨出殿外，一只脚踏在门口的石龟上，喝道：“何事喧哗？”

全场一下子哑了，大小金兵全都垂手而立。

那金兵小校连忙上前，单膝点地，指指校场前落在地上的军旗：“禀皇上，宋国的官员把我们的旗绳射断了！”

完颜亮扫了一眼旗杆下的石墩，果真见一面旗子坠落在地，一匹飞跑的黄骠马飞腾而过，马蹄把旗子踏了个稀烂。

虞允文第一次看到了完颜亮。好一个金国皇帝，看他威风凛凛，铁塔似的身板，谁不退避三舍？可能是为了画像，他今天身穿升殿的朝服。这是一件绣满龙纹的黑蟒袍，袖口和襟边嵌镶着一圈豹皮，腰束一条金色的腰带，耳边垂着一串雪白的绒球。那扫帚似的长眉下，一双细眼闪着凶光，下颌方正有力，嘴巴周围布满络腮胡子，像根根倒扎的钢针。好一副女真人勇猛彪悍的神态！

完颜亮也盯着虞允文看了好一会儿。这个宋朝官员看上去刚过五十，中等身材，长方脸膛，棕红皮肤，两眼虽然不大，却是藏锋卧锐，流露出一种机警智慧的神采。完颜亮打鼻子里哼了哼，心里暗想，日暮途穷的宋国居然还有这样的好射手！胆子不小，竟敢闯到我的金殿前逞强。他正打算给虞允文来个一刀见血，转念一想，觉得这样做未免太……

他摆摆手，装出一副轻蔑的样子，冷笑两声，抬头望望天空。蓝天一碧如洗，除了几朵飘浮的白云，看不见一只飞鸟，连往日喜欢在殿顶上梳毛的鸽子也好像受到惊吓，一只也看不见了。

他捋着胡须，仰起脖子，狂呼一声："放雕！"

吼声未落，人群中响起一串呜哩哇啦的怪叫，顷刻，不知打哪里蹿出两只老鹰，腾空而起，在大殿上空盘旋。

虞允文知道，女真人素以游牧为生，十有八九是射雕的能手。看来，完颜亮是想在他面前露一手，挽回刚才失去的面子。果真不错，完颜亮下了石阶，大声吩咐身边的侍从："巴鲁图（满洲方言，意为勇士），拿我的大黄弓来！"

两个小兵应了一声，马上从殿内抬出一张特制的铁弓呈给完颜亮。这张弓铜胎铁背，镶着珠宝，重三四十斤，弓弦由野牛筋制成。完颜亮接过，往肩上一背，顺手抓住一匹奔马的缰绳，纵身跃上马背，两腿一夹，那马便像流星一般蹿了出去。还没到校场中央，"唰"的一箭飞出，一只钻进白云的老雕立时落于马下。

一个金兵小校忙把雕拾起，故意拿到虞允文面前晃了晃，嬉笑着说："咦，中了！中了！"

羽箭正戳在大雕的肚皮上。

完颜亮用手指点着虞允文的鼻尖，耸动着双肩，爆发出一阵狂笑，那神情分明在说，小郎官，睁眼看看，这回该服了吧！

虞允文用力拨开他的手，怒视着他。这个金太祖的孙子，十八岁就在金兀术手下当小将军，参加了侵略宋朝的战争，双手沾满了大宋百姓的鲜血。十年前，他杀死了金国皇帝金熙宗，自立为帝。不久，又把国都从会宁府（今黑龙江省阿城区）迁到燕京（今北京市），把那里改为中都。

今天，这个杀人不眨眼的暴君竟当着金兵之面，污辱堂堂的大宋官员，怎不叫人好气好恼！郁积在心中的仇，蓄填着满腔的恨，犹如地下那炽热的岩浆，在虞允文胸中翻滚。不管怎样，先得给他点颜色看看，让他知道我大宋的厉害。

虞允文白了一眼正在狞笑的完颜亮，咬了咬嘴唇，向那个手执弓箭的大个子金将伸出手臂。金将似乎明白了什么，把手中的雕翎箭往前一推。

骑在马上的完颜亮举起手，使劲一挥："元力，给他！"

虞允文不慌不忙地接过弓箭，往前紧跑几步，跃上一匹绛色的烈马，缰绳一抖，绛色马仰天长嘶一声，冲了出去。虞允文在马背上认扣添弦，眯起眼，屏住气，对着天空，用力一拉，箭镞带着一腔仇恨直穿云天。

"啪！"一只弯嘴老雕顿时跌落在校场中央，翅膀拨拉几下，不动了。

金兵的小校走到雕前，左看右看，失声呼叫："哎呀，他的箭穿透老雕的眼睛啦！"

围在校场四周的金兵顿时骚动起来，不少人伸颈侧目，交头接耳，嘴里不住地咕噜："也立麻力！也立麻力！"

那个叫元力的金将瞥瞥虞允文，从小校手中接过死雕，呈给完颜亮。

完颜亮只瞟了一眼，就双眉紧锁，牙关紧闭，满脸横肉一起抖动起来。他没有说话，转过身子，对手下一个叫完颜铁的金将使了个眼色。完颜铁举起带环的大刀，跳到虞允文面前咆哮道：

"啊哈，爷们叫你碎尸万段！"

虞允文不慌不忙地跳下马，把马缰朝后一抛，淡淡一笑："哼哼，我虞允文是堂堂大宋朝廷的命官，就差一死报国了。来吧！"他往完颜铁跟前跨了一步，心里说，纵然刀斧在前，油锅在后，也休想叫我俯首。

完颜铁还要发作，从他身后闪出一个留着山羊胡子的谋士。此人是哈密蚩之子哈密腾，他是在父亲的鼻子被璐安州陆登割掉之后，一气之下，才投奔到完颜亮麾下的。

哈密腾在完颜亮耳边咕噜几句，完颜亮打鼻子里哼了哼，朝完颜铁努努嘴，完颜铁马上跑到校场一角，举臂一呼。眨眼工夫，打校场外奔来一匹白马，马鞍上前后坐着两个人，后面的是一个满脸络腮胡子的金人骑兵。咦，那坐在前面的是谁？一身白袍，身体瘦削，脸色蜡黄，颤巍巍地几乎要坠下马来。那金人骑兵像老鹰抓小鸡似的，死死地揪着他的衣领，令其动弹不得。虞允文细细辨认，不禁"呀"的一声，那不是旁人，正是当年被扣押在金国的高宗皇上的大哥——宋钦宗！天哪，不是说他已病死在五国城了吗？怎么……虞允文呆站在那里，半天说不出话来。怎么能忘记啊，那刻骨铭心的奇耻大辱！

那是三十年前的事了……

大宋的京都汴梁（今河南开封）被金兵围了四十天，最后终于失陷。金兵入城后，大肆烧杀掳掠，不但将冠服、八宝、九鼎一扫而光，还将宋朝的亲王、后妃、公主、名工巧匠数千人一起掳去。高宗皇上的父亲宋徽宗赵佶、哥哥宋钦宗赵恒也被他们掳掠而去。照理说，这血海深仇，高宗赵构是不会忘记的。可是，他却听信主和派奸贼的话，一直向南逃避，先跑到扬州，最后到了临安，把丢在金朝的父兄早忘得一干二净了。

见虞允文一声不吭，完颜亮把脚一跺："虞舍人，还愣着干什么，过来看哪！"

他折身奔到殿前，弓开满月，一箭射去，只听"哇呀"一声，那箭射中了钦宗的手臂。眼看钦宗就要落马，金人骑兵一声怪叫，信手把钦宗往上一拎，举鞭狠抽一下，白马便绕着校场转将起来。鲜血滴滴答答，围着校场洒了一圈又一圈。

刹那间，几百条视线全集中到虞允文身上。

虞允文实在看不下去了，只觉得天旋地转，两腿发软，要是没人在场，他真想痛痛快快地大哭一场，以解心头的悲愤。但不能，不能哪，虎狼就在身边，泪水岂能轻弹。他上前一步，两眼喷射出愤怒的光，逼视着完颜亮，好像在大声质问，这是人干的事吗！

完颜亮以为虞允文被这景象吓蒙了，显得更加得意："虞舍人，不必担心，你们的钦宗还没死透，我这就把他送回会宁府，但等你们旗开得胜，接他回家呢。"说罢，伸出手臂，"请虞舍人上殿一议！"

虞允文打鼻子里哼了一下，挺起胸膛，迈开大步就走，两个随从跟着也要往里进，被金兵卫士挡住。虞允文回身望望，举手示意他们稍候片刻，然后，正气凛然地步入大殿。

石阶上的卫士密密匝匝地分两边站开，剑戟如林，刀枪似雪。

只听哈密腾站在阶沿上阴阳怪气地喊：

“皇上——召——宋国使者——上殿——”

“上……殿……”

大殿内外，余音缭绕。

虞允文快步走进大殿，目光迅速地在殿内一扫，只见披着金黄虎皮的宽大宝座两旁，插着两把孔雀翎掌扇，背后是一面高大的金边屏风，一半被青色帷布遮盖，露出了一派眼熟的图景，吴山[①]、飞来峰、灵隐寺、白堤、三潭印月、断桥残雪、柳浪闻莺……如花似锦的西湖，正是宋朝国都临安所在。他哪里知道，这幅画的草图，是上个月完颜亮派画师偷偷潜入临安描绘的。画幅底下，杂放着一堆画笔、颜料。完颜亮嘴一撇，两个画师便弓着腰退到屏风后面。

完颜亮见虞允文的目光落在墨迹未干的画面上，伸手将遮住画幅的帷布往边上一撩：“喏，先让你一饱眼福。等画好了，我还要把它抬到临安，让你们的康王赵构也开开眼界。”

这是什么意思？虞允文侧目一望，见到刚显露出的画面上画着一匹黑马，马上骑着的正是这个威风凛凛、不可一世的暴君完颜亮。虞允文的心陡地一沉，看来，他们是早有野心，妄想把我们的大宋一口吞了。

不等虞允文开口，完颜亮往虎皮宝座上一仰，弹动着手指，慢悠悠地说：“听说，你此番来，是想索回当年兀术太傅从中原得来的八宝、九鼎。我看就不必啰！”他抿了一口内侍送来的鹌鹑羹，傲慢地说：“我可以告诉你，要不了百日，爷们就要打到江南，直取临安……”说到这，他猛地站起，在屏风前踱了两步，笑吟吟地注视着虞允文那张有些发白的脸，说：“你回去告诉你们的皇上赵构，就说到了那一天，只怕你们的贵妃、驸马、文武百官，还有你这百步穿杨的舍人，都得归我大金。哈哈，脑袋都搬家了，要头发何用？那小小的八宝、九鼎……”他越讲越得意，完全沉醉在一片幻境之中，“到那时，我要策马伫立在高高的吴山之上，令临安倾城高呼：大金皇上万岁！”

顺着完颜亮的手臂望去，画幅上角清清楚楚地写着几行草书：

---

① 吴山：春秋时为吴国南界，故名。在当时南宋首都临安西湖东南，即今杭州的胥山。

万里车书尽混同，
江南岂有别疆封。
提兵百万西湖上，
立马吴山第一峰。

好大的口气！虞允文浑身一哆嗦，像被毒蛇咬了一口，心里阵阵疼痛。此刻，他真想扑上去，掐断这匹恶狼的喉管，但目光一触到帷帐后的刀光剑影，还是压住了胸中之火，直挺挺地坐在那儿，神色严峻地盯着完颜亮。

“虞舍人不必发痴，实话告诉你，”完颜亮把嗓门突然一提，“不要一个月，我就得分兵几路席卷中原，其势之迅猛，不言而喻，但愿舍人不要做我的马下之尘。”

“但愿你也不要忘记，朱仙镇、青龙山、爱华山，当年你们金兀术的教训……”虞允文的眼里，火焰在升腾，只是愤愤地回敬了一句。

完颜亮纵声大笑：“当年，这已不是当年了。眼下，你们的岳飞已死了二十个春秋，韩世忠击鼓抗金，早成了旧事，你们的将军刘锜、吴璘也老掉牙了。你说，如今你们谁能抗金！谁敢抗金！”

虞允文微微一笑，用从容的语调压住了完颜亮狂妄的气焰，平静地说：“我大宋朝自太祖皇上承继前朝基业，三百年来，雄踞中原，统治江河，实为帝王之正统。我朝之地，自古以来就是礼仪之邦，你们却借兵马强盛，连年不断掠我山河，占我城池，掳我百姓。请问，如此横蛮，难道不怕天诛！”

“天诛？”完颜亮两臂一扬，“天在哪里？哪里是天？我，我就是天！没有我们大金这片青天，你们怕一日不得安宁。所以，我要马踏临安，让你们归顺于这片青天之下。”

这番话，使虞允文猛然想起宋朝的老宰相陈康伯来。两个月前，老宰相就上疏高宗，说金人一定会撕毁盟约，卷土重来，皇上要早早防备才是。可不知为何，高宗皇上却一言不发。这次虞允文前来索取被金人掳去的国宝，还是陈康伯再三进谏，皇上才答应让他来的。

看来，皇上现在还不一定知道情况如此危急。他感到自己无论如何也不能在这里待下去了，刻不容缓，得赶快回去，把情况急报朝廷，恳请皇上抓紧时间，在边境屯兵筑垒，招兵买马，以御金兵南犯之患。

见虞允文好像要站起来的样子，完颜亮走到他身后，装出一副和悦的态度说："虞舍人，我劝你还是留下吧，我这儿正缺一个右丞相。"

哈密腾不知从哪儿钻了出来，在一边附和："是啊是啊，人往高处走，水朝低处流，留下吧，我们皇上不会亏待你的。"

莫名其妙！虞允文将长袖一拂，转身就要朝殿外走。

门口的金兵卫侍突然举起武器，刀枪剑戟，寒光乱闪。

完颜亮望着虞允文的背影，心中暗暗称赞，好一条铮铮铁汉！他朝殿外的金兵晃晃脑袋："闪开，放他走，我们后会有期！"

哈密腾马上伸出一根指头，扯着嗓子喊："一百天后，临安见！"

虞允文目不斜视，昂首挺胸，一步两个石阶，噔噔噔地飞步而去。

校场上的弓弩手们见虞允文又回来了，马上让出一条通道，并小声咕噜："也立麻力，再来一次，再来一次！"

那个叫元力的金将站在队伍前头，目不转睛地注视着一身霞光的虞允文。

穿过校场，虞允文大步流星地向前走着，两个随从按着佩刀，一左一右紧贴着他，走得飞快。

汉白玉石阶上，传来一阵阵刺耳的狞笑，这笑声像一把把尖刀，剜着虞允文的心。

02 梦中的南国

送走了虞允文，完颜亮又回到画幅前，摆起架势，专心地让画师们描绘。刚站一小会儿，便觉得脑袋昏昏沉沉，晕得老想睡觉。

完颜亮经历过无数次生死激战，却从来没有像今天这样疲惫。这不是身累，而是心累，他压根没想到，宋朝还有这样文武双全的勇士。如果这样的硬石头多了，南下这一路就不可能像他想的那样顺利，那就糟糕了，灭亡南宋的计划就有可能泡汤。转念一想，自己也太多虑了，一个小小的中书舍人算得了什么？几十万人马排山倒海，一块小石子怎么能挡得住滚滚的车轮？纵然你有一百个虞允文、一千个虞允文又能怎样，你能抵挡住我雄霸天下的决心？

这样想着，心里又多了几分宽慰。

一直到月牙儿挂在大殿的飞檐上时，画师才画完最后一笔。完颜亮伸伸臂膀，重重地打了个哈欠。

回到后宫，珍妹还没睡，正在灯下等着他。完颜亮顿时来了精神，上前一把搂住珍妹，在她耳边轻声说："我的小可爱，你等吧，再过一百天，我就带你去西湖看断桥的残雪，再去南国看十里琼花。"

"你说的就是这里吗？"

珍妹笑着指指墙上的一幅画。那是去年从南方回来的使臣送给她的，画上画着一个叫西湖的泊子，湖边是挂着珠帘的街市，还有高大的宫殿、内苑。几个头戴凤冠的宫妃、女侍在楼台上望着明月。好一幅令人神往的景象！

完颜亮一边脱衣裳，一边得意地说："还是南方好，好地方呀，那里没有大风雪、大风沙，没有千里冰封的严寒。将来，我们一起在那里好好享受享受。"

完颜亮是个很有文采的人，别看他表面上显得粗鲁，内心却充满诗情画意。他读过许多汉人写的诗词，理解诗中的意境，常常陷入其中，不能自拔。此刻，他完全沉浸在美丽的幻想之中，他告诉珍妹，离西湖不远，有一座吴山，那里的凤凰台像一座城堡，站在上面，整个西湖尽收眼底。在那里，他要大声吟唱汉儿柳三变的《望海潮》，他要带珍妹一起去欣赏那里的湖与山怎样的交叠，三秋桂子和十里风荷是怎样飘送着无边的幽香；一起去西湖边聆听箫鼙，去看满街的锦绣珠玑，看大江上怒涛翻卷，云卷云舒。

完颜亮越说越动情，说着说着，忽然在珍妹的脸上用力亲了亲："到那时，我坐在龙椅上指点江山，你在后宫为我出谋划策。"

"到那时，你，你还喜欢我吗？"珍妹像个孩子似的把小嘴一噘。

"看你说的，"完颜亮又亲了亲她，"你是我冒着生命危险救出的宝贝，能不喜欢！"

珍妹心满意足地笑了，像小猫一样轻轻地卧倒在完颜亮的身边，用细嫩的小手抚摸着他那毛茸茸的胸膛，忽然问他："你听见了吗？"

"听见什么？"

珍妹把肚皮往完颜亮的脑袋边凑了凑："你再听听哪。"

完颜亮静心听了一会儿，啊，听见了，听见了珍妹的心跳。

"是我们的孩子在叫你呢！"

孩子？完颜亮心里咯噔一下，天哪，莫不是珍妹怀上他的孩子啦？他侧着脑袋又听了一会儿，咚咚咚，是一个微弱的声音，但他却感到那么有力，那么响亮。完颜亮激动得坐了起来，捧着珍妹那漂亮的脸蛋，大声问："我的珍妹，你怎么不早点告诉我呢？"

"谁叫你那么忙……"

"忙也是为了你呀，为了我们即将出世的孩子。"

“可你不是说，为了我们的大金国吗！”

“是呀，为了大金国的疆土更加辽阔，为了我们的子子孙孙活得更加快乐，更加无拘无束……”他想引用一句汉人写的诗句，把天上和人间联系在一起说给珍妹听，想想算了，说了她也不懂，就把后面的话咽了回去，只是告诉珍妹，说他很快要带兵南下，希望珍妹留在京都。等到他班师回朝那一天，也就是接珍妹去西湖享乐的日子。

完颜亮用甜言蜜语把珍妹带进一个美妙的梦境。

窗外，月光从蓝色的丝绸窗帘上透了过来，像一泓清亮亮的江水，淹没了室内的一切。完颜亮却怎么也睡不着，目不转睛地欣赏着珍妹带着笑意的脸，那微眯的眼睛，颤动的鼻翼，小巧的嘴唇。耳边，仿佛响起珍妹那银铃般的笑声，眼前又出现长白山下那场赛马会的情景。

那时，他们的首都还没有南迁，离都城不远有一片大草原。那是个霞光满天的早晨，草地上开满了鲜花，花瓣上洒满了露珠。完颜亮牵着他的青花马踏着露珠来到赛场。他想在今天的比赛中大显身手。

太阳升起来了，一驾披着彩绸的马车叮叮当当地驶了过来。马车驶到离完颜亮百步开外的地方，停下了，从车上下来几个少男少女，其中有个头上扎着小辫的女孩引起他的注意。红扑扑的小脸，一双会说话的眼睛，像天上的星星一样明亮，她咯咯地笑着，旁若无人地奔跑着。

完颜亮愣住了，这女孩好像在哪儿见过，但怎么也想不起来。

小女孩也发现了站在阳光下的完颜亮，呆呆地望着，忽然大叫：“巴鲁图！”她告诉身后的父亲，当年，就是这位勇士救了她，把她从死神的门槛前拉了回来。

那是个没有风雪的日子，只有十八岁的完颜亮带着弓箭爬上长白山中的一座摩天岭。在山腰上他就发现，几个少年已经捷足先登了，正在山顶上观景呢。他们面前是一条深深的山谷，雄鹰在山谷里盘旋，白云在山间飘荡。完颜亮知道，几百年前，这里还属于高丽王国，唐朝大将薛仁贵曾经在这里被敌军团团围住，他硬是凭借着几支箭突出重围，下了高山。

完颜亮正想着，不知从哪里蹿出一只大狗熊，直扑站在后面的那个小女孩，眼看前掌就要抓到女孩的小辫，完颜亮飞身上前，一把将小女孩推到一边，抽出砍刀，一刀砍下狗熊的前掌。那是一头棕色的狗熊，力气大得吓人，它大吼一声向完颜亮猛扑过来，完颜亮一个闪身，躲开了。就在那一瞬间，完颜亮抽出砍刀，一刀捅去，竟在狗熊腰上捅了个大窟窿，顿时鲜血飞溅。

就在狗熊想夺路而逃时，完颜亮飞起一脚，把狗熊踢进万丈深渊，落入无底的黑洞。

女孩吓昏了，直到完颜亮把她抱起，轻轻一吻，她才慢慢苏醒，嘴唇抖动，却发不出声音。完颜亮问她叫什么，旁边的少年说："她叫珍妹！"

几年不见，珍妹长大了，像一朵鲜花，开得如此艳丽。此刻，看到珍妹向他飞跑过来，完颜亮心跳如鼓，张开双臂，一把将珍妹揽在怀里。近距离地观察，他发现珍妹是那样的好看。早晨的阳光下，她那张既透明，又非透明的脸，简直像一潭清幽幽的池水，明晰而有点朦胧，像一团洗淡了的彩霞。

这颗年轻的心完全陶醉了。

完颜亮生性风流倜傥，能言善辩，极能揣摩人的心理，他很快用花言巧语俘获了珍妹的心。加上他聪敏好学，能诗善文，又爱同留居在金国的辽、宋名士交往，和他们一起吟诗品茶，谈古论今，几年下来，竟成为文韬武略兼备的汉子，这让珍妹更加欢喜。珍妹爱他，他爱珍妹，他教她读汉人写的诗，教她穿汉人的衣服，向她讲好多好多南方的故事。

"你怎么还不睡呀？"完颜亮还在想着，珍妹突然从梦里醒来，问他，"你去江南，带我去吗？"完颜亮反问："你想跟随我去吗？"

珍妹使劲点点头。

"我看，你就别去了，留在中都吧。"他劝珍妹，"你已怀了孩子，万万不可奔波，这一路上，砍砍杀杀，什么情况都会发生，万一有个三长两短，断了自家的血脉，怎么办呢？"

"你走了，我留在这里还有什么意思？"珍妹生气了。

"意思大得很。"完颜亮告诉她，他这一走，后方必定空虚。他担心后院起火，只希望聪明的珍妹留在都城，有什么事，可以及时向他通报。他已经安排好几个快马飞探，穿梭在京都和前线之间，随时把京都的情况报告给他。

"你不是安排了乌禄留守吗？还担心什么呢？"珍妹不解。

完颜亮想告诉珍妹，他曾和乌禄学三国桃园结义，不愿同生，但愿同死。完颜亮相信乌禄，不管他要什么，完颜亮总是慷慨相送。但最近他听人说，乌禄散布他的坏话，说他设下歹计杀死了金熙宗。他想把这些话说给珍妹听，可话到嘴边又咽了回去，男人的事，还是男人们自己解决，他不愿在妇人面前说别人的不是。再说，也没有充分的证据，也许是有人在挑拨他们之间的关系呢。想到这，完颜亮轻描淡写地说了句汉人常说的口头禅：

"害人之心不可有，防人之心不可无。"

"不会吧。"珍妹闪动着一双天真的大眼睛，"你对他那么好，他不会有二心的。"

"二心，二心！"完颜亮把拳头在床边猛地一击，把珍妹吓了一跳。

完颜亮是金太祖阿骨打的孙子，辽王宗干的儿子，他在年轻时就以宗室子弟为奉国上将军，在金兀术手下担任军前任使，管理上万人。因作战有功，又被提升为骠骑上将军，乌禄一直在他手下。

完颜亮和金熙宗，包括乌禄都是金太祖的子孙，他们是同一代人，只不过有个机会，让金熙宗登上了皇帝的宝座。这让完颜亮打心眼里不服，这个草包，凭什么成了万人之上的皇帝，他除了吃喝玩乐，还会什么！心里这样想，但一点办法也没有。金熙宗似乎看到了完颜亮眼中的火焰，从不敢重用他。完颜亮知道金熙宗对他不太信任，于是千方百计寻找机会博得他的欢心。

记得，是一个春浓似酒的下午，金熙宗在大殿上召见完颜亮。那天，太阳格外明亮，阳光穿过长廊把大殿染得一片金黄，一束光线洒在熙宗那清瘦的脸庞上。那天，完颜亮显得特别兴奋，当他们谈起太祖创业的艰难，完颜亮的脸色忽然阴沉下来，眼圈渐渐发红，说着说着，竟然痛哭流涕起来。末了，完颜亮深情地向熙宗表白："现在好了，有你掌管着国家的命运，我们大金国有希望了，太祖九泉之下也放心了。"

金熙宗完全被完颜亮的假象迷惑住了，显得非常感动，诚恳地说："你我是同辈人，都是自家兄弟，还希望你多为国家出力。"

完颜亮顺嘴说道："天地昭昭，日月可鉴。皇上放心，我对你不会有二心的。"

金熙宗从此认为，完颜亮对他忠心耿耿，很快提升了他，第二年就让他坐上了宰相的交椅，还把大元帅的要职也托付给他。但完颜亮并没就此罢休，为了实现他的梦想，表面上依然装出一副谦逊的样子，八面玲珑，满嘴甜言蜜语，可谁也看不出，他心里没有一天不在想对金熙宗取而代之。

愚蠢的金熙宗却一直被蒙在鼓里。

金熙宗有个侄子叫完颜冰儿，因为嫌官职太小对伯父耿耿于怀。完颜亮看出了他的心思，有一次，故意在他面前欲言又止，急得完颜冰儿跟在后面不停地追问，完颜亮好像极不情愿地透露说，皇上很快要下圣旨，诛灭你的全家。完颜冰儿惊出一身冷汗，细想想，不大相信，完颜亮轻声说："我是朝中宰相，能不知道吗？"他把完颜冰儿引入一间密室，拿出一个草拟的假圣旨给他看，完颜冰儿只扫了一眼，就吓得差点晕倒，他咬着牙，把脚一跺，骂道："既然老贼已经准备下手，我决不能等死！"他把心一横，告诉完颜亮，说今晚他就动手，希望完颜亮助他一臂之力。

完颜冰儿是个说到做到的人，当晚就带领几个亲信杀进宫去，从背后一刀捅向正在灯下披阅奏章的金熙宗。熙宗猝不及防，想起昨天晚上做了一个梦，梦见完颜亮正举着刀冲向他，吓得他一身冷汗。此刻，他以为还在梦中，以为是完颜亮从背后对他下的毒手，抖动着嘴唇，用最后一点力气呼叫着："完颜亮，朕要灭你九族！"

原来，金熙宗背对着完颜冰儿，他根本没看清杀他的人是谁。

金熙宗倒在地上，一双眼睛直直地瞪着门外，那眼神让完颜冰儿有些胆战。就在这时，外面传过来阵阵喊叫声，完颜冰儿心里一紧，完了，禁军马上就要杀进来了，他们见到这种情况一定会感到惊讶，会质问他，你的伯伯对你那么好，你却做出这样不仁不义的事，你还算人吗？

完颜冰儿感到自己闯下弥天大祸，禁军们断然不会放过他的，几十个人，你一刀我一剑，顿时会让他变成肉泥。他越想越害怕，竟然拔剑自刎了。

一直在宫外等待消息的完颜亮表面上镇定自若，内心却焦急万分。就在他绕着廊柱团团转时，忽然听到金熙宗在里面的叫声，他感到时机已到，把手一挥，对着跟随他的几个卫士说："走，进去看看。"

完颜亮大步进入寝宫，看到完颜冰儿倒在地下，脖子上全是血，他还没弄明白是怎么回事，转身来到金熙宗面前，见他也倒在龙椅下，两眼睁得溜圆。完颜亮伸手在他的鼻子下探了探，已经没有了气息。死了，他终于死了！完颜亮长长吁了口气，似乎还不解恨，拔出佩刀朝着金熙宗的身体补了几下。

金熙宗的禁卫军得知消息，迅速包围了寝宫。

禁军队长在外面狂呼：

“有人谋反啦，快快捉拿反贼！”

完颜亮还沉浸在兴奋之中，手下一位卫士上前对他道：“这里不是久留之地，还是先走为上。”

“好，杀出去。”完颜亮把拳头一挥。

众人簇拥着完颜亮，拼命往外冲。

禁军越来越多，里三层外三层地将完颜亮重重包围，渐渐地，完颜亮感到抵挡不住。就在这时，一直跟随完颜亮的一位将军冲了出来，用身体护着他，一边举起弯刀，没命地杀进包围圈，唰唰几刀砍了过去，几名禁军当场倒地。

那将军拉着完颜亮，左突右挡，将包围圈打开了一个缺口，拉着完颜亮向外冲。但由于寡不敌众，跟随完颜亮的卫士不断倒下，生死关头，完颜亮顾不得什么了，也挥舞腰刀上阵厮杀。

就在万分危急的关头，只听那个将军一声高喊：“住手！你们听着，昏君已被诛杀，新皇上在此，难道你们不怕杀头吗？”

这一声很有效果，众禁军全都呆在那里，踌躇不前。

完颜亮定神看去，这不是他手下的将军乌禄吗？他个子不高，却非常敦实，挥动粗壮的臂膀继续喊道：“昏君残忍至极，杀人无数，说不定哪天就杀到你们亲人头上，难道你们还要为他卖命吗！”说着，挥臂朝完颜亮一指，“你们看，新皇上替天行道，除去暴君，我们应该拥戴他才对，何苦为一个死去的昏君卖命？”

这个乌禄，已经把完颜亮视为皇帝了。

进入更年期，金熙宗就开始胡乱发脾气，随意杀人。在一次宴会上，驸马尚书不知说了句什么，引起金熙宗不满，传旨打他一百杖，直到把他打死为止。禁军中不少人都是当朝亲贵子弟，亲眼看见金熙宗残忍好杀，他们中有的亲人也为昏君所害，个个心中都充满悲愤。乌禄这么一喊，大家心情非常复杂，纷纷停下来看着各自的长官。禁军几个统领也都你看看我，我看看你，他们虽然忠于金熙宗，如果他还活着，那就是大逆不道了，但现在，他死了，去为一个死去的人卖命，值得吗？所以个个面面相觑，一时拿不定主意。

宫门外喊声震天，似有千军万马就要杀进来，乌禄趁机大喝：

“你们还愣着干什么！大军已到，还不退下！”

几名禁军统领对望了一眼，似乎还下不了决心。

完颜亮再也忍不住，往高处一站，把嗓门一提，拍拍胸脯，威严地说道：

“朕就是新皇，只要你们放下武器，一概不予追究，谁若顽抗，当心诛灭九族！”

这句话如五雷轰顶，让所有的禁军将士吓破了胆，队伍终于崩溃，他们纷纷放下武器。

大殿里恢复了平静。

完颜亮拍拍乌禄的肩膀：“你果然厉害，刚才一席话胜过千军万马。”

乌禄听完便往地上一跪，说：“我是打心眼里拥戴你，才冒死这样做的。我的皇上！”

不知什么时候，大殿里涌进无数将士，见到完颜亮，一起高呼起来：

“新皇万岁！新皇万岁！万万岁！”

叫声此起彼伏，完颜亮恍如梦中，他哪里想到，多少天、多少年的梦想就在这个平常的日子里变为现实，这能不让他高兴吗？他越想越开心，禁不住仰天狂笑起来：

“今日大权在手，清风必满天下！”

完颜亮终于如愿以偿地登上皇帝的宝座。他一上台，便来了个斩草除根，把凡是和金熙宗有关系的官员全部杀光，还将宫中所有女子，连同自己的叔母、堂妹都占为己有。

待大局一定，完颜亮选了个吉利日子，大封有功人员。当轮到乌禄时，完颜亮笑道：“我知道，没有你护驾就没有朕的今天，你要何封赏，都满足你。”

“臣没有任何痴想，只求皇上答应我一个请求。”

“什么请求，尽管说来。”

“我只想追随皇上，打遍天下。”

完颜亮得意地笑了：“说得好呀，朕将马踏江南，开拓疆土。而你，帮助我留守京都，我就放心啦。”

乌禄马上接住：“君臣一南一北，守住大金国这万里江山。”

完颜亮目不转睛地注视着面前这个黑脸的汉子，两道雪峰似的眉毛耸了耸，眼里闪着狡黠的光。正想再夸赞他几句，只听乌禄大声道：

“只要陛下一声令下，臣子愿赴汤蹈火，肝脑涂地，在所不辞！”

就这样，在乌禄的拥戴下，在“万岁”的欢呼声中，完颜亮把皇位牢牢地掌控在自己的手中。等到江山坐稳后，又把都城从寒冷的白山黑水之间迁到燕京。

为什么迁都，完颜亮心里是有盘算的。

自从北宋灭亡后，金国与南宋以淮河为界，占领着中原和中国北部的疆土。但因首都偏于东北一隅，物资运输与公文传递很不方便，甚至连政令也无法畅达。更让完颜亮担心的是，会宁府的宫殿楼阁、佛寺道观、市井街巷，无不保留着金熙宗时的痕迹，这让那些睹物思人的皇族很容易形成一呼百应的气候，弄得不好，将给完颜亮这个杀兄夺位的帝王带来灭顶之灾。

思来想去，完颜亮决定迁都，通过迁都，还可以分化解除女真皇族的反抗，以确保自己的皇位。

果然不出所料，迁都的意向刚刚表露，立即遭到贵族的强烈反对。完颜亮是个说一不二的人，他可不管这些，以哄带压，还是取得多数朝臣的支持，很快做出迁都的准备。他命人在燕京老城进行扩建，用了三年时间就把新皇城建造得富丽堂皇，接着又传旨让女真贵族们统统离开原来的都城，迁进新的都城居住，并将燕京改为中都。这还不够，在乌禄的建议下，完颜亮又毁掉旧宫城的宫殿、宗庙，把皇家寺院夷为平地，不想留下任何让人怀旧的痕迹。

接着，完颜亮又开始谋划，集结力量，准备南侵。他知道，这时的南宋小朝廷已经到了崩溃的边缘，只要轻轻一击，就再也无力站起。宋朝一灭亡，代之而起的将是完颜亮的大金帝国，江山将重整，历史将重写。这伟大恢宏的事业，只有在我完颜亮手中才能完成。

早朝时，所有的文臣武将一致称赞他的谋略，哈密腾还说这叫“三级跳”。让大金国跳出寒冷的北国，跳进一个阳光明媚的世界，那是多么令人神往的事情!

可令完颜亮没想到的是，下午见到的南宋使臣虞允文，竟是那样的自信勇猛，这让他感到意外。想想也可笑，真可笑呀，眼看自己的国家就要完蛋了，还派出使臣来讨要当年的物件，竟然口出狂言，百般威胁我堂堂的大金帝国。哼哼，虞允文，你说吧，无论你怎么说，就是说破了嘴皮子，说掉了下巴，也不能打消我南下的决心。决心已定，任何力量也休想把我拉回来，我完颜亮就是这个牛脾气。

就在完颜亮决心南下的时候，虞允文正像一粒火种，一颗流星，带着危急的军情，向江南飞驰而去。

03 山寨遇险

一出中都，虞允文看见到处都是练武的金兵。骑马的，射箭的，运粮的，造车的，喊声震耳，烟尘漫天。看来，金兵南犯的日子真的屈指可数了。

虞允文忧心如焚，和随从们策马飞奔，恨不得让骏马插上双翅，飞过大江，把危急的军情带给临安。

一路晓行夜宿，不知不觉进了山东地界。

傍晚，虞允文登上了一道十里多长的山梁。他猛回头，望着快要落山的太阳，沉吟了一下，在马屁股上狠抽一鞭，那马长嘶一声，真如插翅一般，朝山下飞奔而去。

夜幕徐徐降临，大平原上寂静无声，只有急促、清脆的马蹄声在“嘚嘚”作响。

绕过一片黑压压的树林，前面是两座刀削似的山峰。夜雾在山腰间弥漫，一条银练似的瀑布从山上直泻下来。瀑布后面，一条曲折的羊肠小道，直通两山之中。红鬃烈马的马背和马尾成了一条直线，一头冲进山口。没走多远，忽听两边崖头上牛角号呜呜长鸣，呼喊声震耳欲聋：

“抓住他！抓住他！”

虞允文一惊，来不及细想，红鬃马一个趔趄，前腿腾起，连转两圈。虞允文身子一歪，滚落马下，手一伸，触到横在路中的绊马索。他暗自叫苦，身子还没挺直，从山上扑下几个黑影，呼啦啦一拥而上，用麻绳将他和随从捆了个结结实实。虞允文正待睁眼细瞅，一条黑布已缠住他的两眼。红鬃马见主人被擒，飞起后腿，踢翻那两个黑影，还要再踢，一根绳索自空而降，死死地套住了马脖子。那马喷着鼻息，拼命地蹦跳，也无济于事。

混乱中，听见随从在那儿叫他，虞允文大声应道："我在这儿，在这儿！"

虞允文用力挣扎，却总是挣脱不开，他想起危急的军情，跺脚狂呼："放开我，放开我！"

那些壮汉根本不予理睬，推推搡搡地将他带到山腰间的一座竹棚门口。隔着黑布，什么也分辨不清，只是隐约看见一团火光在近处跳动。

刚站定，一个粗野的声音在耳边响起：

"禀报薛王，我们在山口抓到一个活的！"

"哦，带进来！"一个脆嘣嘣的声音。

虞允文的心陡地一沉，呀，莫不是碰上了拦路打劫的强盗？如果是这样，他宁愿将身上的一切都丢下，只要人和马能回临安就行了。

"跪下！"有人在吼。

虞允文直挺挺地站在那儿，不愿下跪。

"见到我们薛王爷，为何不跪？"

几个人同时在喊：

"跪下！跪下！"

虞允文正想回敬几句，有人用竹杠在他的腿弯上猛地一击，他双腿一麻，扑通跌倒在地；正欲站起，几双大手又死死地按住他的肩膀。他把眼睁得大大的，怎奈层层黑布缠眼，乌压压，昏沉沉，什么也看不见。

"你是从哪儿来的？干什么的？快快从实招来。"桌子"砰"地响了一下，"说！"

虞允文把脸扭到一边，就是不吭气。

"咚！"有人往他腰上重重地捣了一捶，"问你呢，哑啦？"

虞允文缓缓地说："从中都来。"

一声怒吼："好哇，原来是金贼的奸细！推出去，放血！"

儿只手臂死死扭着他，拽起来就往门外走。

糟糕，怎么能不明不白地在这荒郊野岭里送掉性命！虞允文大声疾呼："我不是金贼的奸细，是大宋朝廷的命官哪，放开我！放开我！"

他被带到门口，又被人叫住了。

"好一个朝廷的命官！"

虞允文感到鼻尖像被人用手指头顶了一下。

"你们的皇上老子赵构，像软蛋一样，见到金兵就淌黄水。有朝一日，要是转到我的手里，非一把攥他个稀烂！可惜，逮不到这个昏君……"停了一会儿，又道，"也好，有你这个命官也一样，先把命丢下，称称到底有多重，哎，愣着干什么？还不给我推出去！"

虞允文喊叫、挣扎，可一切都是徒劳，几只大手紧扯住他不放，他不禁仰天长叹："唉，死了倒没什么，可惜这中都的军情无人带到临安。大宋，我们的大宋！"

"且慢！"

他又站住了。有人走过来，用手将虞允文周身上上下下、里里外外细细捏了一遍，问道："有信吗？交出来！"

虞允文的心怦然一动："那……必须把我眼上的黑布除去。"

"好，依你。"

眼上的黑布被解了下来。

眼前顿时亮堂，一朵朵金花在黑暗中飞舞，凝成了一盏跳动的油灯。灯下，虞允文睁大了眼，见面前立着一个二十来岁的后生，虎彪彪的，圆圆的脸盘，一双乌溜溜的眸子闪着光芒。要不是进了他的山寨，哪能想到这竟是个落草为寇的强盗。唉，如今的世道，好人也能变成鬼！

那后生也直愣愣地盯着虞允文，盯着盯着，又围着他转了一圈，仔仔细细、上上下下把他打量了一番，突然伸开双臂，扑在虞允文的肩上大叫：

"哎呀，这不是虞大人吗？你怎么……误会，误会啦！"

虞允文木然呆立，四周的几个壮汉也都张着嘴巴，像钉子似的定在那里，一动也不动。

“还不给大人松绑?”后生吩咐道，“快去把跟大人一起来的几位放出来，多赔不是。”

几个壮汉如梦初醒，抽出短刀将虞允文身上的绳子割断，端来竹椅，让他坐下。虞允文转念一想，草寇狡诈，圈套极多，还是小心慎重为上。于是，欠着身子试探着问:“你们是……”

“我是薛尺呀。”

“薛尺?”

“小名石狗子，你忘啦?”那后生脸上流露出难为情的神色，“大人可还记得，那年，你在江边拉纤，曾在我家住过一夜。我爹一直惦念着你哩。”

石狗子——薛尺?好耳熟的名字。

虞允文陡然想起，那还是他在四川任地方官的时候，有一年秋天，他奉命带着几艘官船，沿长江顺流而下，往扬州运花岗石。船行至和州（今安徽和县）境内，在江滩上搁了浅。眼看限期快到，虞允文急不可耐，令船上的大小官员全部上岸，和船工们并肩拉纤。他还记得，船工中有一位驼背汉子，喊出的号子悦耳动听，连沙鸥听了，也跟着船儿打转。

那天夜里，下起了毛毛细雨，他们就在杨林河口那壮年汉子家住了下来。这汉子家中有一位卧床不起的妻子和两个未成年的孩子，一男一女，男的叫薛尺，女的叫薛菊。恰巧，薛尺那天在河沟里抓了几条鲫鱼，烧好送到妈妈床前，在门边被父亲伸手接过，端到外间桌上，放到虞允文面前。虞允文不知内情，加上着实饿了，不一会儿便把鲫鱼连汤带肉吃个精光。哪晓得小薛尺在房里伏在妈妈床上无声地啜泣，直到半夜，还跟父亲争吵不休。父亲再三安慰:“孩子，这样体贴百姓的父母官，世上少见，别说几条小鱼，就是要我这条老命，我也心甘情愿哪!”

虞允文隔墙听见，潸然泪下。以后好长一段时间，每想起来，总是寝不安枕，食不甘味。

虞允文顿时语噎，伸出颤抖的手，一把拉住薛尺:“孩子，你爹呢?还在和州?”

“你走后的那年冬天，金兀术的兵马打进和州。我爹因不肯为他们背纤，被打得七死八活，一直在家养伤。”

“你还有个妹妹吧？”

“也在和州。”

“妈妈好吧？”

“妈妈……”

他不愿再说，倔强地昂起头，转身将身边一个铁塔似的大汉拉到虞允文面前：“大人，这是我儿时的好友苦椿，他一家也是被金贼所害。”说罢，又将另一位矮个子年轻人推到虞允文前面，“他叫张——”

矮个子年轻人马上说：“我那个大名太拗口，你就别叫了，干脆，叫我泥鳅。”说完哈哈大笑，笑够了，用手指指自己的鼻尖问虞允文：“大人，你细看看，我长得可像泥鳅？”

虞允文在灯下认真打量着，只见他全身真跟泥鳅一样，黝黑，动作麻利，说起话来短促有力，开口就笑。

薛尺在一边说：“虞大人，你别看他成天笑呵呵的，心里比黄连还苦。”

不等虞允文再问，薛尺告诉他，泥鳅一家在鱼霸的船上干活，受尽了欺负，父亲因讨要工钱被鱼霸推入江中。泥鳅悲愤至极，一把火将鱼霸家的几十艘船烧得精光。官府到处捉拿泥鳅，没想到他比真泥鳅还滑，一会儿泥里，一会儿水里，怎么找也找不到。

“他比泥鳅还泥鳅，就是神仙也难找呀！”

泥鳅打断了薛尺：“上哪找，我到你这儿来了，官府怎么能找得到？”

虞允文望着眼前的几位壮汉，听着他们风趣的对话，心里充满了喜悦。蓦然间，他的心底升起一个念头，问薛尺：

“你们这帮血气方刚的男儿，既然有如此深仇大恨，为何不去投奔朝廷的官兵，以血报国呢？”

薛尺避开虞允文的目光，低下头来。

大家也都默不作声了。

苦椿把两手一摊：“就是为了这，我们才去投奔山东的义军王友直，可转了三个多月，也没见到他们人毛一根，只好先在这儿安营扎寨。”

泥鳅把两手往中间一卡："此处乃南下必经之路，只要金兵打这儿过，我们就……"

苦椿接着说："这一卡，哪怕金兵比泥鳅还滑溜，也休想逃出我们的手心。"

泥鳅在旁边捣了一下苦椿："哎哎，你别拿我开涮好不好。"

"我不是说你，说的是金兵。"

众人被逗得哈哈大笑，笑意像春风里的涟漪在每张年轻的脸上荡漾开来，就像解冻的冰河，流得那样快乐、欢畅。

虞允文也跟着不停地笑，他想，这是一群多么可爱的后生，可惜生不逢时！

笑够了，薛尺把竹椅往虞允文身边挪了挪，问："大人，你从中都来，可听说金兵南犯之事？"

虞允文扫了扫一张张急切的脸，用力点点头。

大家再次陷入沉默。

寂静中，听得见薛尺两手攥在一起，捏得嘎巴响。陡然，他站起身，双手捂胸，诚恳地哀求道："虞大人，留下来吧，领着我们跟金兵大干一场，过大河，捣黄龙，杀个痛快！"

虞允文连连摆手："国事在身，久留不得。我得马上赶回临安，禀报朝廷，请皇上火速发兵！"

"皇上？你说的是康王赵构？"薛尺感到可笑，毫不掩饰地说，"谁不晓得，赵构派人把成千只鹌鹑和一车车荔枝拱手献给金人，认贼作父，只怕他跟在后面喊干爹还来不及哩。他敢出兵？唏，吓死他！"

"指望他抗金，真是石板上栽花——靠不住！"

"除非太阳从西山出，石磙子漂出水！"

弟兄们你一言我一语，乱嚷嚷。

虞允文眉心拧成了疙瘩，他不愿意在这天高皇帝远的地方听到这些对朝廷不满的话，便抬起胳臂，往下一按："请诸位放心，军情如此急迫，百姓怨声载道，天子哪会置之不理？再说，皇上的大哥在金营受尽了折磨，皇上也不会无动于衷的。"

见虞允文如此敬重皇上，薛尺也不便多说，吩咐弟兄们在竹棚内添几支松明，抬来自己酿制的美酒，和虞舍人痛饮。酒足饭饱之后，又要安排虞允文歇息。虞允文婉言谢绝，起身便要告辞。薛尺见挽留不住，便把他们一直送到山寨门口。

虞允文回身拉住薛尺的手，恳切地说道："倘若你们真要为抗金出力，我愿为你引荐！"

"上哪？"

虞允文指指黑黝黝的山峰，说："我劝你去山那边投奔王权将军，他是抗金老英雄刘锜的部将。"

刘锜这个名字，薛尺早有所闻。当年，他和岳飞一道，横枪跃马，驰骋沙场，杀得金兵闻风丧胆。薛尺激动不已，一把抓住虞允文的胳臂，大声问："王将军现在何方？"

"驻守庐州（今合肥市）一带，那可是抗金的最前沿哪！"

薛尺听了，像陷落在雾海里陡然见到桅杆一样，兴奋得一蹦老高，把胳臂朝后一抡："哥儿们，投奔王权将军，抗击金贼，为国雪耻，愿意吗！"

"愿意！"

"早盼着这一天啦！"

"你让我今晚走，等不到明早上。"

兄弟们摩拳擦掌，纷纷应和。

薛尺抬眼一扫，见有几个弟兄缩在一边默默不语，便道："斑鸠嫌树斑鸠起，不愿去的没关系。分道扬镳，任各位远走高飞！"

虞允文望着眼前这一双双喷火的眼睛，感慨万端，返回竹棚，挥笔写下一封热情洋溢的书信，双手捧给薛尺，再三叮嘱，从这儿向东南，越苍山，过五河，不出两天便到。

薛尺拱拱手，把虞允文送到山下。

当虞允文和随从们翻身上马时，薛尺紧追几步，双手拉住马缰，仰脸哀求道："大人，此番回京，替我们黎民百姓给皇上捎一句话，望皇上能有悯民忧国之情，头断血流，也不能失去大宋的一寸江山啊！"

一句话，激起虞允文心中的狂涛巨澜，他朝薛尺俯下身子，摸着胸口，意味深长地说：

“你们的心，都在我这里装着哩！”

说完，朝枣红马猛抽一鞭，那马振鬃长嘶，一阵蹄声响出山寨。

一直走到山口的转弯处，他转过身，见薛尺和弟兄们还站在那儿朝他招手，山风送来了声声呼唤：“虞大人，一 ——路——保——重——”

“保……重……保……重……”

弥漫着晨雾的山谷里，传来阵阵回音。

虞允文风尘仆仆，马不停蹄地往前赶。等渡过长江，到了京口镇（今江苏省镇江市）时，天色已近黄昏。他想，京口离临安还有好几百里，连夜往回赶，天亮前肯定能到，那时候，皇上怕是还没上早朝，不如先向驻扎在这儿的老将军刘锜打声招呼，让他早做准备才是。

一进军营，就听卫侍说，老将军卧床不起已有五天了。虞允文心中一阵难过，掀开中帐的大帘，只见烛光下，迎面的帷幕上高悬着一幅奔放的草书：

丧国辱身，悲之欲绝；

恨为谁平？耻为谁雪？

老将刘锜半卧在床上，身子显得特别瘦长，脸上笼罩着一层暗灰色，额头、面额上深深的皱纹，就像纵横交错的蜘蛛网，而每一道皱纹里，似乎都记录着他屡建的战功，也埋下了无尽的辛酸。

虞允文以为他睡着了，不便打搅，便静静地立在帐外。借着昏黄的烛光，忽然瞥见老将军那微闭的眼皮下，眼珠在不停地转动，胸脯也一起一伏的。哦，他没睡着，正在想着心事哩！虞允文移动一下疲乏的双腿，不知碰到了什么，“当啷”一声，老将军立时侧转身子，直愣愣地望着帐门口。

虞允文连忙上前打躬施礼：

“老将军，郎官来拜望你了。”

听见虞允文的声音，刘锜欠欠身子，像要坐起来，但马上又躺下了，一把花白的胡须飘在胸前。

虞允文感到纳闷："老将军，你……"

刘锜沉吟不语。

虞允文陡然想起，那年皇上派信使召刘锜进京商量与金兵议和的事，他借病推托，就是不去，还让信使坐了半天冷板凳。看来，他不是恨别人，而是在埋怨朝廷啊！朝廷派来的郎官，自然会受到冷遇。

虞允文躬身解释道："将军，我不是从朝中来，是从北方而来，从中都出使归来的。"

话音未落，老将军霍地坐起，一把扯住虞允文的手，急切地问："快说说，金人在干什么？我听探马来报，完颜亮撕毁绍兴十一年的和议，要大动干戈，可有此事？"

虞允文往床边一坐，激愤地说："老将军，我们的大宋，一发千钧啊！"

不等刘锜再问，虞允文侃侃而谈，把在中都所闻所见，一股脑倒了出来。他满以为这番话能激起老将军心底的狂澜，哪知刘锜听罢，又慢慢地躺倒了，依旧是双眼微闭，嘴唇微张，像要说什么，但又说不出来。

蜡烛的火苗跳了跳，好像要熄灭的样子。虞允文起身用竹签剔了剔烛花，动情地说：

"早年，我在四川就听到老将军的威名。你和岳鹏举一起，跃马横枪，痛饮黄龙，保住了宋朝的半壁江山。没想到将军如今变得如此消沉！"

"过去的事，提它干什么！"刘锜直摆手，沉默了许久，只见两滴浑浊的泪珠从他那满是皱纹的脸上滚落下来。

四周寂静无声，只听见秋虫在角落里轻轻地哼着一首无字的歌。

此时的刘锜将军正陷入无底的深渊里，身体有些飘忽，面色苍白，浑身在抖个不停。就在那一瞬间，他吃力地扭转身子，举起手臂擦去泪水，长叹一声："唉，岳飞父子屈死在风波亭已近二十个年头。这些年来，眼睁睁地望着国家日趋腐败，将士斗志渐渐衰退，大宋朝犹如行将倾倒的大厦，撑不住啰！"他把拳头在床沿上狠命一击，"纵然将我这把老骨头拆了当柴烧，又能烧上几个时辰？”

“老将军，此话好像不是出自你的口呀。”虞允文指指帷幕上那排大字，“这才是你的肺腑之言。老将军，倘若金兵打过长江，我们的半壁江山就会沦入敌手，到那时，何处是你我的归宿？”虞允文说得那么动情，两眼闪闪发光，“大敌当前，国难深重，就是一把柴，也应当烧起来才是，哪怕一个时辰，半个时辰也好！”

刘锜像被针刺了一般，胸中的波涛被这番话推动着，既愤慨，又伤心，既激奋，又顾忌，他久久地凝视着面前的虞允文，很快把激动的心情按捺下来，喃喃地说：“舍人，你先回去吧，告诉陈老宰相，叫他快向皇上进谏。倘若天子还有复兴宋室的勇气，我这把干柴，纵然化为灰烬，也在所不辞……”

说了一半，刘锜捂着胸，咳嗽起来，咳得脸都变了色。这咳嗽声，紧紧揪着虞允文的心。他还想安慰老将军几句，刘锜却把手直摆：“去吧去吧，国事在身，不必久留。”

虞允文怀着敬佩的心情，向老将军深深鞠了一躬，一步三回头地退出了军帐。

走了老远，还能听见老将军在叹息：

“完了，大宋，我的大宋呀……”

04 皇上，你醒醒吧

当早晨第一缕霞光在吴山顶上初露的时候，虞允文赶回了临安。

这个时候，临安城里的贵人们还在梦中游西湖呢。大街上，除了卖菜的小贩、拉粪的农夫，冷清清地没有几个行人，整条大街显得空空荡荡。

阵阵秋风，像一把把锋利的镰刀，从西湖边的树梢上掠过，半绿半黄的树叶，便唰唰地飘落下来。

虞允文遥望着碧波滚滚的湖水，仿佛听见金兵由远及近的马蹄声，好像看见完颜亮立在高高的吴山顶上，面对湖水贪婪地狞笑。虞允文心中暗想，沉静的临安啊，你也该醒醒了，也许再过三两个月，你就要沦丧；满湖的碧波，就要被鲜血染红。

他顾不得回府，径直赶到凤凰山下。

往上几步，便是皇上的“地上天宫”。此刻，天已大亮，宫中管理奏折的太监，正不紧不慢地用金杆挑去门前的灯笼。虞允文上前问道：“请问公公，早朝还有几时？”

太监望望这个满脸灰尘的郎官，不禁哑然失笑：“嘻嘻，还早朝哩。你不晓得呀，皇上不理朝政已有十天了。马上，皇上就要去西湖听歌哩！”

虞允文痴呆呆地站在石阶下，过了好半天，才长长地吁了一口气。

“怎么，你有事？”太监问。

虞允文心不在焉地“嗯”了一声，跨马直奔西湖。

西湖的里湖与外湖之间有块绿洲，名叫孤山。孤山四周长满碧绿的荷叶，形成绿油油的碧色围墙，一片片宽大的荷叶像一把把绿伞，摇曳多姿。可如今，那些荷叶已经枯萎，只留下一片狼藉。但孤山下的垂柳没有完全变黄。透过柳丝，能看见立在碧波荡漾中的放鹤亭。高宗正坐在描龙绘凤的亭子里，沉醉在自己的幻境之中。几个太监捧着盛满瓜果糖藕的食盆侍立一边。

碧波上，乐声伴着歌声在轻轻地飘荡。

水光潋滟晴方好，
山色空濛雨亦奇。
欲把西湖比西子，
淡妆浓抹总相宜。

高宗眯着细眼，不住地点头，放在膝上的指头也随着乐声轻轻地弹动，脸上露出欣喜的微笑。看来，这个年近六旬的天子和前些日子相比身体似乎好一些，但还是那么苍白、消瘦，随着年龄的增加，眼角也织满了鱼尾纹，鬓发几乎全白。刚刚上任的兵部尚书秦熹陪伴在侧，满脸媚色，两眼不时地瞟瞟高宗，随时准备回答皇上的问话。

虞允文站在湖堤上，恨不得一步跨上孤山，向皇上禀报，怎奈隔着湖水，近前不得。他想从那边的石桥上绕过去，可桥上站满了身着甲胄的卫侍，不让通过。没办法，他又踅身朝前面柳丛中的几只彩船走去，想让彩船把他载上孤山。

看船的太监们直晃脑袋：“不行不行，秦大人有令，皇上近日龙体不佳，一月不理朝政。”

虞允文双手打拱：“我有要事进谏，烦请公公向秦大人通报一声。”

太监们交头接耳地商量了一阵，不知如何是好。

一位年纪稍大的老太监听了虞允文一番话，向他点点头，自己爬上一只小船，荡起双桨往湖心划去。船儿刚要靠近孤山，就被站在亭外的秦熹发现，也不知老太监说了些什么，让他大为恼火，指手画脚地把老太监训斥了一顿。他的话被风吹得零零碎碎，很不清楚，只听见一句："真是个木鱼脑袋，跟你说过多少次……也不看看是什么时候……滚！"

老太监只得掉转船头，悠悠荡荡地漂了回来。

虞允文还站在岸上盼望着。不一会儿，小船又划过来了，老太监立在船头远远地向虞允文摊开双手，表示爱莫能助。

虞允文心中涌起阵阵酸楚，真想放开嗓门大喊一声："别唱了，金兵马上就要打过来啦！"但张了张嘴，又忍住了。皇上在此，不可无礼。他想起今年清明，皇上也和现在一样，正醉卧湖上，一个内侍呈来刘锜将军要求加强长江防务的紧急奏折，皇上瞟了一眼，脸色不悦。秦熹抬手一搡，把那送奏折的内侍差点推入水中。

虞允文紧锁双眉，木呆呆地望着湖水，湖水在秋风中泛起片片涟漪，忽明忽暗的太阳像铅盘一样，映照着湖面，泛出粼粼的波光，这波光像一把把闪光的钢针，刺穿了允文的心。

陡然，他想了个主意，转过身，直奔临湖的酒楼，找店小二要来一张白纸，铺在桌上，吮毫拂纸，奋笔疾书。他把他在中都所受的凌辱，把心中的悲愤，全泼洒到纸上。写完了，从头到尾看了一遍，这才把纸揣在怀里，急急地返回湖边。他心想，秦熹毕竟年轻，不同于他的叔父秦桧，要是看到这封信，知道事情的危急，一定会提醒皇上的。

老太监实在不想再去挨训斥，可当他展开虞允文给他的这张纸，看了看，激动起来，竖起大拇指朝虞允文直晃，便鼓起勇气，又将船划了过去。

虞允文抱着膀子，倚在岸边一株大柳树上，等待皇上的召见。

小船慢慢地贴近了孤山，老太监捧着他写的信，一步一颤地走上前，伏倒在秦熹的脚下。

隔得太远，看不清秦熹的脸面，听不清他们在说些什么。忽见秦熹把一只手高高举过头顶，迅速往下一劈，微风送来一阵怒斥。虞允文使劲眨眨眼，哎呀，不好，秦熹抽出宝剑凌空举起，弧光一闪，老太监吓得仰面倒进湖中。

待虞允文再睁眼看时，自己写的长信已被掷于湖水，随波漂荡，渐渐地漂远，最后消失在一片残破的荷叶丛中。虞允文的心仿佛被人用利刀一下子劈成了两半，他感到头晕目眩，站立不稳，要不是倚着树干，几乎要栽进湖里。

秋风飒飒，送来阵阵柔和的歌声：

天上人间兮，花城柳廓，
赏心悦目兮，妙何可说；
燕回莺转兮，丝竹不绝，
安即是福兮，和即是乐。
……

浪花拍击着堤岸，像金兵的马蹄从虞允文心上踏过。他急得心都要碎了。

焦急中，虞允文陡然想起了陈老宰相陈康伯。

那年，金兀术南犯，数十万大军压境，吓得高宗六神无主；秦桧趁机进谏，劝皇上下旨："若三日内金兵不退，解散朝中文武官员。"陈康伯得知，恼羞成怒，当着秦桧之面撕碎了圣谕，连夜召集百官，提出"不准议和，只准作战"的口号。数日前，又是这位老宰相两次上疏高宗，说金人肯定会撕毁盟约，卷土重来，皇上还是早早防备为是。可不知为何，皇上一直迟迟没有下文。

阳春三月，虞允文曾经跟随陈康伯沿江巡视，亲耳聆听过他的教诲，深知他有一颗抗金的决心。

想到这，虞允文周身涌起一股股热浪，他吃力地朝孤山望去，仔细寻找着老宰相的身影，可找了半天，怎么也找不到。在这种场合，老宰相总是托病不来的。老宰相的老家在江西弋阳，一人住在临安宰相府，虞允文去过那里，他决定马上去一趟。

他哪里想得到，陈康伯奉命出巡去了。

等啊等，一直等到天黑，陈康伯才回来。

灯下，陈康伯长久地打量着虞允文，他好像不认识他了，原来那张充满勃勃英气的男子汉的脸，如今像被霜打雪压一样，变枯萎了，失去了生气。他知道虞允文是为国家大事而忧虑，本想安慰他几句，但却什么也没说，因为说什么都是多余的，只是静静地听完虞允文的陈述，激动得脸色发白，连着鬓角的长眉不停地抖动，连声说：

“我这就去禀报皇上，这就去！”

虞允文右腿一屈，拜倒在陈康伯膝下。

两人登上凤凰山，从金殿正门绕到侧殿。值殿的小太监见陈宰相到，俯首而立。两人穿过回廊，走进一个幽静的大院。

陈康伯叫虞允文在院内稍候，片刻，小太监用猫儿一样柔软的动作，轻轻打起珠帘，让陈康伯进去。一股浓郁的香气从珠帘中溢出，透过一道屏风，虞允文见粉红色的宫门轻轻关上了，那门楣上清楚地现出三个字：“养心门”。

虞允文反剪着双手，在箩底方砖上来回踱步，一边抬起头，仰面看着那几株挺立在宫墙边的古柏。在晴朗的夜空里，松柏显得格外苍劲。月亮爬上了宫墙，高大的金殿，殿顶的琉璃，院子内的铜鼎、铜兽，全融进了月色的清辉。

虞允文不时地看看隐在珠帘后面的红门，可那门静悄悄地没有一丝动静。

月亮升得更高了，柏树的影子渐渐地缩短，可那扇红门依然闭得铁紧。虞允文感到困乏，张嘴想打个哈欠，连忙用手捂住嘴巴，他抖起精神，上前几步，将耳朵靠近珠帘。咦，这到底是怎么回事？他知道，从这扇门进去，便是花园。花园后面，是高宗起居的养心阁，也许皇上玩了一天，太累了，老宰相正在院子里静候哩。嗯，不管怎样，也该出来打个招呼呀，真把人急死了。

他跨上前，想推门，胳臂刚刚抬起又犹豫了。他明白自己的身份，一个低级郎官，普通的中书舍人，是没有资格出入这样的禁宫的，更不允许轻易推这扇红门。刚要缩手，耳边仿佛响起了金兵的马蹄声，眼前又好像出现完颜亮那不可一世的神态，那狂妄的叫声：“我要马踏临安，让你们归顺于大金的天下！”

虞允文的心禁不住一阵狂跳，终于鼓起勇气，猛地把门推开。

站在园内的小太监吃惊地望着虞允文，张开的嘴巴半天都没合拢。

明净如水的月光下，虞允文一眼看见陈康伯低头跪在地上，好像在等待着什么。朝前望去，高宗皇上静静地伏在一只丝绵软墩上，他的面前，是大朵大朵的金菊、月季、夜来香。

虞允文一怔，想起来了，一进临安，他就听说过，皇上最喜欢三件事：一是弦歌湖上；二是一早一晚总是要在花丛中静坐一个时辰，闻花香，宁心神，据宫中御医说，长此下去，能延年益寿；三是皇上特别爱听撕绸缎的沙沙声，每日正晌午，听着这细微的声音进入小憩。据说这声音能健脾养胃，怡神蓄精。就因为这，不知毁掉多少绫罗绸缎。虞允文亲眼看见，半年不到，内侍们就往宫外抬过十几趟破绸碎缎，全是重金难买的上品。

虞允文踌躇了一下，正想退出，不小心胳臂碰响了门环，发出“当啷”一声响，把他自己都吓了一跳。

皇上缓缓地抬起眼皮：“谁呀？”

陈康伯见是虞允文出现在门口，先是一愣，马上躬身奏道：“这就是臣向陛下几次提起的中书舍人虞允文。”

“哦，是不是那次在宫前一箭双雕的小郎官？”

“正是。”

皇上说的是宫前的一次射箭比赛。没想到，锋芒初露的虞允文让皇上还记在心里，这使他兴奋无比。

皇上没有任何表情，只是微微地动动下巴：“叫他过来。”

什么？皇上要他过去？虞允文怀疑自己的耳朵，是不是听错了？他用眼瞟了瞟陈老宰相，分明看见老宰相也正在暗示他过来呢。一股激动的潮水在虞允文身上涌动，他大步跨上前，按照召见的礼节，向皇上请安：“小臣拜见皇上！”

在朦胧的月色里，虽然高宗皇上看不清楚虞允文那瘦削的面庞和那双炯炯有神的眼睛，但从那洪亮的声音里，从那利索的举止上，觉得这确实像陈康伯讲的那样，是个干练精明的人。

像有一团火花照亮了虞允文的胸膛，他显得更加神采焕发。他从中都驿馆的见闻，讲到校场受辱，从完颜亮“立马吴山第一峰”，讲到规劝薛尺投奔王权将军。他不像一般人在皇上面前显得战战兢兢，畏缩不安，而是根本不注意高宗的表情，只是像流水一样，口若悬河，一泻而下。讲完了，似乎又想起了什么，重重地补了一句：“在中都校场，臣亲眼看见，钦宗皇上被金人拖上烈马，完颜亮一箭射去……”

“舍人，不要说了！”

陈康伯打断了他，朝皇上努努嘴。虞允文这才发现，皇上的额头上正滚着豆大的汗珠，两个宫女用力扶着他，但他的身子还是像筛糠一样，抖个不停。

过了半天，高宗才又颤巍巍地问：

“他，他怎么样了？”

虞允文回答：“被押进会宁府，生死不明。”

高宗翕动着嘴唇：“此话当真？”

“要有半句假话，臣愿领杀身灭族之罪！”

说完了这番话，虞允文长长地舒了口气，深感一吐而后快。

高宗的嘴角掠过一丝奇怪的微笑。虞允文讲了这么多，只有一句使他得意，那就是钦宗被押到会宁府，十有九死，这将了结积压在他胸中多年的心病。以后，再也不会有人同他争夺皇位了。即使大宋归顺金朝，完颜亮总会给他一点好处吧。那年，他曾派使臣向金兀术送过降表，声言除年年进贡锦绢二十五万匹之外，确定东以淮水、西以商州为两国国界。为这，金兀术还大大夸赞了他一番，说他办事果断有方，是当然的天子。

虞允文见皇上默不作声，感到机会难得，便又动情地说：“臣所到之处，人心激荡，所有百姓都恳请皇上赶快召集文臣武将，共商抗金大计，保住江南，保住大宋的江山！”

陈康伯也在一边道：“依臣所见，陛下可亲自去京口前线巡视，慰劳三军，以抚民心。召见刘锜，好生计议一番，要他加强对庐州、淮河一带的防务！”

“爱卿不必多虑，朕自有安排。”

皇上深深地瞥了陈康伯一眼，脸色有些不悦。

虞允文还想插嘴，被陈康伯止住了。

园里静悄悄的，静得能听见露珠滴落的声音。

不知又过了多久，高宗打了个哈欠，睡意蒙胧地叹了口气：“大宋朝自太祖创建基业以来，历尽千辛万苦，岂能毁于一旦！”他抬头望望在天空穿行的月亮，“天子，乃天降之仙，神马必定会助我矣。”

他没有说下去，闭起眼睛，想起了二十五年前那件泥马渡康王的荒唐事。

高宗就是康王赵构。

那年秋天，赵构被金兵追赶，逃进一座深山。这天，忽听说金兵马上就到，吓得他脸色煞白，连夜逃到山脚下的一个农妇家里。农妇有个儿子叫李马。那农妇冒着生命危险，叫李马背着他蹚过了百里淤泥河，谁知刚到对岸，又被金兵发现，紧追不放，一路呐喊："抓住李马，抓住康王！"

李马背着康王来到河边的一座破庙前，焦急间，一位挑水的农夫跑过来，二话没说，把李马和康王推进庙里藏好，转身把一担水泼到庙内那座泥塑的骏马身上，然后，站在庙前大呼："快来看哪，神马显灵啦！神马显灵啦！"

几个追赶康王的金兵收住了脚步，听那农夫在说："嗨，你们说怪不怪，庙里的泥马前几天不见了，今早不知怎么又回来了。你们瞧，这马跑得身上还直冒汗呢！"

金兵半信半疑，还来不及细看，农夫已带着十几个人一起拜倒在地，又叩头又作揖："神马显灵啦，保佑我们五谷丰登，六畜兴旺！"

那金将也连忙跪下，口中念道：

"李马驮康王，泥马渡康王——哦呀呀，原来不是李马，是泥马，是神马，神助神助，天意天意！"

那金将惶恐地站起，带着金兵一溜烟地跑了。

时隔数年，康王把李马救他的事早忘得一干二净，只记得一匹神马救过他。于是传旨，举国上下，赶制泥马，日日供奉。现在，他又想起泥马，心里一阵喜悦。是啊，我康王已闯过了九死一生的难关，是不会再有大难的。再说有天马相助，怕什么呢？他面带喜色，口中念念有词："神马！神马……"

陈康伯见皇上的眼皮又合上了，忙道："陛下，时候不早……"

皇上这才从迷茫中醒来，打了个呵欠："是了。趁秋高气爽，明日秦尚书还要陪朕上五云山围猎哩！"

话音不高，却像擂鼓一样震得虞允文耳朵嗡嗡作响。他的心在呼喊，皇上，你醒醒吧，再这样下去，大宋就完了！他的思绪在飞速转动着，还想说几句什么，皇上把袖子一拂，伸手朝他点了点："虞舍人，你的箭法不是很好吗？明日，随朕同往。”说完，缓缓立起，两个宫女扶着他，一步一步地走向养心阁。

小太监掀起黄缎软帘，让皇上进去以后，又返身走到陈康伯面前，拂动掸尘，轻声说：“不早了，大人也该回府了吧。”

陈康伯和虞允文站在冰凉的方砖地上，半天没有动弹。

05 属兔子的将军

薛尺领着他的弟兄风餐露宿，走了两天两夜，赶到庐州大营。

朝霞已经散去，云层变浓，阳光忽隐忽现。大概是昨晚露水太重，大营中那一排排牙边大旗被打得耷拉下来，到现在还抖不起精神。营帐四周只有几个站岗的士兵在来回走动，显得十分清静。

转过两座营帐，薛尺还要往里进，斜刺里忽然冲出一个大汉，抡着两把亮闪闪的大刀朝他喝道：

“站住，什么人？”

薛尺抬眼打量，这满面胡须的大汉，颧骨突起，眼窝深陷，宽阔的前额上爬满了皱纹。从他身上披甲如鳞来看，薛尺断定他是营中的将官，忙拱手道：“在下和州人薛尺，经虞大人指点，前来投奔王权将军。”

“虞大人？”黑大汉把薛尺上下打量一番。

“虞大人就是朝中的中书舍人，虞允文大人哪。”薛尺从怀里取出虞允文的亲笔信，呈给黑大汉。黑大汉看都没看，随手指指营后的一片树林，瓮声瓮气地说：

“去吧，那就是王将军的府上。”

薛尺转身一看，那绿树丛中现出了一座青堂瓦舍，门前花红柳绿，一池清水被几只拴着腿的老鸭搅得混混沌沌，跟将士们住的营地相比，显得很不协调，看来，这是将军临时占用的民宅。薛尺正欲道谢，那大汉已不见身影。薛尺回头招呼被拦在营外的弟兄，叫他们站在原地稍等，便径直朝那大院走去。

门外石阶上，一个年轻的卫侍正趴在石椅上打盹。四周鸦雀无声，只有挂在廊檐下竹笼里的金丝雀在叽叽喳喳叫个不停。

薛尺推推门，里面好像闩着。他接二连三地叩打门环，卫侍惊醒，一骨碌爬起，上前扯住薛尺："哎哎，你找死呀！"

我哪是找死，是找人！薛尺撂心里笑笑。这时，门"吱呀"一声开了一道缝，露出了一张圆盘似的脸，一双红红的小眼瞪着薛尺，好像在说，你是什么人，一大清早就来打搅，烦不烦哪。薛尺不等他开口，便将虞允文写的书信恭恭敬敬地递了上去。

圆盘脸粗粗看了一遍，脸上立时浮出一片笑意，这才把门拉开，平伸着手臂："请进，请！"

他敞开怀，趿拉着鞋，一摇一晃地把薛尺领进了正房堂屋。堂屋正中，摆着一桌还没有收拾的残席，杯盘狼藉，鸭骨头、鱼刺扔得满桌满地。显然，是昨天晚上留下的。靠桌的墙上，高悬着一柄宝剑，剑鞘上刻着金晃晃的九纹龙图案。

胖子的眼睛变得灰暗无光，像门口那污浊的池水，混混沌沌的，一看就知道他是刚从睡梦中醒来。

"请问，王将军……"薛尺试探着问。

"嘿嘿，正是鄙人。"圆盘脸手捂胸口，笑容可掬地望着薛尺，"好，好，信我已经看过，知道你们想来投奔朝廷的官军，为国效劳，本将不胜钦佩，钦佩，但不知带来多少人马？"

薛尺似乎没听清他在问什么，仍在思忖，难道这迷迷糊糊的胖子，竟是他要投奔的大将军？他心里产生一阵强烈的反感，无论如何也不能把面前这个家伙和抗金前线的总指挥联系在一起，只是怔怔地望着他，一时不知说什么才好。

王权似乎也看出了他的心思，呷了一口茶，不紧不慢地说道："虞舍人嘛，老交情了，他在四川时我们就有来往。他能进京，还有我的一份引荐之功哪。哈哈哈……"他得意地笑着，笑得两眼眯成了缝，笑得脸上的五官全挤到一起来了。

薛尺却笑不出来，转念一想，人不可貌相，海水不可斗量，表面上看这家伙迷迷糊糊，说不定这是一位临战勇猛、指挥有方的将军。谈笑之中能叫敌兵灰飞烟灭，决胜于千里之外，这样的将官，大有人在。嗨，也罢，既然来了，听听他说些什么好了。

王权意识到他刚才的问话薛尺没听清楚，便用一根手指头敲击着桌面：

“问你哪，带了多少人马？”

薛尺伸出手掌：“二百五。”

“二百五？”王权突然把脸一沉。

薛尺差点笑出了声，这个迷糊胖子，酒还没醒呢，便大声说：“我带来二百五十个人。”

这回，王权才听清了，忙问在哪儿。

“候在帐外。”

胖子嘴直歪，看样子他很不满意，嘴里却在说：“呵呵，来多少算多少，多多益善。”

他心不在焉地跟薛尺寒暄了几句，拿起虞允文的信又细看了一遍，用指头弹了弹，感慨地说：“虞舍人真是一片赤心哪，只可惜他生不逢时！”他又问薛尺和虞舍人是怎么相识的，薛尺便把虞允文从中都归来，路过山寨，差点被他当金兵奸细处置的事讲了一遍。王权听罢，笑吟吟地捋着胡须，却不吱声，好像在想着什么心事。

薛尺看他不紧不慢的样子，急了，腾地站起，瞪眼望着王权，大声说：

“听虞大人讲，金兵不日将要南犯。三十万大军哪，就要从你这里经过，将军切不可掉以轻心。”

王权先是一愣，过了好半天才回过神，结结巴巴地说：“啊，啊，少安毋躁，少安毋躁，容我马上、马上，这就召集将官，一起商量商量，一起……”

“哎呀呀，都火烧眉毛了，还商量个屁！”

里屋陡然响起一个女人咋咋呼呼的声音，这让薛尺吃了一惊，正欲抬头，见一个妇人从屋里扭将出来。她一眼瞥见堂屋里坐着一位高身材、宽肩膀的小伙子，正欲插话，王权朝她白了一眼："去去去，进去，这儿没你的事。"

"怎么没我的事，你的事就是我的事。"那女人倚着门框撒起娇来，扭动着水蛇腰，哭丧着脸，嘴里直嘟哝，"金兵马上就要打过来了，我那些金银首饰、细软家什，还没安顿好。你倒自在，跟没事一样。当初，是我哥瞎了眼，硬要把我托付给你……"

王权好像很不高兴："你哥，你哥在朝廷可帮我讲过一句好话，还你哥你哥呢。"

那女人跨上来，气冲冲地质问胖子："我哥怎么啦，要不是我哥，你能要风得风，要雨得雨？"

"我倒想问你，要不是你哥，我能一年到头在外面跑……"

那女人被激怒了，也不顾有外人在场，两手往腰上一卡，点着王权的鼻尖，大声道："姓王的，你怎么尽讲黑良心话？要不是我哥，你能当上这么大的将军。什么将军，狗屁将军！算我倒霉，呜……"

女人越说越气，把脸一捂，竟然抽泣起来。

薛尺瞟了她一眼，这女人满头的绢花、金钗，几乎要盖住头发，头发下一脸脂粉，让人生厌；再往下看，水红袄，淡绿裤，小脚上穿着一双尖尖的绣花鞋。看年纪，已是四十出头，还这般打扮。薛尺感到一阵恶心，扭过身子，面朝门外。

王权见女人还在纠缠，拉长了声调说："我的姑奶奶，给我进去吧，我们在商量大事呀。"他把"大事"两个字咬得特别重。

"什么大事小事，还想瞒我！"

那女人把桌上的杯子一掼，还要撒泼，王权抱住她的膀子，使劲将她往屋里拽："不是说过了吗？过几天就送你回你娘家，要么上你哥那里去。那些宝贝，你全带着好了，一件也少不了。进去，进去呀！"

那女人死活不想进，还不时用眼角的余光瞟瞟薛尺，嘴里不知在嘀咕什么。王权急得头上冒汗，恨不得跪下求她，她这才极不情愿地进了屋。等那女人一进去，王权把房门一带，咕噜了一句："这个女人，能把人烦死。"

"你说哪个烦死了，说，哪个烦死了！"没想到房门"砰"地重新被打开，那女人又出现在眼前，指着王权说，“当初，你到我家求我，一天三趟，把我一家老小烦得透透的。你说，哪个烦死了，是哪个烦死了？说呀。”伸手就要拧王权的耳朵。

王权瞟瞟端坐在那里的薛尺，猛地拉开女人的手，本想发火，小眼一眨，瞬间换成了笑脸，连声赔不是：“对不起，是我烦人，我烦人，好不好！”

女人这才扭回房间，王权把门一带，反锁住了，这才放心地坐到椅子上对薛尺道：“好吧好吧，你就先留在这儿。明日，我当着众将官之面宣布，封你为小将军。”

薛尺感到纳闷，如此大事他怎么这样随意，难道军中没有规矩，他想让谁当就让谁当，真不可思议，薛尺摇摇头：“王将军，我不是为一官半职……”

王权有些不耐烦了，将手一举，止住了他：“不必多说，既然是舍人引荐来的，岂能怠慢。”他忽然又换成一副笑脸，“你马上带兄弟们饱餐一顿，然后，美美地睡上一觉，养精蓄锐，再作计议。”

见他下逐客令了，薛尺起身欲走，王权把在门口的卫侍叫来交代一番。卫侍把薛尺领进后营，将兄弟们一一安顿。饭后，又特意为薛尺单独找了个清静的地方让他歇息。

薛尺哪能睡着，一合上眼，脑海里就浮现出金兵人喊马嘶、杀人放火的场面。他睡不着，翻身坐起，望着窗外，等待王权召集他们商量大事。可等哪等哪，等了好久也没有一点消息。伸头看看帐外，太阳已经偏西，他再也不想等了，披上衣服，疾步朝外走去。

绕过校场，薛尺见前面旌旗下的一个圆顶帐外，十几个士兵弓腰撅屁股正在帐外听着什么，个个屏息凝神。后面几个或蹲或站，或斜靠在一株枯树下，其中还有他的几位兄弟。薛尺刚想靠近，众人听到他的脚步声，回头瞅瞅他，谁也不说话。

一位兄弟把他拉到一边，耳语道：

“里面正在商议抗金的事。怎么，他们没请你参加？”

薛尺“哦”了一声，挤了进去。见到他来了，几个自家兄弟直往后缩，想挪个地方给薛尺，薛尺摆手示意，叫大家不要动弹，他抱着膀子往地上一蹲，只听见帐内传出一阵激烈的争吵声，就数那个黑大汉嗓门最响：

“大哥，三年前，你我撮土为香，对天盟誓，不灭金贼，誓不为人。可现在，你竟然长出了兔子腿。金兵还没过来，就领着我们不要命地往后退，退过淮河，退到庐州。现在，你还要我们退，你说，你要退到哪一天，退到哪里为止！”

“再退下去，人都跑光了，还打个熊！”声音刚落，马上有人接着。

“将军，不能再退了，再退下去，大宋的江山都退光啦！”

“你要再退，我今晚就走人，回老家种田去，免得在这儿丢人，哼！”

王权真沉得住气，还是没有吭声。又过了一会儿，才听见他那不紧不慢的声音：“诸位别吵吵了，少安毋躁嘛。来来来，都坐下，都坐下，有话慢慢讲。”停了片刻，王权缓缓地说道：“金兵这次南犯，来势犹如洪水猛兽，谁能挡得住！我，作为三军的主将，若叫大家上去硬拼，岂不是以卵击石，视将士们性命如草芥？那样做，上对不起皇天，下对不起父母、妻室儿女。”接着，是一阵翻动书页的哗哗声，“喏，这兵书上说得明明白白：三十六计，走为上策。愚将现在用的就是这种战术，这叫养精蓄锐，迂回抗金。”

“得了吧，死到临头了，还迂回呢！”黑大汉急得把脚直跺。

薛尺忍不住了，一步跨上前，伸手拉开帐帘，大声道：“王大将军，后退不得啊！”

十几双眼像被线牵住了似的，一起落到薛尺身上。王权见薛尺威风凛凛地出现在眼前，愣了片刻，马上说道：“来得正好，正好！来来来，我给列位介绍介绍，这位是新来的小将军，是朝中的中书舍人虞允文引荐来的。”

那黑大汉看也不看薛尺一眼，还要往下说，被王权岔开了，看着薛尺：“小将军，我们正在商量退敌之计。怎么，你也想听听？”

薛尺看着他那虚情假意的样子，一肚子火气直往上蹿，正要发作，但见在座的将军们有的皱眉，有的咂舌，一副很不欢迎的样子。薛尺继而一想，也难怪，自己不过是个二十来岁的后生，比起列位胡子将军来差得远呢，多嘴多舌，人家会讨厌的。再说，初来乍到，谁晓得这葫芦里装的什么药？他努力克制着自己，朝诸位施了一礼：“好，我等着大将军的吩咐。”

说罢，转过身走出大帐。

让他没想到的是，王权竟然追出来，扯着他，点头哈腰地说：“小将军，你先歇着，歇着。等会儿我去找你！”他一眼瞥见帐外不少人在偷听，气得脚一跺，“听什么？走开走开！泄露军机，当心脑袋。”

士兵们愤愤地离开了。

薛尺只好回到帐中静候，一直等到太阳落山，也不见有人来。弟兄们急得抓耳挠腮，有的提出，干脆把队伍拉回山寨算了，免得在这儿受气。薛尺尽管心急得如火烧一般，表面上却表现出少有的平静，不停地劝大家，好马不吃回头草，既然来了，就得听从军中调遣。

等哪等哪，从天黑等到次日黎明，从黎明又等到太阳西沉，好不容易熬到次日黄昏，王权这才命人把薛尺传到帐中。

一见面，王权就笑呵呵地迎上来：“小将军，等急了吧！我知道你们这帮血气方刚的男儿报国心切，恨不得一口把金贼吞了，我何尝不是如此？我亦父母所生，天地所养，国恨未雪，家仇不报，我……咳！”他又是一跺脚，“可是，性急吃不了热粥，鲁莽从事，会捅出篓子的。”

他说得很诚恳，脸上的五官迅速挤到一起。

薛尺瞅着王权，琢磨着他话中的含意，说道：“王将军，有何吩咐，尽管直言。”

“我想……”

“想要我做什么，你直说。”

王权这才告诉薛尺，想派他到淮河岸边打探一番，看看金兵如何行动，回头根据军情再作计议。

“给你两天工夫，你也不用太急，等你回来，我等你回来。”

薛尺百思而不得其解，军中有的是流星探、飞马探，为什么要派他去。王权看出他的心思，接着说：“我早了解到，你对这一带地形了如指掌，会潜水，善夜行，足智多谋，办事有方。叫别人去，我放心不下呀！”

一番话，说得滴水不漏，驱散了薛尺心中的疑团，也是呀，既然来到军中，当然要听从调遣，他朝王权恭恭敬敬地一拜：

“大将军差遣，小的敢不从命？”

薛尺回到帐中，发现弟兄们个个都不睬他。看见他的身影，正在说话的马上打住了，有的把脸转向窗外，有的抱着膀子往地上一蹲，闷下头一声不吭。泥鳅更干脆，看到薛尺，身子一侧，从门边哧溜一下就往外跑，薛尺道：“你又想往哪滑？”一把没拉住，泥鳅已挣脱了出去，跑到门口的大树底下，用手指头不停地在树干上抠。

薛尺感到奇怪，今天这是怎么了，都吃了哑药啦？他碰碰这个，捣捣那个，可还是没人理他，他急了，大声问：“你们这是干什么？有屁照放，有话就说！对我有什么意见就亮出来，别这样斗气好不好！”

苦椿咧嘴一笑：“你现在是什么人哪？是官兵的小将军啦！还回来做什么，去当你的将军好喽！”

要是在过去，听到这种冷嘲热讽的话，薛尺会一拳打过去，可他毕竟是这一家之主，什么也不想说，什么也不能说，只能挤出一脸苦笑，向大伙解释，解释半天，还是没有人搭理他。

顿了一息，苦椿这才把脸转过来，对他又是一顿牢骚：“当初你就不应当听那个姓虞的，把我们带到这里来，受气不说，还跟着这帮兔子到处乱跑。”

站在外面的泥鳅大声道：“谁晓得那个姓虞的安的什么心，诱骗我们往他设下的圈套里钻，弄得出不来、进不去。”

提起虞允文，薛尺心里也有种说不出的滋味，觉得他是有些可恨，恨他对王权根本不了解，硬把他们往他这里塞；恨他说的比唱的都好听，一番花言巧语把弟兄们的劲头鼓起来了，自己却拍拍屁股一走了之。所有这些，他还不能在大家面前流露半点，虽然心里被激得火冒冒的，也不能说，他毕竟是一家的主事呀。他急呀，急得拳头都攥出水来，也想不出用什么办法能压住这一颗颗躁动的心，只是简单地把大伙训斥了一通，话音刚落，马上遭到苦椿、泥鳅的反对。

苦椿说：“你想留下我不反对，我们走好了。”

泥鳅说：“我们明天就去找那个姓王的馒头胖子。妈的，什么东西，狗屎一摊！”

大家七嘴八舌地议论开来：

“我看又是一个属乌龟的货！”

“属乌龟都不错了，乌龟只知道缩头，他比乌龟还差劲，我看是属兔子的，只知道跑，跑。”

“明天，我把刀抵到他的颈脖子上，看他还跑不跑！”

你一句我一句，差点把房顶抬上了天。

薛尺不理他们，他知道这些弟兄的性格，刀子嘴巴豆腐心，嘴上说得再凶，心还是软的。他再三安慰大家，说他现在心中想的只有一件事，那就是赶快去淮河边侦察一番，看看金兵到底到哪了，家里的事等他回来再说。

听说薛尺马上要走，众人又乱嚷嚷起来：

“你走吧，走吧，走得越远越好！”

“这里的事我们自己做主，不用你管啦！”

“等你为朝廷立下大功，可别忘了我们哟。”

听着这些冷嘲热讽，薛尺也不再理会，胡乱扒了几口饭，飞身上马，披星戴月往淮河岸边赶。

淮河大堤上下，全是黑压压的一片，到处是人；河滩上也是人群熙攘，人头攒动。薛尺一打听，这些全是从北岸逃过来的百姓，小孩哭，大人喊，牲口叫，乱得一塌糊涂。

一位船老大告诉他，完颜亮带着三十万大军，以破竹之势打到了淮河北岸。所到之处，烧杀奸淫，无恶不作。这可把老百姓吓坏了，他们扶老携幼，纷纷抢渡淮河向南逃生。没走掉的，落于金军马蹄之下，死伤无数，其状惨不忍睹。

一个背着娃娃的大嫂挤了进来，流着眼泪告诉薛尺，她家在离这里三百里的柴集，日子过得好好的，金兵过来了，一把火把她家的房子烧得精光。丈夫上前跟金兵拼命，被他们一刀捅死，幸亏她带着孩子钻进了草垛，才得以逃生。

还有个走路一瘸一拐的老汉，说他正在地里收红芋，金兵来了，二话没说，就把他家的那头小毛驴牵走了。小毛驴不肯走，绷着腿，扯起脖子拼命叫，那金兵手起刀落，小毛驴的头就掉了下来。他越说越伤心，“那毛驴真可怜，头掉在地上还在叫，叫我快救救它。唉，我连自己这条老命都保不住，怎么救它呀。”

看薛尺牵着一匹高头大马，出语不凡，不少人上前询问他是什么人，从哪儿来，薛尺道：

“和你们一样，都是老百姓，只是肩膀上担子重一些罢了。”

他说得云山雾罩的，让人摸不着头脑。

薛尺不想多说，纵马登上高坡，遥望北岸，只见火光冲天，隐约听见人嘶马叫。看来，金兵明后天就有可能渡过淮河。军情如火，不能耽搁。他又打探了一些情况，天还没亮，就急匆匆地往回赶。

一接近庐州大营，他愣了，这是哪儿呀，越看越觉得不对劲，原来的营帐不见了，拔锅灭火，留下一片废墟。薛尺怀疑自己找错了地方，向东一望，那片树林还在，那栋青堂瓦舍还在，柳绿花红。池水还在，只是鸭子一只也不见了，留下一池污水在打漩。门口竹笼里的金丝雀还在叽叽喳喳叫个不停。

薛尺推门一看，满屋狼藉，墙上高悬的还是那把九纹龙宝剑，他将剑取下，用力往外抽，可怎么也抽不动。唉，此剑早已锈死！他随手将剑一掷，飞步跨出门外。

只见远处的黄土道上，男男女女，老老少少，争先恐后地向南方奔跑。

薛尺上前询问一位白胡子公公，老人家揩了一把挂在额上的汗珠，喘着气道：“金兵还没过来哩，这帮朝廷的官兵就夹着尾巴跑啦！”

“什么时候？”

“天蒙蒙亮，就拔掉了营寨。”

“去向何方？”

“往南，听说往含山昭关方向。”

好一个王权！薛尺气得咬牙切齿，连声叹息，都怪自己太相信别人了，也不动脑筋想想，就稀里糊涂地投错了庙门，落到今天这个地步。更怪自己听信了王权的话，急惶惶在外面跑了一圈，等他回来这帮家伙早已溜之大吉了。也不知他的那些弟兄上哪去了？也会跟着王权跑吗？苦椿、泥鳅，他们哪个的头不都难剃得要命，他们会听从王权的指挥？不可能。他和他们是生死之交，他了解他们，他们怎么会在危难降临时丢开自家兄弟呢？他们曾经发誓，哪怕天塌地陷、江河横流，也要手拉手、心贴心地在一起。

薛尺心想，弟兄们不会轻易走开的，也许还在什么地方等着他。他牵着马，在附近转了一圈，扯着嗓子喊了几声，整个营地如同坟墓一样死寂，没有一点回音。他沉吟片刻，跨上鹁鸪青骏马，大喝一声“起”，那马便顺着黄土大道向南狂奔起来，一溜烟尘滚滚，马蹄声急。

路两旁的田地里，玉米吐着胡须，豆角裂开了嘴巴，山芋拱出了泥土，棉花一朵朵地撒落在田间，却不见一个人来收获。大路小路，尽是逃难的人群，挑担子的，推小车的，牵牲口的，拖儿带女，哭声震天。天空中，一只孤雁鸣叫着，振翅向南飞去。

薛尺仰天长叹，大雁啊，难道你也无处存身了吗？想想自己，真和大雁一样悲惨，如今落得孤身一人。他思潮翻滚，热血沸腾，两眼死死地盯着天边的地平线，纵马奔驰。

不知越过多少道溪水，翻过多少座高山，鹁鸪青登上一座怪石嶙峋的山岗。薛尺勒马望去，只见王权的队伍正在山谷里缓慢地向前移动，将士们丢盔弃甲，疲惫不堪，路边溜的，地里蹿的，埂上跑的，溃不成军，远远望去，好像一条淤塞了的大河，慢慢地流淌。

“站住！”

薛尺大吼一声，两腿一磕，鹁鸪青奔下山岗，一直飞到一个黑大汉面前，薛尺施礼问道：“王大将军呢？”

黑大汉扬鞭一指：“喏，跑在最前头的那位，不见影子啦！”

薛尺一腔怒火，纵马紧追。士兵们听见这如军鼓似的马蹄声，忙闪出一条道，让他过去。

越过人流，再朝前赶了半里，果真见王权骑着一匹白斑马，孤身一人，头也不抬地朝前赶。在他身后不远，是一辆带轿顶的马车，里面坐的，一定是那个满脸脂粉的女人。

“王权，你给我站住！”

薛尺大吼一声，似晴空霹雳，吓得王权差点跌下马来。刚要回头，薛尺的马已追赶上来，眨眼超过了他，马头一转，挡住他的去路。鹁鸪青被薛尺猛地一勒，前蹄腾空，一声长嘶，吓得白斑马直往后退。

王权定神一看，呀，是薛尺！圆盘脸上顿时浮出一片笑容："哎呀呀，我当是谁呢，吓了我一跳，原来是小将军。我们等了一夜都没等到你，又听探马来报，说金兵马上就要过淮河，只好先走一步了。抱歉！抱歉！"

他拉拉手里的缰绳，白斑马继续往前赶。

薛尺挥鞭一指："王权，你给老子站住！"

王权好像没听见。

"姓王的，你这个孬种，你到底站住不站住？"

薛尺从不骂人，这时，恨不得把世界上所有的脏水都泼洒到眼前这个胖子身上。王权走得更快了，薛尺怒火不打一处生，旋风一般飞奔上去，一探身，抓住了王权马上的铠甲丝绦，往后一带，"哗啦"一声，把王权拖到马下；两马一错镫，王权的白斑马还要往前纵，薛尺伸手扯住马缰，白斑马奋鬃，喷鼻，在原地连转三圈。

薛尺跟着跳下马来，指着王权痛斥："软蛋！尿包！大宋朝的脸被你们这帮东西丢尽了。"

王权脸色一变，嘴里不干不净地嘀咕着："你是什么东西？草寇一个，强盗一群，竟敢跟我这个堂堂的朝廷命官相提并论。还敢说我是软蛋、尿包，这简直太不像话了。"他抖动着满脸肥肉，指着薛尺：

"怎么，你敢骂我？"

"骂你怎的，老子还要揍你呢？"

薛尺说着，纵身一跃，骑到王权身上，连打带骂："跑，老子叫你跑！"拳头雨点似的朝王权头上、身上直擂，王权两手护着脑袋，惊呼饶命。

"说，你还跑不跑？"

"不，不……不跑了！"

"快传令三军，停止后退！"

"行，行，我这就传……传……"

后面的一辆马车过来了，从车上的轿子里钻出那个满脸脂粉的女人，她见王权挨打，急得乱蹦："老天爷呀，你怎么敢打起将军来了？反了！反了！"她叉腰指着马车边的几个卫侍，"站着干什么，还不给我上！"

薛尺依然揪着王权不放，喝道：

"滚起来，快快传令三军，不准后退！"

卫侍们捋胳臂伸腿，正要往薛尺身上扑，薛尺把拳头一晃："来吧，尝尝这玩意儿是甜的还是咸的！"

卫侍们吓得直往后缩。

薛尺哪肯放过王权，逼他马上传令，王权哭丧着脸，一面点头应着，一面整整衣帽，揩了把满是血污的脸，磨蹭了半天，突然铆足劲，扯着嗓子朝队伍中大叫起来："王隅，你的卫队死绝啦！"

弥漫的烟尘里，急匆匆地奔出一个满脸麻子的将军，手一抡，二十多个膀大腰圆的卫士一拥而上，将薛尺团团围住，抓胳臂揪头发。薛尺一个转身，来个霸王抖金甲，身子一晃，腿一扫，卫士们"稀里哗啦"全倒在地上。

王权在一边呼叫："快，给我上！"

卫士们又一窝蜂似的围了上来。那麻子将军乘势挤了进去，左手扳住薛尺的手腕，紧按脉门关节，右手一捋他的胳臂，顺手牵羊地往怀里一带，薛尺站立不住，扑通趴倒在地。薛尺正欲站起，几根麻绳飞上了他的身子，三绕两绕，将他捆了个结实。薛尺跺着脚痛骂王权："狗娘养的，算老子瞎了眼，看错了人。我的弟兄们呢？"

王权指指夹在队伍中的几十个木笼："看，那就是他们的下场！草寇群氓，不听调遣，聚众闹事，我岂能容你！"

薛尺这才看见，木笼里装的尽是自己的弟兄，个个眼巴巴地瞅着他，好像在呼叫："你怎么才来呀？"

薛尺面向着东方，跺脚长叹："虞允文，你害得我好苦！"

06 风雨飘摇的宫城

铅灰色的天空，云层越压越低，阴沉昏暗。随着阵阵西北风，大殿前的那几株芙蓉树也簌簌地飘下落叶。

临安的空气越来越紧张了。

孤山上的秋菊正在怒放，一团团，一簇簇，分外好看，可却没有一个人来赏菊。美丽的西湖，秋水荡漾，但却没有一只游船。昨天夜里，从北方传来消息，完颜亮已打过淮河，占了庐州。看架势，要不了多少天，金兵就有可能跨过长江，直指临安。城里城外的百姓惶惶不可终日，家家户户都在准备逃难，谁还有心思来游山玩水呢？

西湖上，昔日高宗弦歌欢舞的放鹤亭，更显得孤寂荒凉，湖滩上那萋萋的蓑草，蕴蓄着多少人的愁和恨。

天还没黑，金殿四周所有面对正堂的大门都关上了，卫侍们好像生铁铸成的一样，直立在通道和石阶两侧，形成一种森严肃杀的气氛。皇宫的议事殿上，早早亮起了宫灯。高宗坐在龙桌前，两眼瞟着两厢的文武大臣，苍白的脸上没有一点精神。昨日黄昏，他得到金兵占领庐州的消息，急得饭不思茶不想，一夜没合眼；早上起来，两眼发花，两条腿像踩在棉花上一样，软绵绵的。

“众爱卿，今日朕召你们上殿，共商对付金兵入侵之事……”高宗的嘴唇动了动，声音有些打战，“哪位爱卿若有救国之良策，快快献将出来，以保社稷！”一句话未了，高宗鼻子一酸，泪水慢慢地涌上了眼眶。

大殿上下静静的，没有一点反应。

满朝官员都知道，从春天开始，完颜亮一直都在集结大军，准备分多路直取大宋。东路由完颜亮亲自率领进攻淮南，然后南下；中路进攻襄阳；西路攻打大散关；还有一路从海上进攻，直取南宋首都临安。

看来，完颜亮真的是想把南宋一口吞了。

一连几天，皇宫里都在讨论这关于国家命运的大事。如果再不想想办法，南宋的江山就彻底完了。

面对文武大臣，陈康伯神色严峻地分析了形势，最后，他让每个人都说说自己的想法，集思广益，拿出最好的抗金妙计。可大殿上下，静悄悄没有一个人吭声，所有人的脸都变成青色，个个张着嘴巴，一脸苦相，眼巴巴地望着斜靠在龙椅上的高宗皇帝。站在前排的一位面容清瘦的老臣，上颚骨和下颚骨竟发起抖来，他好像站不住了。看看陈康伯一边在慷慨陈词，一边用眼睛瞟着他，他便强撑着把腰直起，倚在身后的龙柱上，两眼失神地望着前方，但还是掩饰不住内心的慌乱，双腿在不停抖动。

大殿四门敞开，一阵阵穿堂风，像吹进来一股股冷气。虽然还没有完全入冬，大臣们却个个感到不寒而栗。是谁在低声啜泣？陈康伯抬眼看去，那抽泣声还没找到出处，倒看见坐在龙椅上的高宗鼻涕一把泪一把地哭将起来，没有发出声音，但那爬满了两腮的清泪，让每个在场的人都仿佛进入了世界末日。

陈康伯环顾四周，感到不能让这种悲观情绪再扩散了，他清清嗓子，把嗓门猛地一提，对众人说：“大家不必如此伤感，我们也有好消息呀。刚才接到探马来报，完颜亮从海上进攻的那一路，正遭到我大宋军队的迎头痛击，败势已经初现。”

话音没落，大臣们就交头接耳地议论起来，有人问在海上什么地方，还有人在打听是谁带的兵。先前的一脸苦相浮出几点亮色。

陈康伯朗声道：“在哪？在胶西县陈家岛一带海面上，是岳飞的老部下李宝率军打的这一仗。”

李宝！好一个李宝！文臣武将的脸上露出了笑容，有人竟然鼓起掌来，连声叫“好”，还有人恳求皇上，好好嘉奖李宝。

“还有呢，”陈康伯面带笑意，接着道，“从西北方进攻川陕的那路金兵，受到四川宣抚使吴玠的截击，狼狈而逃。”

像两颗石子扔进一泓死水，大殿上的气氛变得活跃起来。

陈康伯嘴角动了动，脸上露出鄙夷的神色。这些饱食终日、无所用心的官员，只知道吃喝玩乐，只知道把国家的银两往自己口袋里捞，哪管黎民百姓的生死，哪管国家的存亡？提到好事，顿时喜形于色；一说到危险，个个吓得两股颤颤。皇上啊，都说你是明察秋毫的真龙天子，可你用的都是些什么人哪！好了，不能让他们沉醉在这点滴的喜悦之中了。想到这里，陈康伯话锋一转，又回到完颜亮的东路大军上。

“马上奔临安而来的一路人马，是完颜亮亲自挂帅，那可是一支强大的劲旅呀，少说有三十万。”说到这里，陈康伯伸出三根指头，“三十万，你们想过吗，这是什么数字？一旦打过长江，不要数日，就能攻克临安。到那时，无论你躲到哪里，也免不了一死。”

像一桶冰水迎头浇了过来，大殿上的喜悦气氛顿时被压了下去。

四下又变得一片死寂，好像这不是皇宫，而是一座令人窒息的坟墓。

秦熹不知从哪里闪出身来，躬身奏道：“陛下，昔人有诗云：流水落花春去也。眼看大势已去，纵然谁有托天的本事，也难以收拾残局。依臣所见，不如暂到海上一避，休养生息，来年再作复国之计。这叫……叫‘避其锐气，击其随归’。”

秦熹站在居高临下的位置上，一边说，一边冷静地观察着群臣的脸色。

众人不知如何接话。

陈康伯挺直腰杆，禀道：“陛下，万万不可选此下策！”他狠狠白了秦熹一眼，“如今朝中文武大臣虽然软骨头不少，但山林大泽之间，见义勇为、赤心报国的义民和志士却大有人在。更何况万里河山，物华天宝，俊采星驰，大宋的希望就在那些能人志士身上，只要把他们动员起来，同心协力，抗击金贼，危局是可以挽救的。再说，军中还有刘锜、吴璘、李显忠等爱国名将……”

陈康伯侃侃而谈，脸色由白变红，一边说一边盯着高坐在龙椅上的高宗皇帝，说着说着，眼睛变暗了，突然闪烁一下，燃起了不可遏止的怒火。这样的目光使所有在场的大小官员感到惊慌。他还要往下说，被秦熹打断。

秦熹冷笑着反问陈康伯："陈大人，我问你，大厦将倾，几根朽木岂能支撑得住！"

"几根？何止几根？"陈康伯朝秦熹一拂袖子，弦外有音地说，"还有在场的诸位大人，世受皇恩，敢不效忠皇上？"

秦熹不知如何回答，连忙缩到一边。两厢文武大臣，低头不语。高宗看看这边，瞅瞅那边，急得不知如何是好。

正相持不下，一个使臣撩着袍服匆匆上殿，向皇上报告一个惊天动地的消息："启禀万岁，含山失守！"

含山，离长江只有数十里，只要几个时辰，金兵就会打到长江北岸的和州。和州面临长江，只要过了江，临安就唾手可得。

高宗"哎呀"一声软瘫在御座上，有气无力地问："王权呢？"

使臣回答："王权的军队已退到和州境内！"

一颗颗豆大的汗珠从高宗那苍白的额头上直往下滚。宫女们围上来，打扇的打扇，捶背的捶背，白发苍苍的老御医捧着灵丹站在一边，太监们端茶递水，忙得团团转。

陈康伯用袖子拭拭脸上的汗，周身像着了火似的不安。

满朝文武个个伸颈侧目，眼巴巴地瞅着高宗。可折腾了半天，高宗仍然昏昏沉沉，面如土色。大臣们有的两腿打战，有的挪动着双脚，恨不得马上离开大殿，回家料理私事。

陈康伯一动也不动地站在那里，牙帮骨在不停地错动，脸上却毫无表情。

第二天中午，使臣又带来一个令人心碎的消息：和州失守！

陈康伯圆睁两眼，大声问道："王权将军呢？"

使臣跪在地下，头也不抬："回大人，王将军的人马已过了长江！"

"现在哪里？"

"退到了江南的采石矶！"

几个昏聩糊涂的老臣交头接耳，互相询问："采石矶？采石矶在哪里？"

陈康伯知道，采石，位于长江下游南岸，与和州城隔江相望，因地处大江南北要冲，临江绝壁，为历代兵家必争之地。王权把军队退到那里，自以为保险，可却把大宋的半壁江山拱手送给了豺狼。

完了！大宋的国脉断送在这帮奴才手上了。一股怒火燃遍了陈康伯的全身，他沉吟了一会儿，毅然对高宗奏道："大敌当前，国难深重，而身负重任的王权将军，却贪生怕死，只会后退，不去御敌。依臣之见，应马上将他革职，另外选派对朝廷赤胆忠心的将军去接替他的军职。"

两厢文武官员马上附和：

"陈大人言之有理！"

"对，应该选派得力干将把他顶掉！"

"不，不，不！"秦熹撩起不大合身的袍服，趋向御案，向高宗叩拜，"陛下，王权将军善于迂回作战，退退进进，此乃用兵之上策，望皇上明察！"

大家你看看我，我望望你，最后把目光一起集中到高宗的脸上。

御座上没有一丝回音，陈康伯抬眼望去，只见高宗坐在龙椅上，一根指头顶着太阳穴，眼里蓄满了泪水。秦熹知道皇上的头晕病又犯了，回身示意，宫女们马上围上来，簇拥着皇上，慢慢地回寝宫去了。

秦熹躬身紧随，走到屏风前，还回转身悻悻地白了陈康伯一眼。

两厢文臣武将摇头叹息，不知如何是好。有个白胡子老臣往龙柱后一闪，乘人不备，溜出大殿，走到石阶上，不知被什么绊了一下，扑通跌倒在地。

"大人，别急，金兵离这儿还远哩！"陈康伯上前扶起了他。

陈康伯在殿前一直等到夜幕垂空，皇上还没露面，他决定先回去吃点东西，晚上再来。

他哪里想到，虞允文早就在宰相府恭候了，听到陈康伯的脚步声，马上迎出门外。

"门生拜见大人！"

"少礼。"

老家人在一边道："舍人已在这儿等了好长时辰了。"

陈康伯脸上流露出歉意的微笑。

不等陈康伯坐定，虞允文便问：“大人，听说和州已经失守，此话当真？”

陈康伯没有回答，仰脸望着窗外阴沉的天空。

天色更暗了，呼呼的风声里，雨点开始飘落。庭院里那几株芭蕉被风吹得东摇西晃，雨点打在芭蕉叶上，“噼啪”乱响。

虞允文耐不住了，催促道：

“大人，你倒是说话呀！”

陈康伯慢慢地转过身，直愣愣地望着虞允文，眼里闪动着若有若无的泪花。虞允文明白了一切，他不想再问，走到窗前，任秋风吹进窗棂，拂着他的面颊，理着纷乱的思绪。

灯下，两人相对而坐，喝了两杯闷酒，虞允文的脸色变得红润起来，两手撑着桌子，激动地说：“大人，难道真的是要国破家亡、展志无路了吗？我不相信，决不相信！”停了一会儿，他猛地把头抬起，“大人，我想陪你马上进宫，再奏一本。”

陈康伯擎着酒杯，等着虞允文下面的话。

虞允文一手抚胸，两眼闪闪发光：“小臣愿置生死于不顾，到采石去，力挽狂澜，以死报国！”

陈康伯手中的酒杯一颤：“舍人，你……醉了。”

“没醉，我没醉，没醉呀！”虞允文摇着头，用明朗清晰的声调继续说道，“身为大宋朝的官员，受皇恩，助王事，危难时刻，不去为国分忧，怎对得起太祖？怎对得起江山？怎对得起养育我的黎民百姓！”

陈康伯被这番话燎得周身发热，借着酒兴，霍地站起，紧攥虞允文那双有些颤抖的手：“走，这就走！”

走到门口石阶前，陈康伯忽然想起刚才从大街上经过，看到一张张惊慌失措的脸，看到四处奔走的人群，显然是百姓已经得到了消息。再这样下去，整个临安城就要大乱。他站了一会儿，回头对家人吩咐道：“你去找条船，连夜去弋阳一趟，把我的老母、妻室儿女接来临安。”

老家人眨眨眼：“大人，眼看金兵……”

“不要说了，我已打定主意，就在这里安家。去吧！”陈康伯走了几步，又回头补了一句，“去通知巡检司，四门大开，彻夜不闭。”

老家人只好遵命。

星星还没来得及睁眼，又被乌云蒙住了。风很大，呜呜地响，好像是在哭泣。豆大的雨点自苍穹凌空而下，如同无形的鞭子在脸上抽打。

马车转过两条街，来到凤凰山的后宫下，雨渐渐地小了，忽明忽暗的灯笼把深巷的石板路照得明晃晃的。虞允文眼睛一亮，发现前面不远的路上闪着一盏盏宫灯，十几辆马车停在路口，一片杂沓之声，在淅淅沥沥的秋雨中听得格外清晰。

“大人你看……”虞允文拉拉陈康伯。

陈康伯想起秦熹在殿上的一番话，心头猛地一颤，莫不是皇上真的要逃。

“什么，皇上要逃?”

虞允文差点叫出了声，使劲眨眨眼，这回看得清楚了，灯光下，几十名驭手簇拥着一辆玉辂停在路口，透过玉辂的珠帘，隐约可见高宗坐在里面。秦熹立在细雨中，指挥着内监们把一只只镶着金边的箱子往后面马车上扛，车上还装着各种茶点、食盒和饮食用具。几个骑马做引导的太监拎着纱灯站在雨中，浑身瑟瑟发抖。

虞允文只觉得头脑嗡地一响，发抖的两手紧紧压在胸口上，他感到嗓子里像有一团火，烧得他几乎喘不过气来。他再也不能平静了，甩开陈康伯，不顾一切地冲上前去，往皇上的玉辂前一跪，呼喊道：

“中书舍人虞允文拜见皇上!”

高宗先是一愣，继而抬起脸，就着灯笼的光亮仔细一看，这不是那天跟自己一同出去围猎的虞舍人吗？不知是冻的还是别的原因，皇上嘴唇发乌，全身打战。

秦熹不知从哪钻了出来，往虞允文面前一拦：

“皇上出宫巡视，不得挡道!”

“秦大人，我有话要说……”

虞允文正要哀求，秦熹将胳臂一抡，朝抬箱子的内侍嚷道：“快，快一点，马上就要出发了!”

虞允文一跃而起，一把攥住马缰，动情地呼唤："陛下，不能走啊，不能走！大宋朝落到这般田地，举国上下，满朝文武，谁心里不像刀割似的难受？实指望皇上能领着我们收复失地，振兴皇室，可是，在这紧要关头，你却忍心抛开这锦绣河山，抛开千百万黎民百姓！皇上啊，家不可无主，国不可无君。你可晓得，宋朝的三尺顽童，也都在眼泪汪汪地瞅着您哩……"

高宗瞪大了眼，眼球上布满了血丝。

雨幕中，一下子站出许多百姓，还有朝中的大小官员，他们也不知从哪儿听到了风声，说皇上今日后半夜要逃往海南岛，于是早早就躲在暗处，看得一清二楚，但谁也不敢领头出来阻拦。阻拦皇车是要诛灭九族的！现在，但见虞允文挺身而出，都纷纷站到亮处，一个个跪倒在泥水里，高声呼叫：

"皇上，走不得呀！"

"皇上，不能走哇！"

"你走了，我们怎么办哪！"

声音凄惨、悲切，所有准备跟皇上一起走的人，连同官员、军士、侍卫全部呆住了，只觉得鼻子发酸，眼中流出了悲愤的泪水。

黑暗中，无数人的痛苦化成一股痛苦，所有人的心里化成同一种悲伤，他们在为国家的生死存亡而一起落泪。

虞允文回身望了望，四下里尽是一双双噙着热泪的眼，一张张被雨水浇得湿透的脸，他觉得心里格外忧伤，扑通一声又往泥水里一跪，大声说："陛下，您听听这呼喊声，难道一点也不动心吗？"

他还有许多话要说，但一句也说不出，禁不住掩面痛哭。年过半百，虞允文从没流过泪，他也不会流泪，可今天他真的哭了，哭得像孩子一样，那么伤心，那么悲恸，泪水像决了堤的洪水从眼窝里倾泻而出。

高宗可能被虞允文的情绪感染了，也用袖子不停地揩着眼睛。

陈康伯疾步上前，也跪倒在地，百感交集地说："陛下，臣倒有一策，不知当讲不当讲？"

高宗缓缓地抬起眼皮，迷茫地望着他。

陈康伯镇静一下，准备向皇上提出派虞允文到采石顶替王权军职的建议，刚要张口，一眼瞥见秦熹在暗处盯着他。他立刻意识到，要是现在提出，秦熹肯定会找出种种理由刁难，特别是虞允文，地位低下，怎么能顶替一个将军的要职！高宗是个没有主心骨的人，一时也不会答应的，那反而会把事情弄糟。正不知如何是好，脑海中突然蹦出一个奇异的念头，对，就这样，先探探皇上的口气再说。

他的主意是先恳请皇上派虞允文到采石去慰劳那些疲惫的将士，等立下战功，再向皇上进谏不迟。于是，他大步上前，奏道：

“启禀皇上，中书舍人虞允文爱国心切，有勇有谋，可派他马上到采石去劳军，先稳定军心，保住长江……”

虞允文看陈康伯给了他一个台阶，马上说：“皇上，让我去吧！”他完全忘记了自己的身份，竟然给皇上上起课来，“我想，长江天堑还在我们手里，只要把住长江，就能以死求活，保住江南，保住临安！”

高宗听了一会儿，那死灰色的脸上露出一线生气，嘴唇抽搐了一下，不禁想起上次带着虞允文去围猎的情景。那天好险哪，要不是虞允文用计将一只金钱豹引开，救了他的驾，还不知……算了，既然陈康伯提出要派他去劳军，何不顺水推舟，答应了事。他瞟了瞟秦熹，意思是，你觉得合适吗？

秦熹朝陈康伯撇撇嘴，那神情分明在说，陈大人，这可非同儿戏哟，万一……

虞允文把腰一挺，朗声道：“小臣愿以身家性命报效国家！”

身家性命？你那轻飘飘的身家性命能担保这大宋的江山？真是可笑至极。秦熹心里一百个不同意，却捋着胡子，冷冷地笑着，不住地点着头说：“这等大事，还得好好商议方能定夺。”

高宗也点点头，一边自言自语：“其实，朕何尝不愿留在临安呢！有道是，宫内千日好，出门处处难。那年，朕到山野避难，要不是那匹神马……”他又提起了泥马渡康王的往事，话到嘴边，觉得这话说得不是时候，叹息道：“人到檐下必低头。唉，有什么办法呢？”他连叹几声，宫女们以为他的咳喘病又犯了，忙上前为他捶背。高宗招招手，把秦熹叫到身边，耳语了几句。

秦熹回转身，对不愿散去的百姓们说：“大家回去安心睡觉吧，皇上还在临安呢。”说罢，手一抬，玉辂、马车踅回头，叮叮当当地从后宫的侧门转回去了。

虞允文如释重负地吁了口气，呆呆地望着渐渐远去的灯笼。陈康伯上前拉拉他的衣袖，惊讶地说："舍人，你全身都被雨水浇透了！"

虞允文望望陈康伯："大人，你不也一样吗？我这不光是雨水，还有汗水哪。"

两人拱拱手，会心地苦笑着。

四下的百姓一起围拢过来问长问短。一个后生跑回家，叫老娘烧了两碗姜汤，端到虞允文和陈康伯面前。虞允文双手接过抿了一口，又甜又辣，这哪是姜汤，分明是千百万大宋百姓那一颗颗滚烫的心。

07 报国时机就在眼前

皇宫里又议了几回，大臣们多数要求将王权革职，由芜湖守将李显忠暂时接替他的军职。高宗无可奈何，只得依从。还采纳了陈康伯的建议，马上派虞允文赴采石劳军。虽然有的人反对，但面对这燃眉之急，皇上也只好答应。采石离芜湖不足百里，高宗要求虞允文一到采石，务必尽快赶到芜湖，去向李显忠传达圣上的旨意。

当消息传到虞允文那里时，他激动万分，报国时机已到，岂肯耽搁？当日便备下骏马十匹，到国库领出白银千两、锦绢百匹，还有成筐的应时果品。

一切收拾妥当，便带着几个随从准备上路。

陈老宰相提醒他，应该回家跟夫人道个别。虞允文这才想起，夫人和老父亲都在家里盼望他的消息呢。上次从北方回来，他只回过一次家。那天进门，夫人看着他那瘦削的面庞，心如针扎，问他，他总说一切都好。母亲去世得早，他把年迈的父亲从四川老家接到临安，老人一直和他们住在一起。父亲有病，常年卧床不起。虽然躺在床上，每天都是脸向着大门，只要听见一点响动，马上就问：“是允文回来了吗？”

等来的大多是失望。

可这一回，虞允文真的站在他面前，大声向老人禀报要去采石劳军的事，老人激动得连胡子都抖动起来，挣扎着要起来，虞允文忙按住了他，说：“父亲大人，好好养息，等着儿子胜利归来的喜讯吧！”

父亲连声说：“你去吧，去吧，我在家等你。”

隐约，他听见夫人在屋里小声啜泣，便进屋安慰她，说他此番去的虽是抗金前沿，但是劳军，不是参战。看夫人不解的样子，又道：“你看我一介书生，能打仗吗？就是想去，皇上也不会让我去的。唉，看把你急的。”

夫人嘴角动了动，竟然笑了。这个贤惠的女人，从不在丈夫面前流露出一点悲伤，总是努力想让自己笑得好看一点，笑得美一点。现在，她好像已经失去笑的机能，那笑像月光一样，是凄凉的，柔弱的，又像梦里的影子，从嘴边一掠就过去了。

无论虞允文说什么，她都是点头微笑。她认为，丈夫做的事都是对的，说的话也是对的。跟着这样的男人过一辈子，哪怕吃再大的苦，受更多的罪，她都心甘情愿。

虞允文忽然想到儿子虞粟，问他这些天可曾回来过，夫人把头摇摇，埋怨：“你们这父子俩，哪个把这里当成家呀，当成了客栈，客栈进来出去也得打声招呼，你们倒好……”

虞粟在皇宫下面的光禄寺当差，也很少回来。虞允文再三叮嘱夫人，儿子回来，一定要告诉他，多抽点时间回来陪陪爷爷。

又说了一些话，虞允文这才跨出家门。走到转弯处，还一步三回头地转过身再看一眼，他见夫人站在门前目送着他。半开的窗帘里，是父亲那张苍老的脸，看不清五官，但虞允文却分明看到那一道道纵横的老泪。

虞允文边退边走，心里沉重得像挂着一块铁，他在心里默默念道：对不起，夫人；对不起，父亲，怪儿不孝。等到国家太平的那一天，儿子一定辞官回来，好好陪陪夫人，陪陪我那操劳一世的父亲。

虞允文和随从约定在城东门见面，到了那里，他们早在等候了。

刚走出城门不远，就听背后有人叫他：“虞舍人，请留步！”

虞允文回头一看，一匹骏马急驰而来，马上坐着一位身穿紫蓝袍的汉子。那汉子四十来岁，细高身材，白净面皮，长得不算英俊，但那双滴溜溜乱转的眼睛倒显得十分精灵。虞允文觉得面熟，正要问，那人翻身下马，拱手道：

“在下丁酩，刚从扬州府调到临安，跟你一样，也是中书舍人，眼下在兵部当参军。”

他双手捧出一轴黄绫，恭恭敬敬地递到虞允文面前：“昨晚，接到皇上的诏书，命我随你同往采石，为舍人分忧。”

虞允文接过一看，上有“御书之玺”一枚方印，心想，莫不是皇上信不过我，派人来监视自己？这肯定是秦熹搞的鬼。转念一想，只要不做见不得人的事，怕什么！

虞允文不动声色地对丁酩说：“太好了，愿你我合力同心，为国尽忠。”

丁酩不住地点头。

虞允文一行，沿着大道，马不停蹄，昼夜兼程。越往前走，虞允文的心情越不平静，他为自己能奔赴抗金的最前线而兴奋。昨晚，他翻来覆去地想了一夜，到了采石，即使不能像岳飞那样冲上战场，杀个痛快，也要为将士们鼓一把劲，出点主意，这将使他感到莫大的快慰。

过了江宁府（今南京市），天已黄昏，虞允文的心情愈加激动，因为再往前几十里，就到采石镇了。

翻过一座土坡，眼前一马平川，阡陌之间，星星点点的小黄花开得满地都是。庄稼地里，几个瘦骨嶙峋的汉子正在忙碌，白发的老母拎着沙罐站在田头树下呼唤儿子喝水。一头老牛喘着粗气在没膝的泥水里耕田，一朵朵鞭花，在老牛耳边炸响。此情此景，不禁使虞允文想起从北方回来时沿途所见的景象，心中一阵酸楚。唉，怕只怕再过些日子，这里将变成一片焦土，满目疮痍，连人影都看不见了。他抬头望望快要坠入大江的夕阳，叫大家就地小憩片刻。

虞允文刚想找个地方小坐，见迎面走来一位牵着水牛的孩子，便向他打听，这是什么地方，那孩子答道，这里叫慈湖。虞允文来之前，察看过这一带的地图，知道这里原来是一片沼泽，一位老妈妈为了给残疾的儿子下水捞河蚌，失足落水而亡。后人便将这里叫作慈湖，意思是一位慈爱的母亲用眼泪化成的湖泊。

这里离采石已经不远了。

休息片刻，虞允文正要叫大家上马，忽听前面的黄土路上传来一阵喊叫：

“逮住他！拦住他！”

叫声惊得入巢的鸟儿叽叽喳喳，四散飞去。

虞允文吩咐随从看管好银两、财物，自己驱前几步，隐在一株枫树下仔细察看。只听见前面的荒草丛中“唰唰唰”一阵乱响，接着，从里面钻出一个胖大汉，没戴帽子，一身汗水、泥垢，狼狈至极。虞允文仔细一瞅，哎哟，这不是王权大将军吗？怎么不在军中，只身一人逃到这荒郊野外来了？

虞允文站出来，挡住他的去路，拱手问道：

“王将军，你这是唱哪出戏呀？”

王权定神一看，是虞允文，像见到救星一般，张张嘴，一句话也说不出来，泪水顿时涌出眼眶。

“王将军，说呀，到底是怎么回事？”虞允文感到纳闷。

王权一急，连话也说得结结巴巴：“舍人，大，大事不好，部下谋反作乱，要、要……”

虞允文正要细问，王权扭过头，好像看见了什么，发出一声凄惨的怪叫，抱着脑袋就朝他身后钻：“舍人，快让我躲躲！他们来了，要我的脑袋哩！”

虞允文抬头看时，见前面路上飞来一匹黑马，似流星一般掠到面前，忽地从马上跳下一个黑大汉，根根胡须倒竖，活像铁打的金刚。不是别人，正是王权手下的右将军时俊！

虞允文还没回过神，只见时俊拎着两把大刀，直扑王权，王权两手死死地扯着虞允文的衣襟，连声哀求：“舍人，舍人，救命恩人！救我一命，终生不忘！”

骑在马上的丁酩跟了上来，跳下马，抽出宝剑挡住时俊，用眼神指指虞允文：“住手，朝廷命官在此，休得无理！”

时俊朝虞允文打量一番，问丁酩他是何人，丁酩如实相告。

一听来者是虞允文，时俊更是火冒三丈。他不止一次听王权说过，他跟虞允文也是生死之交，再看王权，正朝虞允文身后躲躲藏藏，气得他指着王权破口大骂：“姓王的，你这条断了脊梁的狗，带着我们弃淮河到庐州，从庐州退至含山，从含山退到和州，从和州又逃过长江。将士们问你，你说这是诱敌入瓮——呸！诱来诱去，却把我们诱进了你的弯弯绕。你倒好，自己在暗中打着小算盘，把克扣来的饷银和财物装了一船……”

丁酩看看王权，感到惊奇，有这等事？

时俊把小簸箕似的大手一挥：“怎么没有？你问问他自己，当初只怪我昏了头，还拜他为大哥！要不是为这，我早……”说着，挥刀欲砍，被虞允文拦住，喝道：“休得无礼，有话慢慢说。”

时俊胸脯一起一伏，上气不接下气地告诉虞允文，他们的队伍到了和州，连屁都没放一个便绕城而过，很快渡过长江退到采石。一到采石，王权就跟他老婆暗自商量，让老婆带船先走，他按约定的时间赶到。下午，船停在离采石四里远的渡口，没料到一个小校走漏了风声。时俊得知，一口气追到渡口，他们见时俊来了，便将船撑到江心。王权来迟一步，没上得了船，吓得落荒而逃。时俊哪里肯放，一直追到这里。

王权见阴谋败露，气急败坏地吼道：

“别听他胡言乱语，血口喷人！”

虞允文暗暗吃惊，这个王权，以往并不是这样贪生怕死呀，自从升为都统制以后，竟变成一个恋妻室、爱财帛、只知有家不知有国的小人！大敌当前，他一个劲地后退不说，竟敢撇下千万将士，私自携带财物逃跑！早知这样，当初就不该把薛尺引荐给他。

虞允文越想越气，干脆把身子闪开，将王权亮了出来。

王权见虞允文不愿保护自己，只觉得脊梁沟一麻，绝望了，他朝时俊扑通一跪，一把鼻涕一把泪：“三弟，看在你我手足的情分上，饶了我吧！”又朝虞允文拜道：“舍人，你写的信我看到了，当天就将薛尺封为小将军……”

“还有脸讲哩！”时俊愤愤地说道，“人家薛尺早就把他看个穿心过，揍得他鼻青眼肿。这家伙发誓要整薛尺，暗地里叫王隅把薛尺和他的弟兄打入囚笼，密谋今晚投进大江……”

虞允文的心猛地一沉。

“那是他们应得的下场！”王权又硬了起来，大声说，“虞舍人，你有所不知，薛尺那小子长着一身反骨，蔑视朝廷，谩骂皇上，我已派人跟秦大人禀报了……”

“娘娘的，看看是我的刀快还是你的嘴快！好，我让你报！你报！”

时俊气不打一处来，“呸呸”往手心吐了几口唾沫，抡起双刀便砍。王权往后一缩，时俊跨上去就是一刀，“咔嚓”一声，刀刃劈进一株粗大的树干。趁时俊拔刀的刹那间，王权撩起袍子没命地朝江边的柳林丛里钻。时俊大吼一声，紧追不放。丁酩伸手要拉没拉住，只见一道寒光在暮色里一闪，王权惨叫一声，扑倒在地。时俊飞起大刀，“嘭”的一下剁下他的脑袋，又用刀从他的袍子上割下一块，裹起那颗血淋淋的脑袋，拎着就走。

丁酩气得直跺脚，埋怨时俊，这样做也太过分了。虞允文也责备他，一个堂堂的右将军，怎么做出这种蠢事。

时俊红着脸把刀在枯草上蹭了两下，侧着脑袋低声说：“末将生性鲁莽，疾恶如仇，常常管束不住自己，愿受军法处置！”

“如何处理，以后再说。”虞允文想起了薛尺，急切地问，“薛尺怎样了？”

时俊这才如梦初醒，大声道：“哎呀，舍人，快跟我去看看，再迟一步，就全完啦！”

虞允文叫丁酩领着大家慢慢走，他骑上马，跟着时俊直奔采石。

采石矶江边的翠螺山下，浪花喧嚣，人声鼎沸，灯笼火把亮成一片。上百名士兵分三排立在矶石上。王隅站在最前头，手指杂放在岩石上的二十多只木笼，大声说：“按王权将军之命，马上把这些木笼推下江去，五人一组，一起用劲……”

薛尺在笼中破口大骂：“狗杂种，你们不打金贼，却在这儿残杀自家的弟兄，你们的良心叫狗吃啦！”

另外几个弟兄也骂声不绝：

“二十年后，又是一群赤条条的硬汉，到了阴曹地府，老子也饶不了你！”

“杀便杀，剁便剁，何必这样折磨人！”

“狗王权，滚出来，看看老子是怎样下江洗澡的！”

王隅吓得直往后退，退到一块岩石上，举剑凌空一划：“推！”

一声令下，那些木笼顺着几丈高的悬崖，骨碌碌地直往下滚，因为木笼里装有石块，很沉很沉，落到岩下的旋涡里，顷刻被埋进浪谷，有的眨眼就被激流冲走。

朦胧的夜色里，通往采石的大道上一溜烟尘，马蹄声疾。还没到跟前，就听时俊在马上振臂疾呼：

“住手——”

虞允文翻身下马，拨开人群上前一看，晚了，只有江水在呜咽。隐约，还能看见几只木笼在波涛中翻滚。

时俊将大刀往地上一杵，单膝点地，大声叫道：

“薛尺，好兄弟，怪为兄迟来一步！”

虞允文叫人赶快下水打捞。时俊挥刀传令，不一会儿，五只没被冲走的木笼被抬上了江岸。关押薛尺的木笼被一块礁石挡住，没被冲走，由众人抬上岸来。

王隅把虞允文上下打量了一遍，不知这人什么来头，十分纳闷。

时俊举起砍刀，横砍竖劈，才将木笼打开，一把将薛尺搂到怀里。虞允文用手试试薛尺的鼻端，还有点气息。

虞允文想起在四川发大水那年，无数百姓在水中挣扎，他采纳了一个小吏的建议，在每一只救生船上放了几只铁锅，让溺水的人仰面睡在倒扣的锅底上，救了上百条性命。他灵机一动，走过去把马鞍取下，让薛尺仰面躺在马鞍桥上，不一会儿，一股浊水从薛尺口中喷吐而出。时俊唤来军医，给薛尺扎了几针，他这才微微睁开了眼，有气无力地问：

“我那几个弟兄呢？”

苦椿一身是水，哆哆嗦嗦站到薛尺面前：“我在这儿呢。”

泥鳅赤身露体出现在薛尺的视线里，薛尺苦笑着说：“你再滑，这回也没滑得掉呀。”

“那木笼格子太小，泥鳅我钻不出去呀！”

“都怪我，怪我……”薛尺清醒多了，一抬眼，见虞允文站在面前，奇怪，他怎么会在这里？这是做梦吗？他似乎有点不相信自己的眼睛，用力眨了眨，是虞允文。不错，是他，他想不起来到底发生了什么事，但他清楚记得，就是这个姓虞的花言巧语把他引入王权的队伍，让他和弟兄们陷入九死一生的境地。想到这，他气得直咬牙，举起胳臂，伸出打战的手，一把抓住虞允文的衣襟，想说什么，却什么也说不出来，便又仰面倒下了。

虞允文知道他想说什么，只是不停地安慰大家，一边令时俊把薛尺和溺水的将士快快送进大帐，好生侍候。

站在一旁的王隅被这瞬间的变化惊呆了，他没想到这个京城来的使臣一到这里，不问三七二十一就把推下水的暴民全救了上来，这到底是怎么回事？他抽了口冷气，推了一把身边的卫士：

“去，快去报告王权将军！”

“不用去了，王将军在我这里。”

时俊飞身走到马前，从马鞍上取下一只鲜血淋漓的包袱，当众一抖，包袱里骨碌骨碌滚出一颗硕大的脑袋，咧着大嘴，蓬头垢面，煞是难看。将士们见了，发出阵阵尖叫，纷纷后退。

王隅后退两步，瞅瞅脚下的脑袋，猛地一耸肩，一阵寒战。

时俊这时倒变得冷静下来，举起手臂，向将士们说：“大敌当前，国难深重，王权这个孬种临阵叛逃，末将按军纪将他处置了！”

“你凭什么？”王隅咆哮起来，“王将军是秦大人所派……”

“管他娘谁派的，他敢临阵叛逃，老子就要他的命！”时俊嘿嘿一笑。

王隅忽然朝地上一跪：“大哥，你死得好惨哪！那年我们在淮河岸边对天盟誓，不同生，愿同死。谁知你竟死在三弟手上！”他拱手拜了三拜，“大哥，闭眼吧！”说着，纵身一跃，抽出宝剑，直朝时俊心窝刺去。

时俊后退一步，指着王隅叫道：“好哇，那就别怪我时大刀无情了！”说完抡起大刀直劈王隅，王隅用力一挡，火花迸射，铿锵作响。王隅抽回剑，趁其不备，对准时俊的下腹刺去，时俊一闪，王隅扑了个空。

王隅的卫队一拥而上。

“别打了！”丁酩站出来喝道，“皇上派虞舍人来此劳军，刚落脚，你们就动起武来，成何体统！”

王隅愤愤地将头盔一抹，转身从帐中牵出一匹杂色马，跨马登高一呼：“众将官，拜别了！”说罢，挥鞭一抽，那马撒开四蹄，正要朝前飞奔，虞允文疾步上前呼叫：“王将军，哪里去？”

王隅根本不睬，狠劲在马臀部加上一鞭，杂色马一蹿而起，一股劲地朝前飞跑。虞允文心头一震，顺手从腰间挂的箭袋里取出一支蓝色羽箭，一箭射出，正中马腿，那马受到惊吓，腾空跃起，后腿着地，连转几个圈，才将前腿落下，喷鼻、刨地。

人们惊讶得张大了嘴，谁也说不出话。

丁酩举起带来的圣旨，拦在马头前，厉声喝道：

“王将军，难道你不怕天子的圣谕！”

这一声喊，王隅立时下马，侧耳静听。

虞允文和丁酩对望了一眼，走上前，厉声对王隅说：“国难深重，大敌当前，你理应带领将士们，同仇敌忾，抗击金兵；如果像王权那样，临阵脱逃，只怕部下是不会答应的。”说到这里，虞允文忽然打住，回身问站在一边的士兵：“大家说，对吗？”

没人回答，只有一双双眼睛在望着他。

王隅抬眼一瞟，见时俊正虎彪彪地朝他瞪着双眼，两把大刀寒光闪闪。王隅畏惧地说：“他，他……”

虞允文正想再说几句，忽然从江北岸的金营里传来一阵牛角号的长鸣声。虞允文用深邃的目光环视着大江，再看身边的将士，个个脸上像罩了一层严霜。看来，情况复杂，一时还理不出头绪。虞允文和丁酩商量一番，先叫各营将士回帐歇息。

时俊安排虞允文一行到后帐用饭，虞允文哪能吃得下，随便扒了几口，把碗一推，邀请时俊、王隅和几位将官一同向江边走去。

天黑透了，半个月亮在深幽的天空发出淡黄的光亮。江水扑打着岩石，发出“哗哗”的声响。虞允文在将士们的簇拥下沿着小路往前走，他的心潮也像滚滚的江水，奔腾不息。采石，是他向往已久的地方，但因国事缠身，一直没机会来这里痛痛快快地游览一番。

小时候，他曾听父亲说过，三国赤乌年间，山上广济寺的和尚在乌井里掘到一块美丽的石头，凿成香炉，从此，这里便定名为采石。多少年来，群雄纷争，采石一直为兵家要地。隋开皇元年，大将军韩擒虎以精骑五百，经采石，直破金陵；唐广明元年，黄巢破宣城由此北渡。一百九十年前，太祖派曹彬渡江南下，就是从这儿进兵攻打南唐，一战而得天下，建立了大宋朝。看来这回，宋军又要和金人在此一决雌雄了。

面对着险要的地势、湍急的江流，虞允文感到顶住金兵的进攻也不是没有可能的。

登上翠螺山顶，视野顿时开阔，只见对面的江岸上人影绰绰，吆喝声、马嘶声，隐约可闻。一座座相连的营寨，仿佛匍匐的兽脊，只能看出模糊的轮廓。

虞允文回身问王隅："金军有多少人马？"

"三十万。"

"我们呢？"

"一万九。"

时俊两手一摊："哪有？这两天又跑了不少，眼下能有一万七八就不错了。"

虞允文接着问："还有什么消息？"

"下午，我们抓住了一个金兵的探子，说完颜亮已传下命令，三日过江，倘若不降，定要马踏江南。"

"探子呢？"

"被我处置了。"

大家谁也不作声了，彼此能听到对方的心跳。此刻，虞允文的心更是沉甸甸的。不是吗？一边三十万，一边一万七，这简直是不成比例的搏杀。如此悬殊，宋军还能阻止金兵的进攻吗？他不能说，也不敢想，但他深深知道，千万不能把自己的情绪表达出来，哪怕表达出来一丝一毫，也会影响大家的斗志。虞允文心里焦急，表面上依然保持平静，认真地听着那高一声低一声的议论。

时俊再也忍不住，一刀砍断了身边的一株小树，跺脚吼道："娘的，王权留下这个烂摊子，叫人如何收拾！干脆，散伙！”

“时将军不必性急。”虞允文安慰他，“只要临危不乱，我看是能形成一支劲旅的。”

“讲的比唱的好听，三军无主，犹如一盘散沙，还能成什么劲旅？”时俊满脸愁容。

听着大家你一言我一语的议论，虞允文感到目前的首要任务是稳定军心，军心一乱，就不可收拾。他清清嗓子，告诉大家一个好消息，说他很快就要到芜湖去，请李显忠来接替王权的军务。

大家不大相信，李显忠怎么会听你的？你要他来他就来呀？

“我有皇上的圣谕！”

虞允文恨不得马上把圣谕拿出来让大家观赏，忽然他看到丁酩在暗处朝他直眨眼。他悟出了什么，感到后悔，觉得自己不应该一下子把所有的王牌都摊了出来。不怕一万，只怕万一，万一李显忠来不了，怎么办？将士们不得说他在吹大牛，放空炮吗？还有上回，在薛尺面前把王权说成了一朵花，还苦口婆心地动员他们去投奔他，结果呢？结果却把薛尺和他的弟兄害得苦不堪言。也怪自己，没带过兵，没打过仗，没那么老谋深算，说话从来都是直来直去，不留一点余地。唉，这样会吃大亏的。

算了，说就说吧，射出去的箭，泼出去的水，收不回来了。

士兵们听说李显忠要来，就像炸了锅一样，个个转忧为喜。谁不知李将军的大名，他初名世辅，出身将门，全家惨遭金人杀害。当年曾以恢复中原为秦桧所忌，怀着满腔的义愤，驰骋沙场，立下了无数功勋。有他来接任，三军就有主心骨啦。

一个校尉挤上前问：“虞舍人，李将军什么时候到哇？”

虞允文没吱声，丁酩在一边说：“舍人这不是马上就去吗？你急什么。”

校尉道：“怎么不急，再拖几天，就不得了啰！”

众人七嘴八舌：

“再晚一步，人就要跑光了。”

“救兵再不来，金兵马上就过来啦！”

“快去吧，一刻也不能等了。”

虞允文十分理解大家的心情，说道：“诸位放心，我这就去。”

虞允文把人员做了简单分工，吩咐丁酩，要他暂留军中，稳定军心。芜湖离此七八十里，天亮前他一定能赶回来的。

08 搬不来的救兵

虞允文马不停蹄地赶到芜湖赭山下的军帐前，已是夜半时分。

李显忠正在灯下和将官们走棋，卫士进帐通报，说朝廷派人来了。李显忠把棋盘一推，迎出帐外，一见是虞允文，张开手臂一把抱住他："哎呀呀，什么风把我们的舍人吹来啦，跟谁一同来的？"

"和丁酪一同来采石劳军的。"

丁酪？李显忠沉吟了片刻，好像要说什么，但什么也没说，只是拉着虞允文走进帐内。

灯下，虞允文细细打量着李显忠，那张曾经充满勃勃英气的脸，如今就像被霜雪压倒的枯草一样，显得苍老了，只是那双陷在深窝里的眼睛还是那么明亮逼人。他的胳臂上缠着一条白布，外面渗出点点血迹，显然，他刚刚经历过一场血战。一种敬佩之情从虞允文心中油然而生。李将军从军数十年，身经百战，受过多次枪伤、刀伤、棒伤、箭伤，而每次创伤不但没使他垮下去，反而使他更加坚强，但这几年，他的眼角、额头的皱纹加深加密，露在头盔外面的鬓发几乎全白。

虞允文感慨地叹了口气：

"李将军，你受苦了！"

"哪里的话。"李显忠淡然一笑，"三天来，金军从江对面往这边攻了十三次，将士们浴血抵抗，总算守住了长江，保住了阵地……”他见虞允文的目光仍然落在他的胳臂上，不在意地笑了笑：“将士们伤的伤，亡的亡，我只不过是擦破了皮，小意思！”

虞允文不觉一惊，看来，芜湖也很吃紧，在这一关键的时刻，怎能把李将军调往采石呢？李将军一走，不是釜底抽薪吗？他不由得把手伸进怀里，触到了紧裹着的黄绫圣旨。也罢，既然皇上有旨，应该向李将军明传。

李显忠领旨后，自言自语：“金兵此番犯我中原，芜湖也是他们重要的通道，一旦失守，采石也休想保住。我这一走，只怕……”他打住了话头，把虞允文领到帐外，挥手一指，“舍人你看！”

只见江对岸，篝火成片，人喊马嘶。

李显忠问虞允文采石情况如何，虞允文如实相告。李显忠听罢，连声叹息，采石是芜湖和江宁的屏障，倘若丢掉，整个江南就没希望了，临安不日就会沦入敌手。

李显忠语重心长地叮嘱虞允文，要他转告王权将军，万万不可再退。

虞允文说：“王权已毙命于部将的刀下。”

“什么时候？”

“昨天傍晚。”

“现在谁在主持军务？”

“就等着你啦！”

等我？李显忠不再说话，来回踱了几步，沉吟着，采石……采石……突然，他转身看看桌上散乱的棋子，转过身，用深沉的目光注视着虞允文，缓缓地说：“记得那年我去临安，曾不止一次听你说起，周朝初年，伯夷、叔齐兄弟二人，以食周食为耻，逃上首阳山，采薇充饥，最后双双饿死。战国时，楚国的屈原听说秦兵占了郢都，悲愤欲绝，跳入汨罗江，以一死来雪国耻……”

虞允文激动地聆听着。

李显忠声音有些异样：“眼下，我们也是国破家亡，蓬飘梗断。舍人，我倒不是叫你学伯夷、叔齐和屈原，忍辱负重，慷慨成仁，倒望你能像岳鹏举那样，冲上沙场，宁愿马革裹尸，以一死而报国！”

听着李将军这热辣辣的话语，虞允文眼里火焰在升腾，问道："李将军，你的意思是……"

"我是说，作为朝廷的命官，不论官职大小、地位高低，在这个时候，理应挺起胸膛，勇担重任！"

虞允文心头一热："我……"

"既然王权已死，你可以自告奋勇，顶替他的军职。等我这边军情稍有缓和，再去采石为你分忧。"

这番话，像擂鼓一样，震得虞允文耳朵嗡嗡作响。这怎么可能呢？他沉思了好久，把头直摇："将军，有道是兵来将挡、水来土掩，我是个中书舍人，是个文官……"

"文官怎么啦？指挥三军，靠的是足智多谋，靠的是鼓舞士气。士气，士气，比什么都重要！"

不等虞允文呼应，李显忠说起了岳飞在牛首山大战金兵的事。那可是一次生死决战哪，正在岳飞的人马被金兀术的大军以排山倒海之势压进一座山谷时，岳飞焦急万分，把身上的盔甲一脱，露出光光的脊背，顿时，"精忠报国"四个大字裸露在众人面前，像团团烈火在将士们眼前燃烧，又像一面战旗呼啦啦地飘扬在空中。将士们知道，那是岳飞离开家时母亲在他的背上刺的。那岂止是岳飞母亲的希望，也是天下千千万万个母亲对儿子的希望，是国家对百姓的希望！就在刹那间，将士们浑身的热血沸腾起来了，他们呐喊着，举起刀枪，跟着岳元帅，奋不顾身地冲呀，杀呀，以迅雷不及掩耳之势攻下了那座山头，取得了决定性的胜利。

李显忠越说越动情："你想想，岳飞除了靠武功，还靠什么？就靠被鼓舞起来的士气！"

虞允文被李显忠一番话激得心直跳，连声说："我怎么能和岳元帅相比呢？"

"怎么不能比？你除了胆识和智慧，还是一个百发百中的神箭手呢。在中都，连完颜亮也畏你三分。"

"这你怎么知道的？"

李显忠哈哈一笑："这还瞒得了我？前天，我们抓住一个金兵的小校，是他无意中说出来的。你去问问我的麾下，谁不知道你虞允文的大名！”

虞允文的脸唰地红了：“区区小事，不足挂齿。”他皱皱眉头，轻声道：“皇上又没圣谕，鲁莽从事，会铸成大罪，饮恨终身的！”

“哎哟，都什么时候了，还顾得上这些！”李显忠袖子一捋，“我这就写封奏折，派人速送临安，奏请皇上。”

虞允文伸手挡住了他：“不成，我只是一个中书参谋，小小的郎官，离大将军还差得远哩，岂敢，岂敢！”

“舍人哪，眼望着大宋将亡、山河沦丧，你我身为朝廷官员，死有余辜，怎能推三阻四，优柔寡断呢！”李显忠不满地白了虞允文一眼，“你这个人呀，瞎！”

这一声“瞎”像一把利刃直向虞允文灵魂深处刺来，就像一束强烈的光射进一个不见阳光的角落，把一切自我、自卑照得清清楚楚。虞允文支吾一阵，无可奈何地答道：“好，好，好，你写吧，我不管你。我这就赶回采石，重整三军……”

“这就是了。”李显忠感到高兴，“你放心，三五日内临安必有回音。有什么消息，我叫人直接向你禀报。”

江边传来的阵阵牛角号声，打断了李显忠的话。

一个年轻的卫士撩开帐帘，匆匆来报：“将军，金兵又要渡江了！”

李显忠按着佩刀，冲到帐外，那小卫侍也跟着就走。李显忠忽地站住，回头按住那卫士，叫他陪虞允文小坐一会儿。

虞允文抬眼一看，顿时呆住了。同时，那小卫侍的目光也落到他的脸上，不禁大喊：“爹！”他猛地扑将上来，扳住虞允文的双肩，虞允文用力将他拉到灯下细细辨认。天下哪有这么巧的事？竟在这里看到自己的儿子虞粟！他拉着儿子的手，连声呼唤：“粟儿，你真是粟儿？你怎么会在这里？”

虞粟望着父亲的脸，急急地说道，他是瞒着妈妈和爷爷跑出来的。“我恨，恨自己生不逢时，没赶上岳元帅抗金兵的好时辰。谁料到，完颜亮这个老贼又兴兵南犯，我再也待不住了，偷偷跑出来，投奔了李将军！”虞粟舔舔干裂的嘴唇，接着道：“反正都是抗金，哪儿都一样。爹，你说呢？”

好小子，有出息！虞允文盯着儿子那红扑扑的脸膛，急促地问："李将军可知道你和我……"

"不知道。我改了姓，也改了名，姓于，叫于稷。"

"为什么？"

"你们是老朋友了，他要知道我是你的儿子，肯定不让我上前线，所以——"他不好意思地笑了笑，"就这样，他也不放过我，硬把我留在身边，喂马，送信，点灯，端饭。"

"他到底知道不知道我们的关系？"虞允文追问。

"也许知道，也许不知道，管他呢。"

"最好别让他知道。"

虞允文说着，笑眯眯地注视着儿子。唉，只怪自己，一天到晚忙于公务，回到家也只是将碗一丢就走，很少和儿子谈心。没想到，儿子一不小心竟然蹿得有自己高了。平时，他很少观察儿子，今天他得仔细看看。就着灯光，他看见儿子有一张红红的脸膛，稍高的个子，站在那里，就像田野里的红高粱那样淳朴可爱。看着看着，他的脑海里陡然冒出个奇特的念头：

"稷儿，跟爹到采石去杀金贼如何？"

"好呀好呀，不过，"于稷脖子一梗，"你要是把我留在军帐里跑腿打杂，那就划不来啰！"

"瞧你说的，为父我不也在为朝廷跑腿打杂吗？"

正说着，门外传来李显忠的脚步声，于稷把一根指头顶在嘴唇上，"嘘"了一声，叫父亲不要再说。李显忠走进军帐，平静地告诉虞允文，金兵鼓噪着要渡江，其实是虚张声势。

虞允文指指于稷，探询地问："李将军，我看这小子怪机灵的，送给我，可舍得？"

李显忠先是一怔，看看于稷，又瞅瞅虞允文，你这家伙，原来你是来挖我的墙角的，应道："好吧好吧，我成全你。不过，你可要把他带好，等打退了金兵，得把一个活蹦乱跳的后生交到我手上。你要是让他擦破一块皮，哼，到时我找你算账！"

说着，撇嘴一笑，那笑声中似乎隐藏着什么。

李显忠说着，信手打开面前一只偌大的信封，那是一幅墨迹不太干的字。虞允文问道，这是谁的宝墨，李显忠说：“你再看看。”

这字迹好眼熟，虞允文一时想不起来是谁写的。

“是你的好朋友呀，你都忘记啦。”

等到整张字全部展开，虞允文才发现是张孝祥的手笔。

张孝祥是和州乌江人。那年廷试，擢为进士第一，和他一样，被朝廷任命为中书舍人，专门为皇帝写奏折。好一个张孝祥，进宫没几天，竟然上书给高宗皇上，大声为岳飞喊冤，还响亮地提出，他要和秦桧辩论。秦桧是当朝宰相，竟然有人敢和他辩论，这还了得？他气坏了，找不到张孝祥的毛病，竟然诬陷张孝祥的父亲，说他想谋反作乱，并将其父打入大狱。张孝祥一气之下，甩手不干了，回到乌江老家。幸好第二年秦桧病死，皇上召他进京，他百般推辞，借口说身体不好，等以后再说。

虞允文想，张孝祥真是个有性格、有勇气的男子汉，他现在在哪里呢？

虞允文正想问，李将军告诉他，张孝祥现在把家搬到芜湖来了。他听说金兵要从这里渡江，想来助他一臂之力，说完朗声念起了这幅《念奴娇·过洞庭》，念得抑扬顿挫，起起伏伏。

虞允文知道，张孝祥这几年不停地练习书法，成了天下闻名的大书法家，他曾想求他一幅墨宝，始终开不了口。终于有一次，他向张孝祥提出自己的要求，张孝祥却说：“虞舍人，你是在拿我开玩笑吧，你的字比我好，怎么还要我的呢！”虞允文不知他是在有意拒绝，还是有别的原因，从此再没提此事。这回无论如何得向他要一幅，留作纪念。

李显忠好像看出他的心思，便说：“张孝祥就住在老横街，离此不远，要么我们一起去看看他，顺便替你讨要一幅。”

虞允文正想跟他走，忽然想到采石的将士们还在焦急地盼望着他，盼望着他带来的好消息。现在，李将军不能来，他得赶快回去想办法。他当即向李显忠告辞，说讨要墨宝的事以后再说，李显忠点点头：“也好，改日见到孝祥，一定代你向他讨要。”

虞允文再三表示感谢，跨上马，和儿子一起上路了。

还没走出百米，于稷忽然把一根指头压在嘴唇上，发出一种奇怪的声音，只见一个小黑点不知从哪蹿了出来，朝父子俩猛追。

虞允文回头一看，呀，是一条小狗，在儿子的马后面拼命地跑。儿子是个养狗迷，不用问，就知道是他的宝贝。他回头问于稷，这小家伙哪来的，于稷说，这是条很讲义气的狗，是他在一次回营房的路上发现的。当时它正把一块馒头往一间小草棚里叼，于稷好奇地跟去一看，草棚里躺着一个蓬头垢面的老奶奶，双腿瘫痪，这只小狗每天到处找吃的，送到奶奶身边。后来，老奶奶死了，于稷就把这条狗收留下来。因为这条狗的身架、颜色跟他小时候在四川养的那条差不多，于是也起了同样的名字——棒棒。

棒棒是指老家那些专门给掌柜挑东西送货的苦力，于稷感到这个名字顺嘴，响亮，亲切。

虞允文问："李将军同意你养狗？"

"开始不同意，说打仗怎么能养这玩意儿？是我苦苦哀求，将军才答应把它留下来。"

接着，于稷摆出这条狗的种种好处，说它极其聪明，能做好多事，比如将军早晨醒来，刚有点动静，它马上跑来把将军的鞋子用嘴叼着，放到床边；将军走棋，一只棋子掉在地下，它马上把棋子叼起来放到桌面上。

"它对你呢？"

"对我，真是没说的。刚来时，我对那一带地形不熟，是棒棒领着我，到处跑，完成了李将军交给我的每一项任务。有一次回来，我迷路了，是棒棒……"

棒棒，棒棒，虞允文默念着，问儿子，原来的那条棒棒呢？于稷嗔怪地说："你还问呢，它是为了你……"

"为了我？"

虞允文不由得想起十多年前他回老家的一件事。

那时儿子和爷爷奶奶住在四川隆州乡下。那年冬天，虞允文从京都托人带信回家，说他今年无论如何都得回来陪爷爷奶奶过个年。他已经八年没回来了。听到这个消息，儿子开心得一夜没睡好。

眼看离过年还有三天，儿子决定带着棒棒去河边的码头上迎接父亲。之前，他不知盘算过多少遍，父亲回来，肯定是先骑马，到了有河的地方，就换成船，剩下的二十多里山路，只能靠腿了。

棒棒是一条小狗，全身金黄，跑起来劲抖抖的。它似乎感受到小主人的快乐，一出门就又蹦又叫，一会儿跑在前面，一会儿落在后面，当于稷的身影渐渐远去时，它像箭一样射了过来，一个劲地追着他飞奔。

到了码头，儿子发现这里是一座小镇，通向码头的是一条小路，路两边摊连摊，铺连铺，卖果子的，炸油条的，把这条土路挤得水泄不通。儿子和小狗过不去，就不停地吆喝。好不容易挤到河边码头上，太阳都快落山了。不一会儿，一艘大船划了过来，船上下来好多人，个个大包小包的。儿子盼望着人群中出现父亲的身影，可等人都走光了，也没看见父亲。

棒棒蹲在小主人的脚边，目不转睛地盯着从船上下来的人。瞅得两眼发花，也没见到主人父亲的影子。

暮色像灰布罩住了码头。起风了，儿子打了个寒战，低头对棒棒说，回家！他心想，过年还有两天，父亲不在明天就在后天，准会从船上下来的。

儿子不知道是什么时候到家的。听见门响，奶奶迎上来，问这问那，儿子什么也不说，穿过堂屋，径直走进自己的小屋，拉开被子倒头就睡。他想好了，明天再去一趟，他就不信，等不到父亲！

没想到，第二天又扑了个空。

第三天就是大年三十了，年味越来越浓。在儿子心中，仿佛只有父亲回来才算过年，父亲不回来也就没有年了。清早拉开门，才发现下雪了。好大的雪呀，纷纷扬扬的，仿佛给整个世界盖上一层白色的丝绒。儿子仰脸看看天空，心里依然充满喜悦，多轻多柔的雪花啊！在空中飘舞着，追逐着，像奶奶从山上采回来的白菊花，又像面粉团窸窸窣窣地从天上溜了下来。

赶到小镇才知道，因为大雪，河上结了冰，所有的船只都下不了水。儿子不放心，走到停船的地方，发现码头上铺满厚厚的雪花，看着看着，他的心里涌动着阵阵酸楚，他恨父亲，为什么还不回来？难道你不知道儿子在等你吗？他想哭，却没有眼泪。

棒棒依在他腿边，眼巴巴盯着远处的河水。

一直等到天黑，也没等到父亲。

那天晚上，儿子躺在小屋里，像被人遗弃在荒岛上似的寂寞。不知什么时候，意识有些模糊，轻柔的梦飘过来，他才进入梦乡。

梦中，一只大手在抚摸他，有人在呼唤他，他睁开眼，只见一个高大的身影立在床前——啊，父亲，是父亲，父亲回来了！真的是父亲回来了，就站在他面前。此刻，他真想扑上去，大声质问父亲，你怎么到现在才回来呀？我等得你好苦。但他觉得浑身软软的，只是打鼻子里哼了一声，迅速把身子一扭，脸贴着墙，给父亲一个冰冷的脊背。父亲发现，儿子的肩膀在不停地耸动。

儿子，爸爸不是回来了吗？一个瓮声瓮气的声音直往男孩耳朵里钻。儿子再也忍不住，哇地哭出声来。他哭自己好想父亲，哭自己一连几天到码头上去等，等来的全是失望。

虞允文努力解释着，说下雪了，河上结冰，所有的船都走不了。后来，他发现，河中间的水还没结冰，就跟船小二苦苦哀求，用重金租下一条小船往回赶，没有风，船走得好慢，直到半夜才到码头。下了船，父亲不顾一切地顶着风雪拼命往家赶。

父亲说着说着忽然打住，问棒棒呢？他在信中听儿子说他有一条叫棒棒的小狗，成天跟前跟后。现在棒棒在哪里？儿子这才想起棒棒，唤了几声，没有回音。

第二天就是大年初一，从河边小镇上回来的人说在风雪中，他们看到一条小黄狗，一动也不动地蹲在码头边的雪地上，直愣愣地望着远方……儿子想起了什么，纵身爬起，拉开门，一头冲进了风雪中。

他没找到棒棒，棒棒再也没回来。

于稷感慨地说："哼，要不是去等你，棒棒也许不会消失的。"

虞允文问："后来，你去找过吗？"

“怎么没找，每天找一趟。”

听到这些，虞允文心里酸酸的，他责怪自己，一年到头忙，忙得把家都忘记了，把父母都忘记了，把儿子也忘记了。儿子心里想什么，爱什么，他全然不知。他这个做父亲的，也太不称职了。他觉得对不住儿子，于是回过头对于稷说，让棒棒也上马吧。

于稷眼见父亲允许了，跳下马，把棒棒抱到马背上。棒棒伏在小主人身后，一动也不动。

路上，虞允文问起李将军带兵的情况，于稷赞不绝口，说李将军真有办法，哪怕火烧眉毛，人家也一点不慌，金兵来得多，就令我们摇旗呐喊，击鼓退敌；来得少，就命我们火速出击；还派些水手潜过长江，撬他们的船板，杀他们的将官。真过瘾！

于稷不停地说，虞允文不住地点头，陡然想起稷儿小时候很爱吹笛子，问：“稷儿，你现在还吹那玩意儿吗？”他用手在嘴上比了比。

“打起仗来，命都不要了，谁还顾得上吹。”

“将军能走棋，你为什么不能吹笛子！”虞允文神往地说，“离采石不远，有座山，山上长满了一种体圆节疏的青竹。唐明皇时，朝廷经常派人上山采竹，那竹子做出的箫管和笛子吹起来味道十足，好听着呢。”

真的？于稷乐得一蹦老高，说等打败金贼，一定用那竹子做几根漂亮的竹笛，吹给父亲听。

“不，我等不及，”虞允文摇摇头，“我想明天就听。”

明天？于稷茫然，他想不明白，大战在即，父亲怎么还有心思听吹笛子。正要问，虞允文将马缰一勒，跑到前头去了。

前面就是采石镇。老远，就见将士们聚在镇东头的牌坊下等着他。时俊立在最前头，踮着脚尖朝虞允文身后瞅，瞅了半天，也不见李将军的身影，忙问：“虞舍人，李将军呢？”

虞允文刚要直说，舌头打了个弯，说：“眼下，芜湖军情也很危急，李将军暂时脱不开身。”

“那怎么办？”

“这下我们死定了！”

“采石完了！”

“大宋完了……”

有个校尉忽然跳起来指着虞允文，大声道：“你不是说能把李将军请来吗？还说有皇上的圣谕，他肯定会来。你这不是在吹牛吗？”

“对，吹牛！放空炮！在骗我们呢！”

“皇上瞎了眼，怎么派来一个牛皮舍人！”

“干脆散伙，各回各的家吧！”

将士们慌乱起来，你一言我一语，很是不安。听着这些刺耳的话，虞允文强忍着，等大家发完了牢骚，便重重补了一句：“大家放心，等芜湖那边稍稍平静一点，李将军就带着人马过来援助我们！”

虞允文说这话时，看不出一点紧张，倒显得非常平静，好像在说一件普通的事，说完跳下马问时俊：“哎，军中还有鼓乐手吗？”

一直闷头不吱声的时俊白了一眼虞允文，两手一摊：“王权带着我们一退千里，命都不要了，还要吹鼓手干什么！早死绝了，跑光了！”

“我的时将军，你怎么咒人死哩！我喇叭王不是在这儿吗！”人缝里挤出一个满面核桃纹的老兵，大声道。

时俊拍拍脑门，忘了忘了。他忙把老兵介绍给虞允文，说这位就是江东有名的喇叭王，叫王大昂：“怎么，脑袋都要搬家了，舍人还有心思听吹拉弹唱？”

虞允文没回答他的话，朝喇叭王伸出巴掌：“家伙呢？”

喇叭王直摇头：“早没了！”

虞允文啧啧嘴：“可惜，可惜。”

喇叭王马上说：“虞舍人倘若爱听，我这就到江边折一段芦管，那玩意吹起来跟唢呐一样脆，好听。”

“你试过？”

“试过，试过，为这……”喇叭王瞟瞟时俊。

时俊说：“为这，我还打了他二十军棍。”

“是的，到现在这里还疼呢。”喇叭王摸摸屁股。

“时将军，这就是你的不对了！吹吹喇叭，犯了哪条军纪？”虞允文收起了笑容。

时俊腮帮一鼓：“人家鬼头刀都搁上了咱的脖子，他还闭着眼在那里死吹，呜哩哇啦的，吹散了军心，吹乱了队伍，我不打他打老鬼！”

“言重了吧，依我看，越是军心涣散，越是要吹。”虞允文把身后的于稷推到前面，“喏，这就是我从李将军麾下借来的小吹鼓手，他会吹笛子。喇叭王，明天，你就和他在翠螺山上吹，再找几个会敲锣鼓的，一起上，怎么样？”

虞允文本想把目的告诉大家，想想不能，有些牌是不能一下子出手的，他必须接受这个教训。

这时天已大亮，人们这才注意到跟随而来的还有个帅气的小伙子，喇叭王上前把于稷打量一番，连声说：“这娃子长得真俊，是谁家的？”

于稷脖子一梗：“还娃子呢，人家都十八啦！”

喇叭王凑上去看看于稷的脸，再看看虞允文，笑着说：“哟，长得跟虞舍人一模一样。”

“他是李将军手下的听差，我借来用用，等打完了仗就还给他。”虞允文斜了他一眼，“你别瞎七瞎八地胡扯一气。”说这话时，虞允文瞟了儿子一眼，那神情分明在说，你可不能暴露我们的关系呀。

喇叭王把脑袋一缩，说自己是在开玩笑。

马上有人指责他，说军中无戏言，胡扯一气会吃军棍的。

于稷跟着解释：“我是来给虞舍人端茶送水的。”

虞允文更正道：“不光打杂，还得吹笛子。”

有人发现伏在马背上的棒棒，惊呼：“瞧，他还带来一只小狗呢。”

“是我让他带来的，晚上给我们站个岗，放个哨，有人来了，叫几声，我就醒了。”虞允文说。

棒棒好像听懂了大家的议论，开始伏在那里一动也不敢动，后来发现这里的人并不讨厌它，有人还伸出手来逗它摸它，便得意地摇摇尾巴，从马背上蹦了下来，围着将士们直打转。

在一边的时俊闷闷不乐，一直没说话，他心中道，一个小文官，怎么打仗！又吹笛子又吹喇叭，还带着小狗来参战，简直是瞎胡闹。他赌气地将手一背，冲虞允文冷笑两声，转身就走，嘴里不干不净，骂骂咧咧。

虞允文好像没听见，叫身边的随从到镇上找十几个木匠来，说是有要紧的事要办。

一位老兵说：“一听说金兵要过江，镇上的百姓早跑得一干二净，哪来的木匠？”

虞允文问：“禾桶，这一带有没有掼稻的禾桶？”

将士们互相望望，不明白禾桶是什么样子。

虞允文用手比画着说：“就是江南农人掼稻用的方桶，长宽八尺，找十只来，越快越好！”

不一会儿，几只禾桶被抬到虞允文面前，虞允文当场叫人把每个桶的桶底撬下一块木板，从队伍中挑出二十多个壮汉，两人一根大杠，叫他们到江边抬水。

时俊没走远，就站在附近的皂角树下看着虞允文，不知他又在搞什么名堂，心里直发毛，走过来拦住抬桶的士兵说：“开什么玩笑，这没底的桶怎么装水？”

士兵们没有回答，转身望望虞允文，虞允文挥挥手：“去吧，去吧，抬着桶死劲跑，拼命地喊，声音越响越好。”

时俊再也按压不住：“舍人，这是打仗，是拼命，不是过家家，玩儿戏！”

虞允文不理他，跑进伙房，叫几个伙夫把锅灶搬到山边，烧得雾气狼烟，呛得人睁不开眼。同时，又让人到镇子上找来锣鼓，让将士们敲打，一边敲打，一边使劲呐喊。

09 船，我要上千艘战船

完颜亮领着大队人马，势如破竹，向南推进。骑兵放开马蹄，步兵加快脚步，遇水涉水，逢山翻山，几十万人马搅得黄尘弥漫，遮住了白云蓝天，淹没了村庄、田野。那一脉青山，排排绿树，全部蒙上了一层灰暗的色彩。

攻下庐州后，完颜亮摆酒布宴，大庆三天。第四天天刚蒙蒙亮，又率领队伍继续南下；一路上，炸巢城，闯昭关，一直杀到和州境内的鸡笼山下。

和州城是一座美丽的江城，背靠大江，四周有坚固的城墙，城内有纵横的街道和一座座庙堂。这里居住着成千上万的百姓。他们虽早已听说金兵南犯的消息，却谁也不愿意离开自己的家乡，本指望朝廷的军队能来抵挡一阵，谁知王权的人马连城都没进，连夜绕城而过，急惶惶地逃过大江。

百姓眼看无望，纷纷逃命，昔日车水马龙的和州城竟变成了一座空城。

完颜亮一进城，就传令各营抓紧时间休整，三日内打过江去。一切安排停当，他正想小憩一会儿，忽听大将元力来报，江南采石矶宋营中又增派了无数新兵。

完颜亮大声问："何以见得？"

元力道："陛下你听，江对岸一片喧哗，因此判定他们来了大批援兵。"

完颜亮睡意全消，一跃而起，纵马直奔江边，往高坡上一站，只见江对岸的采石矶上烟雾腾腾、喇叭声声，宋军的呼叫声此起彼伏。

“陛下，不能再往前走了。”元力认为，长江如此宽阔，而金兵都是北方来的骑兵，大多不识水性。还有这么多马匹、辎重，一时过不了江的。

“陛下，不必多虑。”站在一旁的金将完颜铁禀道，“此乃宋军的空城计也，若瞻前顾后，犹豫不前，必然贻误战机，追悔莫及。”

完颜亮听着他们各说各的道理，一时拿不定主意，是三天后过江，还是留在这里暂缓几日？南下路上，追赶宋兵的队伍如虎驱羊，特别是碰到王权这个脓包，只知后退，从不抵抗。你人还没到，他已经跑得不见影子了，现在已经逃过了长江。为这，谋士哈密腾提醒过，可别中了王权的奸计。他哈哈大笑，压根儿不信。现在看来，哈密腾的话也许有些道理。说不定是王权设下的圈套，故意没命地跑，引着你追，追过江去，宋军的大队人马正张着口袋等着你，等你过了江，还没站稳，就来个四面出击，一网打尽。

完颜亮正想着，哈密腾也来到江边，小心翼翼地提醒他说：“陛下，依臣之见，宋军在南岸已早有准备，我们万万不可冒进。”

“你的意思是……”

“原定三日过江，太仓促了。”哈密腾捻着胡子沉思片刻，“我看不如推迟几日，好好谋划谋划。同时，可派人过江打探，看看到底是怎么回事。我们正好趁这个空休整一下队伍。这一路打来，已经好几个月了，将士们太累了。”

完颜亮觉得这话有理，采纳了他的建议。

完颜亮站在一块高地上，放眼望去，感慨不已，这是怎样的一段江面啊？足足有数十里宽，波涛一个接着一个，雪崩似的重叠起来，卷起巨大的旋涡，发出惊天动地的怒吼。波涛冲上江边的堤岸，无可奈何地退了回去，瞬间，又和后面匆匆赶来的波涛撞击在一起，“哗”地掀到半空，又像瀑布似的跌落下来。虽然完颜亮站在高处，但那飞起的泡沫还是溅了他一脸一身。

完颜亮百感交集，这大半辈子，他踏遍家乡的白山黑水，涉过无数大江大河，黑龙江、松花江、图们江、乌苏里江，可那些江河，哪一条能有长江这样雄伟壮阔？

隔着白雾茫茫的江面，隐约见到江对岸的山峰，那突兀而起的可能就是采石翠螺山了，山后隐藏的就是宋军的队伍，不知还有多少人马？估计不会太多，在含山击败王权后，他知道他的人马不过数万，这和他的三十万比起来，真是小菜一碟。转念又一想，奇怪，刚才江对面那喇叭声、锣鼓声、呐喊声是从何而来？是宋军的大部队到了吗？怎么现在又全都消失了呢？

完颜亮陷入深深的疑虑之中。

他的目光又落到江对面的两座山上，那一定是天门山了，他熟读过李白的《望天门山》，心想，等打过长江，他一定要去看看李白写的天门山到底是怎样的景象。

不想了，大战在即，脑海中岂容半点诗情画意？他疾步返回军帐，立即把将领们召集到一起，商讨如何过江的事。

众将军意见不一，有的说要想过江，首先得有船，应马上派人沿江搜寻，把江边渔村的小船统统集中起来，编成组，每组十艘，让人马分别渡江。

话音没落，当即遭到众将官的反对。

“这怎么行，前面的刚过江，后面的没跟上，等到后面的上来了，前面的已经被宋军一口吞掉。不行不行！”

完颜铁说：“我看，立即赶制木筏，那家伙速度快，体积大，能装很多人。成百上千只木筏，一字排开，铺天盖地地压过去，看宋军往哪跑！”

完颜亮反问：“那些木料上哪弄？”

完颜铁说：“我们刚刚路过的鸡笼山，离城十里，经过时我就注意到了，山间有数不清的苍松古木，每棵粗得几个人都抱不过来，砍倒拉来能做许多木筏。”

有人接话：“山下有个叫西埠的小镇，是个木材交易商埠，把那里的木料一起运来，应该差不多了。”

完颜亮采纳了这个建议，下令元力带领人马，火速赶到鸡笼山采集木料。

元力带领将士们开进深山，锯的锯，砍的砍，不出三天，一大批木料就运了出来。遗憾的是，刚刚采伐的木头水分太多，沉得要命，扔进水里竟然再也没露头了。

完颜亮向抓来的一位老木匠打听，才知道这样的木料得晾晒几个月才行。

完颜亮站在比小山还高的大堆木料前，急得直搓手，他真恨不得吹口气，让那些木料全部变干。

转眼，三天过去了。完颜亮急得直转，他一直盯着哈密腾，要他拿出可行的办法来。哈密腾也急得满嘴是泡，除了喝点水，什么也不吃，天天躲在帐内翻阅古书。无意间，他翻到当年宋太祖赵匡胤造浮桥过江的典故，心里一亮，马上跑去向完颜亮报告：

“有办法啦，臣有办法啦！”

他向完颜亮说起这个真实的故事。

赵匡胤建立北宋后，一心想统一中国，可建都南京的南唐后主李煜就是不让他过江。隔着长江，赵匡胤的队伍打不过来，急得他大病一场。就在这时，南唐池州一位叫樊若水的读书人，要求见太祖。

樊若水是南唐人，因未能考中进士，对南唐心生不满，便想方设法讨好赵匡胤，想助他一臂之力。

为了实现这一“宏愿”，他先跑到采石矶广济寺削发为僧。为掩人耳目，他找来一根长长的丝绳拴在矶下礁石上，以垂钓为名，乘小船往返于采石江面。经过反复测量，获取了江面的准确宽度。一切准备就绪，把袈裟一脱，逃往宋都汴梁，向宋太祖献上了他掌握的数据，提出架浮桥渡长江的建议。宋太祖十分惊喜，很快采纳，传令马上进行架浮桥的准备工作。

他们备下大批材料，集结于池州上游的石牌口。

在樊若水的指导下，他们先在那里试架，成功后再派人将浮桥船队缓缓驶入采石江面。那是和现在同样的季节，长江枯水，江面浪平滩浅，浮桥移置进行得十分顺利，仅仅用了三天，一座浮桥就在江面上架成了。

赵匡胤传令队伍，马上渡江。

得知宋军架浮桥渡江的消息，李煜心急如焚，令各路人马水陆并进，开赴采石，务必把宋军消灭在大江之上。

南唐战船二十余艘，溯江鸣鼓，直趋采石，企图截断浮桥。宋军步兵统帅选派五千弓弩手，排在采石江岸。一声鼓号，箭如飞蝗，射得南唐战船东倒西歪，连停泊的地方都找不到，只好倒桨退去。

结果，小皇帝李煜被俘，南唐一下子灭亡了。

听完这个故事，完颜亮兴奋得把手直拍，连声说“天助我矣”，他决定也像赵匡胤那样在江上搭建浮桥，一举拿下采石。

要造浮桥，必须有船，船，船，起码得有上千艘战船！完颜亮下令火速赶制。他把元力叫来，手一挥，说：“传我的旨意，必须在三天之内，为朕备下千艘战船。”

元力面露难色：“陛下，听说我们来了，城里城外的百姓四散而逃，把自家的木船拆的拆，沉的沉，带走的带走，实在找不到一艘。”

完颜亮勃然大怒：“那就给我造，连夜造！”

元力解释道：“刚砍下来的树木太湿，不能用。没有木料，拿什么造？”

完颜亮眼睛一亮，指指门外沿街的一溜门板：“这些留着干什么，拆，统统拆掉。”

“拆掉也不够。”

这个元力，你说半句，他回你一句，真是个不会看脸色的人，完颜亮来气了：“不够，加上你的骨头！”

完颜亮一句话，气得元力直瞪眼，他本想说，你就是把将士们全部杀掉也造不出这么多船来，想想还是忍住了。谁都知道，完颜亮是个说一不二的人，只要他下了命令，你想得通要执行，想不通也得执行，谁敢说半个不字，就叫你脑袋开花！元力直直地站在那儿，望着完颜亮那张威风凛凛的脸，铁塔似的身躯，心里沉重得像一块铁。

“还愣着干什么，天黑之前动工！”完颜亮又在向他呵斥。

元力只得服从。

圣旨一下，将士们噤若寒蝉。夜幕还未降临，整个城里便响起一阵阵撬门砸锁之声。天刚擦黑，城外的杨林河边，门板堆得比小山还高。元力连水都没顾得上喝一口，一直盯着现场，督促士兵和民工赶制战船。

无边无际的夜幕笼罩着大地，城里城外，伸手看不见五指。金兵们为了造船，有的把木料点燃照亮。元力见到火光，大惊失色，慌忙跑过去叫他们快把火熄灭，木料太金贵了，要是让完颜亮发现，可不得了。

这边的火刚刚熄灭，完颜亮果真来了。老远就听见他那粗野的吆喝声，元力连忙迎上前听候吩咐。黑暗里，听见完颜亮打鼻子里哼了一声，问道："为什么不点灯？黑灯瞎火，造什么鬼船？"

"没有油点灯。"元力谨慎地答道。

哈密腾在一边插嘴："陛下，城内的刁民在我们没来之前，家家都把油倒进河里，灯盏全都摔得粉碎。"

完颜亮眼珠一转，问元力："昨天抓回来的一百多个逃兵呢？"

元力不知其意，答道："在前面的军帐中。"

"带我去看看。"

元力领着完颜亮朝前走去。

夜幕中，营帐中传来伤兵们凄苦的呻吟，他们缺医少药，疼痛难忍，有的思念家乡，惦记着妻室儿女。

走到大帐前，完颜亮吩咐元力进帐，挑一个最壮实的汉子来。元力正欲进帐，恰好从里面钻出一个拄着棍子出来解手的壮年金兵，元力近前一瞅，是自己手下的骠骑校尉，他是在南下途中被义军砍伤的。昨晚，带着伤钻进了芦荡，逃跑未成，被抓了回来。

元力把他领到完颜亮面前。

完颜亮伸手在那校尉肩上拍了两下，冷冷一笑，回头对身边两个膀大腰圆的卫侍耳语几句，两个卫侍立即扑将上去，死死扭住那个伤兵，"咕咚"一声，扳倒在地，七手八脚，扒下衣裤。一个卫兵"刺啦"一声从他的衣服上撕下一片，捻成一条绳子，一头拴在一根细木棍上，往伤兵肚脐眼上一戳，痛得他爹呀娘呀直叫：

"元帅，我跟你大半辈子，你怎忍心对我下这样的毒手？"

"我要把你的罪孽化为明灯，照亮南下的路。"完颜亮两手叉腰，不紧不慢地说。

校尉又张着手，朝元力哭叫："将军，千不念万不念，念我跟着你出生入死，念我家中还有吃奶的双胞娃子！"

元力的脸上没有半点表情，他想起有一回跟完颜亮进山围猎，亲眼看见完颜亮将打来的野猪插上捻子，浇上油，整整烧了一夜，还说这叫点天灯。

“救命哪！元力将军，救命哪……”

这撕心裂肺的哭叫，搅得元力心烦意乱，眼圈一红，泪珠已在眼眶里打起了转转。他的脑袋好像被完颜亮狠狠打了一闷棍，是疼痛，是怨恨，是同情，都说不出来，只觉得自己正在做一件伤天害理的事，这样做即使到了阴曹地府，阎王爷也不会放过他的。他再也按捺不住，猛地把手一挥：“慢着！”转身朝完颜亮叩拜道，“陛下这样做恐怕……”

“恐怕什么？”

“恐怕会出大乱子的。”

完颜亮根本不理，把元力朝边上一推，叫道：“浇上油，吊起来，点着！”

哭叫声渐渐微弱，那伤兵的肚子上亮起一朵灯花。

接下来，完颜铁又奉命从先锋营中传来二百多个身强力壮的刀斧手，把抓回来的逃兵一起拖出，一人点上一盏灯，成百上千只火球把杨林河两岸照得明如白昼。撕心裂肺的哭叫声不绝于耳，这哭声，这惨景，连星星也不忍目睹，纷纷躲进了云层。

有的伤兵挣扎着破口大骂，完颜亮命人抬来一种特制的刑具——铁擿，先将叫骂的士兵后脑勺击碎，再插捻点灯。

烟灰袅袅，江水滔滔，流不尽金兵将士的血和泪。

天灯下，汗珠滚滚，刨花翻飞，完颜铁手执长鞭吆喝着，要大家快干。

元力铁青着脸，站在暗处，跳动的火光映出他那紧锁的双眉和闪闪发光的眼睛。他的思绪就像一缕缕烟，飘忽不定，瞬息万变。这个完颜亮，难道真的是他的救命恩人，是他恩重如山的继父吗？既然是恩人，是父亲，怎么会对他这样呢？他想起奶奶在世时说过他的亲生父亲的样子。父亲身材高大，大大的脑袋上头发卷曲着，浓眉下，有一双不大的眼睛，笑起来，小黑胡子下那两排雪白的牙齿闪闪发光。

那是个夕阳西下的黄昏，阳光像一把把金币在草地上晃动，父亲带着他在玩着老鹰捉小鸡的游戏。正玩得起劲，没想到，真的有一只老鹰朝他飞了过来。那是一只好大的鹰啊，鼓着一对长长的翅膀在他前面的天空中盘旋，忽然间翅膀斜着向下，急速地落了下去，眨眼又冲上高空。让他感到奇怪的是，老鹰在天上不停地打着旋，翅膀却一动也不动。

正在他好奇地仰望时，那老鹰不知受到什么指令，歪着翅膀一个俯冲，一直冲到他的头顶上方。那时父亲已经跑得很远了，只有他一个人在草地上爬着，咯咯地笑着，那老鹰伸出铁钩似的爪子从背后猛地抓住他，笔直地朝天空飞去。那年，他才一岁，记不清当时的情景，只记得地上的花呀草呀全不见了，只有风在耳边呼呼地吹。

老鹰在天上盘旋了好一阵子，又把他放了下来。

就在他被老鹰带上天空的刹那间，父亲发现了，他张着双臂，发了疯似的呼喊着，奔跑着。他只顾看天，没有注意到脚下的深渊，就那么一头扑了下去，再也没上来。

再后来，他昏迷了，等到他醒来时，已经躺在完颜亮的怀里。从此，他便认定是完颜亮救了他，完颜亮就是他的再生父亲。

他发誓，跟着救命恩人，哪怕刀山火海，也在所不辞。

渐渐地，他长大了，发现他的义父竟然是那样不近情理，动辄发火，胡乱杀人。尽管他对元力呵护有加，但元力却惧怕他，一触到他那犀利的目光，心头就感到冷飕飕的。不知为什么，他总觉得他的瞳仁像一泓深浅莫测的湖水，藏着令人不解的危险。

面对着一排点燃的天灯，听着一声声凄惨的呼喊，元力一颗心就像被丢在沸水里煮着，扑通扑通直跳。

10 是谁走漏了消息

趁部下赶制战船的时候，完颜亮抽空回大帐想休息片刻。刚要躺下，一个金兵校尉匆匆来报，说他们在和州太守府的夹墙里搜出了一个人，供出自己是和州太守。

完颜亮腾地坐起，好呀，来到这里，一切都是陌生的，如果有一个熟悉本地情况的人该有多好！连忙问那太守叫什么名字。

“孔本彦。”

孔本彦？这个名字好像在哪里听过，但一时想不想来。完颜亮命人将他带进中帐，有话问他。

孔本彦灰头土脸地站在完颜亮面前，连看对方一眼的勇气都没有，就那么“扑通”一声，匍匐在地，全身筛糠似的抖个不停。完颜亮把脚一跺：“抬起头来！”孔本彦慌忙把头抬起。

完颜亮侧目一看，这不是孔本舟的胞弟吗？孔本舟原是宋朝大臣，出使金营时被完颜亮扣留下来。孔本舟曾经送给完颜亮一本柳永写的《西湖词》，向他描述过“金秋桂子，十里荷花”的景象，告诉他西湖是如何地醉人，扬州的珠宝是如何地瑰丽，苏州的美女是如何地窈窕。

还对他说，他的弟弟在长江边的和州当太守，有朝一日金兵马踏江南，他会鼎力相助的。

孔本舟知道完颜亮喜欢舞文弄墨，曾讨好地告诉他，和州城外二十里有座乌江镇，那里有个叫张孝祥的文人，写过许多好诗，其中有一首叫《西江月》，有这么两句，“落日熔金万顷，晴岚洗剑双锋”。完颜亮一听连声叫好。路上他曾想过，有机会一定去拜访那个姓张的文人，跟他饮酒谈诗，那肯定是人生快事。遗憾的是，孔本舟这家伙经不住拷打，折腾几下，竟然在会宁府一病不起。真没想到，世界这么小，哥哥死了，却在这里碰到他的弟弟。

完颜亮眨眨眼，伸手把孔本彦扶起，亲热地说：“哎哟，原来是孔太守呀！真是太巧了，你哥还托我来找你呢，没想到在这儿相遇，幸会！幸会！”他把孔本彦细细打量一遍，在心里道，像，真像，兄弟俩真是一个模子铸的，都是一张瘦脸，那么窄，窄得像个楔子，只要铁锤在后面一夯，马上就能楔进任何地方。

听完颜亮这么一说，孔本彦那块悬在心里的石头这才落下，顿时转忧为喜，献媚地说：“皇上驾到，卑职有失远迎，乞望恕罪。以后有什么事要我办的，尽管吩咐。”

完颜亮眼珠一转：“你马上给我去找个人。”

“谁？大人只管吩咐。”

他说起了张孝祥，孔本彦连声说：“有这个人，不过，他……”

“他怎么了？”

“他是宋朝的臣子。”孔本彦想说，他曾在宋朝为官，恨死了金人，你就是八抬大桥也抬不来的，转念一想，不能这样说，他的舌头迅速在嘴里打了个滚，改口道：“听说金兵，不，听说皇上驾到，估计早远走高飞了。”说到这里，觉得不对头，抬头一看，完颜亮脸色不悦，连忙说：“他离开家乡，四处漂泊，如今不知又漂到哪里去了。”

“不管上哪，就是飞到云彩里，你也要把云彩撕开，把他给我找来。就说朕佩服他的才情，想见见他。”

无路可退，孔本彦只好答应，马上去张孝祥家一趟。

完颜亮说，你先到他府上看看，如果在家，他要亲自登门拜望。

孔本彦在几个金兵的押解下，找到乌江镇上张孝祥的家，可却是大门紧锁，一个人也没有。完颜亮听说了，有些失望，但那阴沉的脸上很快又露出一点笑意，他对孔本彦说："那你去找几个女子来，陪朕痛痛快快地玩上几天，最好懂书画琴棋的……"

孔本彦面露难色，躬身道："皇上，城内的百姓听说金兵——不，不，不，听说王权的队伍要来，早跑光了，姑娘一个也没有，只怕……"

完颜亮一脸不悦，这个孔本彦，这不行，那也不行，真是什么事也办不成的草包，他没好气地把手挥了挥："没有也罢，请你夫人出来作陪。"

孔本彦像被狗熊抓了一把，昏头昏脑地站在那里发呆，细细想了一遍，有了，离城五里的贺家村有个贺员外，良田万顷，婢女成群。去年端午，贺员外带着三个女儿进城，孔本彦亲眼看见他那三个女儿个个长得像出水芙蓉一样俊秀，何不抓一个来为自己开脱？他凑上前一说，完颜亮眉开眼笑地问："她们会不会也全都跑啦？"

"贺员外爱财如命，为保住家产，大概不会跑的。再说，他听说皇上的到来，开心着呢。"

完颜亮命孔本彦这就去一趟，速去速回。

孔本彦前脚刚走，完颜亮急得心里像猫抓一样，迫不及待地骑上黑马，尾随而来。

孔本彦刚进贺家村，身后传来一阵马蹄声，回头一看，完颜亮来了，心想，这个完颜亮，早就听说是个采花盗柳之辈，果然不假，忙闪到一边，拱手道："皇上你看，那就是贺员外府上。"

完颜亮眯眼一瞅，见通江的小河边有一片宅院，大门口两尊石狮，门上银钉闪闪。完颜亮纵马上前，绕院子转了一圈，四下静悄悄没有人影。

孔本彦一路小跑地转过围墙，见河边芦苇荡里悠悠地漂来一只小船，一个红衣女子正撑着竹篙，把几只白鸭往回赶，嘴里发出轻微的呼唤声。真是踏破铁鞋无觅处，得来全不费工夫！孔本彦疑心看花了眼，把眼使劲一闭，又猛地睁开，确实是个年轻貌美的女子，顶多十七八岁。他一头钻进河边的草丛，拨开乱草，这回看得更清楚了，这女子虽说皮肤有些黑，但那苗条的身材，一双不停闪动的眼睛，黑黑的，湿湿的，特别是那长长的睫毛，就像长在池边的青草，让人心动。

孔本彦像抓住了一根救命稻草，对完颜亮道：“皇上你看，那不是来了吗？”

完颜亮跳下马，将马缰一甩，蹑手蹑脚地钻进旁边的竹林。

那女子跳上岸来，根本不知危险就在身边，口中还在唤着白鸭。孔本彦迎上前，正欲开口，女子倒认出了他：“哟，这不是孔大人吗？”看孔本彦在发愣，又说：“真是贵人多忘事，去年重阳，大人五十大寿，奴家还为你弹琴唱曲哩。”

孔本彦眨了眨眼，呵，想起来了，那天做寿，是有几位为他助兴的姑娘。正要问，姑娘倒先来了个自我介绍，说她是贺员外的婢女，叫银卉。

银卉进一步说道：“员外一家进山避难，留下我看家护院。这不，我正在把池塘里的鸭子往栏里赶呢。”

完颜亮一听这声音，全身发酥，脸上立马漾起得意的笑容，实在急不可待了，呼的一声从竹林里蹿出。银卉被这个从天而降的不速之客吓得一声尖叫，身子直往后退。

完颜亮张开两手，连声道：“姑娘不用害怕，我是来看望你家员外的。”

“我家员外不在，你是……”

“大金国皇上完颜亮，来吧，请你到我那里做客。”他的脸上呈现出红枣一样的光彩。

简直是莫名其妙！银卉还不知是怎么回事，完颜亮便一步跨上前，扯住她的衣襟，往怀里一带，双臂一举，将姑娘托到马上。他跟着跨上马背，猛抽一鞭，鞭梢在空中划了条弧线，重重落到立在马下的孔本彦脸上，现出一道血红的印痕。孔本彦连摸都不敢摸一下，躬身立在一边，轻声道：“陛下，这姑娘聪明得很，吹拉弹唱，样样在行。”

“太好了，让她陪朕几日。”

银卉这才回过神来，她那里想得到，搂着她的竟然是金兵头子完颜亮。是他带领金兵金将，一路杀人放火，干尽了坏事；是他害得她家破人亡……银卉既仇恨，又悲伤。她真想回过身来，掐死这个杀人不眨眼的魔王，但是怎么办得到？一个弱女子，手无寸铁，是不可能敌得过力大如牛的完颜亮的。她不再反抗，郁结在心中的恨，蓄填在胸中的仇，犹如炽热的岩浆在地下翻滚。她强行按压着自己心中的怒火，一个胆大的设想在她心中渐渐形成了。

完颜亮骑在马上，得意扬扬地往回走。刚到营地，元力和几员金将迎了上来，拦在马前，神色十分严峻地说："启禀万岁，大事不好！"

不早不晚，偏偏在这个时候来凑热闹，完颜亮不耐烦地皱皱浓眉："何事大惊小怪？"

元力拱手道："刚才探马来报，宋国暴民魏胜和王友直起兵夺走我们刚刚攻下的海州（今江苏连云港）和沂州（今山东临沂），切断了我们的回归之路。"

完颜亮先是一惊，沉吟了一会儿，脸上露出不屑一顾的神色："小小燕雀岂能遮住天日？不管他。"说完就要回营帐。

"陛下，还有呢！"元力上前半步。

"还有什么？"完颜亮盯着元力，元力一时语塞。

完颜亮显得很不耐烦："快讲，吞吞吐吐！"

元力知道完颜亮是个喜欢听好话的人，下面的人也就根据他的性格，常常报喜不报忧。但现在，元力得到的这份情报，比大山还沉，不能不报。元力在心里快速盘算着，用什么语言才不至于激怒完颜亮，但一时也找不到，算了，还是让他自己看好了。他把手里的一封信恭恭敬敬地呈上去，完颜亮把手一摆："你念，我听。"

这是完颜亮的习惯，每次探马送来情报，他都让部下念给他听，要么把信的内容给他简要地复述一遍。元力不再犹豫，心想，如此重要的军情，还是来个竹筒倒豆子，直说为好。

元力打开那份写着情报的信纸，低着头只顾往下说：

"刚刚接到探马来报，就在我们南下的路上，朝中发生了变故，留守的曹国公乌禄废了你的帝号，自立为帝，自称为世宗，还把你……"

就在这一瞬间，元力发现完颜亮的脸色越来越暗淡，眼神也像罩上了一层黑雾，只听他大声喝道："把我怎么啦？"

"把你追废为海陵王。"

追废在宋朝时期是废除死者原来的封诰，给他封个不着边际的名称。现在完颜亮还活着，就被当死人来对待了。这句话像一把利剑，直穿完颜亮的心窝，顿时，他气得浑身发抖，脸色像茄子一样发紫，伸手抓过信，粗粗地看了一遍，破口骂道：

“乌禄，这狗娘养的，当面讲得好听，老子一走，你就变天！”

完颜亮怎么也没想到，当他带领千军万马浩浩荡荡地向南进发时，乌禄就开始策划如何夺取皇位的阴谋了。

那是个阴云满天的黄昏，乌禄以留守将军的名义把所有不大放心的文武官员全部换掉，无一例外地换成自己的心腹。在他的指挥下，迅速占据了宫城每个角落。尽管一切都在悄悄地进行，但还是传到在内宫养息的珍妹耳朵里。那天，她刚刚沐浴完毕，正想休息，忽听侍女匆匆来报，乌禄正带人朝内宫走来。珍妹有点发愣，正想着如何应对，门“哐”地被人一脚踢开，一个声音在怒吼：“完颜亮的女人，滚出来！”

乌禄按着佩刀出现在门口。

珍妹见他两眼圆睁，气咻咻地逼视着她，吓得心跳如鼓，但仍然努力让自己镇定下来，轻声道：“乌禄将军，有何贵干？”

“没有什么贵干，想要完颜亮的脑袋！”

“可他，他，不是跟你约好了吗？他带兵南征，你在这里留守，怎么……”

“留守？谁为他留守，他做梦去吧！”

“你想怎么样？”

“我要让他死无葬身之地！”

“将军，”珍妹赔着笑脸，轻声说，“你们是亲如手足的弟兄，怎么能忍心……”

“啰唆什么，实话告诉你，从你的男人杀死先皇的那一天，我就恨死了他。表面上对他言听计从，心里却没有一天不想置他于死地。”乌禄说着，一步跨到珍妹眼前，伸出弯刀，直抵珍妹的胸膛。珍妹两眼微闭，一动也不动。

一直陪伴在侧的侍女吓得一声惊呼：“天哪，她有孩子呀！”

乌禄一听珍妹怀上了完颜亮的孩子，气不打一处来，手起刀落，珍妹连叫都没来得及叫一声就软软地倒下了，盘在头上的发结松散开来，满头乌发瀑布一样洒落下来，被丝绵软垫上的鲜血染得通红。

这一消息很快被探马云中雁得到了。云中雁是京都有名的侦探，不仅能迅速把第一手情报弄到手，还能以极快的速度传送出去。他是完颜亮的部下，他的父亲人称老探马，虽然年过半百，却仍然带领儿子执行着军中这一重要任务。父子俩做了分工，儿子年轻力壮，专门负责把从京都带来的消息快马加鞭地传送到淮河边，由父亲接下来，再传送到完颜亮手中。不过他没有资格直接把情报呈给完颜亮，必须先交给元力，再由元力转呈。

完颜亮的要求是，每隔三天，他务必知道京都的消息，特别是珍妹的情况，越细越好，甚至要细到珍妹想吃什么、喝什么，身体有什么反应，都要有所报告。

他没想到，云中雁这次带给完颜亮的，却是这样一个惊天动地的消息!

完颜亮不敢再往下想，他举起拳头，狠狠地砸在自己的心窝上。此刻，他感到心里就像塞了一团乱麻，怎么也理不出个头绪。这一路上，虽说宋军不是他的对手，但哪一天不受到义军和南宋百姓的袭击？昨晚，他叫各营清点人马，发现过了庐州，一下子又少了三万八千。现在，朝中又发生了突变……这真是后退无路，后退无路了呀!

怎么办？回去吧，如果回去，他只能拜倒在乌禄的脚下，要么低头做他的臣子，要么死在他手中，这样的结局，他怎能甘心！完颜亮又问起珍妹的情况，元力不想说，完颜亮把脚一跺："说呀!"

元力极不情愿地吐出一句：

"她，她死于乌禄的刀下。"

完颜亮顿时感到天旋地转，他想呼喊，他想发疯，他想一脚把这个世界踏个稀烂！此刻，他像一只被人捅了一刀的老狼，在地上来回打着转，浑身热烘烘的，仿佛置身于夏日的火炉前，坐立不安。

终于，他还是克制住自己，在心里对自己说，一个堂堂的大金帝国皇帝，怎么能如此狼狈，如此无能，如此软弱!

毕竟是经历过无数生死考验的草原汉子，对他来说，一个女人算什么呢，去一个，再来一个，两个，十个，百个……

就在这刹那间，完颜亮似乎想通了，昂起头怒视着远方，把牙齿咬得咯吱响。从这里，透过大帐的缝隙朝前看，看不见雪山，只有离他不远的大江在奔流，满江的波涛在翻滚。完颜亮的心中，也像大江一样波涛滚滚，难以平静。

元力看着完颜亮情绪的变化，一直在旁边等待，等到他平静下来时，便上前道：“陛下，我看不能再朝南走了。孤军深入，会酿成大错的。”

“不，我认为，这些统统不要去管。”站在一边的完颜铁坚决反对，“等我们打过长江，杀进临安，再来个回马枪，将乌禄碎尸万段！”

完颜亮听着听着，忽地把手臂一扬，大声道：

“传我的命令，全军将士，只准向前，不得后退！”

完颜亮那举起的手臂半天没放下来，元力知道他的决心已定，是任何人也改变不了的。于是，再也没说什么。

顿了一会儿，完颜亮又问：“这个消息是从哪来的？”

元力知道他是明知故问，回答道：“是老探马带回来的。不，是他儿子云中雁带给他的情报，他再转达给我的。”

“他人呢？”

“一路奔波，累得半死，正在帐中休息。”

完颜亮反剪着双手，在大帐中来回踱了两步，猛回头，小声叮嘱元力和完颜铁，这一消息万万不能让任何人知道。元力明白完颜亮的意思，一旦走漏风声，军心顷刻大乱。

元力两手抱拳：“末将遵命。”

那一夜，被关进后帐的银卉姑娘在低声啜泣。完颜亮也没有心情去跟她说一句话，他头脑里很乱，做什么都没有兴趣。除了乌禄的叛变，更让他揪心的是珍妹的死。都说完颜亮登极后，连自己的叔母、堂妹都占为己有。是的，都是真的，但那是为了解气，为了报复，珍妹才是他唯一的真爱。他不敢想象珍妹是怎么死于乌禄的刀下，临死时可在呼唤他的名字。

可怜的女人，一定在苦苦盼望他早日归来，到头来盼到的却是这样的结局。早知这样，当初不如将她带出来，路上哪怕再苦再累，有我完颜亮在，也不至于丢掉一条命。

完颜亮想得脑袋生疼，也没想出个所以然，直到天蒙蒙亮，才微微合上眼。

清早，当第一缕晨光从帐缝穿进来时，他正有点睡意，忽然听到元力在帐外求见。他想，这个时候要见他，肯定不是小事。完颜亮一个鲤鱼打挺坐了起来，大步跨出营帐。

元力和完颜铁早就等在那里了。

“陛下，从昨天晚上开始，军营里就有人逃跑……”元力欲言又止。

完颜铁接着说，各路头领纷纷报告，说他们的人也跑了不少。

完颜亮瞪着金鱼一样的眼睛，问跑了多少，完颜铁说来不及统计，反正不在少数。完颜亮感到纳闷，怎么会突然跑了呢？他想起老探马带回的消息，莫不是走漏出去了？他一再叮嘱，不得走漏半点风声，那么是谁透出去的呢，难道是元力？

完颜亮脸上的肌肉都在抽动，神情严肃地说：“马上给我查，是谁把情报捅出去的，查出来给他一铁擿……”

元力和完颜铁你看看我，我瞅瞅你，谁也不说话。但从他们的神情来看，不可能是他们。

难道是老探马？完颜亮头一个想到的就是那个成天乐呵呵、见人就笑的老头。他把拳头一扬，下令把老探马带到这里来。元力正要走，又被完颜亮叫住：“还有他的儿子，那个叫云中雁的，一起带来，朕要好好赏赐他们。”

片刻，探马王被带来了，跟在身后那个走起路来歪歪扭扭的年轻人，想必就是他的儿子了。完颜亮端坐在大帐中央，一只拳头顶着下巴，斜着眼睛打量着这一老一少，他觉得这哪里像传说中的一对机灵的探马父子，简直像两个稻草人。

元力知道完颜亮在想什么，上前一步说：“禀告皇上，云中雁从中都回来，两天两夜，涉黄河，越泰山，风餐露宿，马不停蹄，路上又经风雨，累得大病一场，到现在还没痊愈。”

还要往下说，被完颜亮止住。

站在旁边的老探马往地上一跪，颤抖着说：“皇上，我儿一路奔跑，好不容易到了淮河岸边，下面的路，是我跑完的。”说着嘴巴咧了咧，好像要笑的样子，但那笑在嘴边轻轻一滑，便不见了。他抬眼望望元力，仿佛在问，将军，我说得对吗？元力默默地点点头。

完颜亮忽地站起，指着这一对父子：

“我问你们，是谁泄露了军情？”

父子俩蒙住了，不知如何回答。

元力挺身上前解释道：“他们父子把消息传给了我，我不敢延误，天一亮就报告给陛下，没人知道。”

“然后呢？”

“然后就回去休息了。”

“那就怪了，你没传，他没传，难道是我传出来的不成？”完颜亮声音不高，但充满了杀气。

元力说：“隔帐有耳，可能是我在向皇上禀告时被人……”

“不可能，”完颜铁插嘴道，“我一直站在外面，周围没有一个人。”

完颜亮那一双浓眉像老鹰的翅膀一样，先是舒展开来，然后倏地收拢，笔直地向下一扎，仿佛要攫取面前每个人的心脏。特别是浓眉下的那一双眼睛，像尖刀一样，锋锐，明亮，扫视着在场的每一张惶恐的脸。

“老老实实说吧，你们到底是谁泄露了军情？”

“皇上，也许是我不小心……”元力竟然把事情往自己身上揽。

完颜亮压根儿不信，军中谁不知道，元力是个闷葫芦，嘴比铁桶还严，怎么可能会是他传出去的呢？完颜亮把目光重新转向那一对父子。

“说吧，你们是谁传出去的？”

没有回音。

老探马急得头上沁出了点点汗珠，他知道是逃不过这一关了，但无论如何，不能让儿子受过，儿子是他的心肝，是他唯一的亲人。他知道完颜亮的性格，一旦盯上了你，你就是浑身是嘴，也别指望讲清楚，他再也忍受不了，忽地站起："皇上，是我，我，是我传出去的！"

说完，他举起手掌，对着自己的嘴巴猛抽几下。

这景象把云中雁吓呆了，他怎么也没想到，父亲竟然把这天大的罪过揽了下来。泄露军情，必死无疑！父亲，难道你真的老了，活够了？母亲早年过世，是父亲把他拉扯成人。他是在一次赛马会上夺得头名，被元力看中，点名要他和父亲一样，做大金国的探马英雄。于是，他和父亲一起跟着完颜亮，从会宁府迁到中都，又跟着他一路南下，飞马过黄河，纵身跃雪谷，每次冒死送军情。虽九死一生，但父子俩毫无怨言，他们认为自己是在为大金国的强盛卖力。没想到，没想到却遭到皇上的猜疑。

不管怎样，他宁愿自己去死，也不能让父亲受过。想到这里，他把头一抬，迎着完颜亮大声说："我，是，是我说出去的……"

声音不高，却震得老探马耳朵嗡嗡响。

"儿子，你疯啦！"老探马两眼逼视着他。

"父亲，是儿子不小心泄露的。"

老探马上前抓住儿子的衣襟，拼命摇着："明明是我，你怎么往自己手上抢？皇上，不是我儿子，是我呀，是我！"他把胸脯拍得咚咚响。

云中雁非说是我，老探马非说是他，父子俩你一句我一句，在完颜亮的眼皮底下抢着要去死。

完颜亮那两道浓眉耸了耸，冷峻地看着这惊人的一幕，想说什么，还是打住了，继续在不停地踱步。此时此刻，他心里装的全是乱七八糟的事，乌禄的政变，珍妹被杀，士兵逃跑，搅得他心烦意乱，哪有心思听这对父子喋喋不休地争吵。

等他们争得差不多了，完颜亮用手点了点父子俩：

"别争了，反正你们父子俩必须死一个，到底死谁，你们自己商量！"

这古怪的决定让元力感到纳闷，他不明白皇上怎么不问青红皂白，就做出这样的裁决。他还想站出来，把一切揽到自己身上，见完颜亮已经命令完颜铁把铁擿取来，就再也说不出话了。

完颜铁拱手道："皇上，我看不必用那个，就用'甩秋千'好了。"

“为什么？”

完颜铁显得有些兴奋：“‘甩秋千’好呀，甩得高，抛得远，能让千万个将士看看，谁敢逃跑，就会落得这样的下场。”

甩秋千是完颜亮发明的一种独特刑具，就是把一根长长的青竹栽插在地上，再将竹梢弯下，把罪人的头发捆扎在竹梢上。行刑时间一到，一声令下，刽子手便将按倒在地的竹子猛地一松，那富有弹性的竹子就会将犯人送上高空，荡到几十米外，有的摔得粉身碎骨，有的被甩到石头上，摔得肝胆俱裂，顷刻断气。

父子俩还在争，争得不可开交，结果被拥上来的刽子手拉到了江滩上。

老探马挣扎着冲到弯倒在地的毛竹旁边，跺脚呼叫：“让我去死吧，反正我老了，活不了几天啦！”

云中雁死死扯着父亲：“还是我去，父亲大人，你苦了一辈子，你不能……”

父子俩扭在一起，让围观的金兵金将个个心潮起伏，暗暗流泪，但他们谁也不敢上前，眼睁睁地看着这让人心碎的一幕。

父亲终于把死亡抢到手中。

不料，刽子手在给他脱去帽子时，发现老人头上光光的，没有一丝头发，不便捆扎。儿子冲上来，把衣裳一脱，赤裸着身子，挺身道：

“放了我父亲，还是我来！”

金军将士们哪里想得到，这个其貌不扬的后生竟然如此威风，他挺身立在那里，像冲锋陷阵的勇士，像叱咤风云的英雄，只听他大声吼着：“来吧，完颜亮！二十年后，我还是我，在阎王殿前等着你呢！”

毛竹猛地一弹，儿子像一道影子似的飞上高空。所有在场的人都像鼓眼蛤蟆一样，呆在那里一动也不动。静寂中，父亲忽然大叫：

“完颜亮，你这狗日的东西，老子就是死也不放过你！哈哈，儿子上天堂，老子也跟着上，完颜亮，你看见了吧，我上天堂啦！”

疯了，老探马疯了。

元力远远站着，听着这揪心的呼喊，心里涌动着巨大的悲痛，他为自己眼睁睁地看着一条无辜的生命在面前消失而痛心疾首。他的表情十分复杂，宛如一个虚荣心极强的人第一次当小偷时被人抓住一样无地自容。

当时，完颜亮不在现场，后来他听说了，打鼻子里哼了哼，轻描淡写地说："我有三十万人马，怕什么，死一百个，疯一千个，又算什么？"

多种情绪交织在完颜亮胸中，使他觉得眼下什么都是小事，打过长江才是大事。他已经横下了心，恨不得一步跨过江去，吞下采石，直抵临安。到了那一天，他的地盘更广了，人马更多了，他将披着熠熠闪光的金甲，浩浩荡荡地班师回朝，亲手拧下乌禄的脑袋，叫普天下的人都倾倒在他这女真骄子的膝下。

这是他眼前唯一的路。

11 军营里乱成了一锅粥

就在完颜亮日夜赶制战船的时候，江南岸采石矶军中也出现了一种混乱的局面。

整整一天，各营不断传来消息，说士兵们纷纷逃跑。时俊查了查自己的右营，一天就跑了几百人。

黄昏，虞允文到附近的营帐中，细细地端详着这些战士，那黧黑消瘦的面容，困顿不堪的身姿，真是惨不忍睹。不少将士丢盔弃甲，倒在帐外的地上呻吟，他们的头上、腿上、膀子上的伤口被草草地包扎着，浸染着乌黑的血迹。

时令已近深秋，将士们身上还穿着薄薄的单衣，虞允文伸手摸摸一个瑟瑟发抖的老兵，心想，这样下去，他们能受得了吗？他们当然会各自逃命的。虞允文心中一阵酸楚，难受得好像有一窝蚂蚁在身上爬。

丁酩也来了，还带来一位号称金真的道人。这道人头戴方巾，身穿八卦仙衣，胸前绣着太极图，肋下佩着一柄宝剑。他说他就住在山腰的白鹤观内，能用江边的蒿叶为将士们治伤。虞允文拱手致意，感谢他能为抗金出力。

道人含笑说："散人以慈善为怀，应该应该！"

当下，道人使出种种绝招，切、捏、推、拿，忙得汗流满面。丁酩在一边说："我早就听说过金真师父的大名，不光会救死扶伤，还能预知明天，逢凶化吉。舍人闲下来，可请他算算前程。"

“罢了罢了，我哪有那份雅趣！”虞允文说着，走出了军帐。

丁酩紧紧跟了上来，说：“虞舍人，现在我才明白，你叫鼓乐手吹乐，叫士兵们抬着禾桶满山跑，是在用计呀！难怪人们都夸你足智多谋，是当今的诸葛……”

虞允文淡然一笑，打住了他。

丁酩紧跑几步，又凑上来，关切地问：“不知舍人下一步棋如何走？”

虞允文略略沉思片刻，答道：“军中几个月都没发过饷银了，我想把带来的银两分下去，让各营将士先买点药物和御寒的衣裳。”

“使不得！使不得！”丁酩连连摆手，“你我都是朝中的郎官，只有来送劳军的财物之责，哪有分发的资格？我看，还是等李显忠将军来了再说吧。”

“难道李将军不来，就眼睁睁地望着将士们冻死不成？”

“我不是这个意思。”丁酩动情地说，“这批官兵，长期在外作战，谁不思念家乡。只怕发了银两，事与愿违。”

“不至于吧。”虞允文感慨地说，“有道是，打仗要靠天时地利人和，而这人和，算得上头一条……”

“哦哦，我懂了，懂了。”

丁酩似乎明白了虞允文的意思，连声说，我这就去找几位将军商议商议，照这个主意去办。说完这话，还没有走的意思，只是注视着虞允文那布满血丝的眼，关切地劝道：“虞舍人，你又是一个晚上没合眼了，去睡一会儿吧！”他连推带拽地把虞允文拉进大帐，将他按倒在榻上，把被子往他身上一盖。

丁酩这样诚恳，使虞允文很受感动：“丁参军，此事拜托你了！”

丁酩将被子掖了掖：“放心睡吧，有我哩！”

他确实太累了，眼皮一闭就是好几个时辰。

虞允文睡得正香，突然被帐外一阵急促的马蹄声惊醒，他翻身坐起，顾不得穿好衣服，几步跨出军帐。

这时，夜色已从江上爬了过来，蒙住了山林，遮住了营帐。惨淡的月光下，数不清的人影正朝东晃动，叽叽喳喳，不知发生了什么事。一种不祥的预感一下子攫住了虞允文的心，正欲上前打听，从西边奔来一匹高头大马，直朝虞允文身边奔来，只听时俊在马上高声疾呼：

“娘的，看你往哪跑！追，快给我追！”

虞允文飞步上前，拦住马头：

“时将军，怎么回事？”

“问你自己！”时俊的眼里滚动着两团烈火，“都是你干的好事！分银两，分财物，把军心分散了，人都分跑了！”他把手中的大刀一举，朝虞允文大喝一声：“闪开！”

那飞奔的黑马把虞允文一下带翻在地，虞允文挣扎了好半天才爬起来，不顾一切地举着双臂，呐喊着：“时将军，停一停！”

虞允文跟着时俊紧追不放。

时俊根本不理他。杂乱的脚步声、人声之中，响着时俊那沙哑的声音：“从东边拦截，快，截住！”

黑马不停地打着圈圈，最后，从人堆里直蹿而过，一直奔到江滩的柳林道上。时俊一勒马缰，那马猛地跳起，后腿在地上打了两个圈，转过身，迎面朝奔跑的人群兜了回来。

逃跑的士兵见时俊迎头拦住他们，一起往路边的小树林里钻。

时俊大嚷：“看你们这群败类还能往哪儿跑！”

不少士兵见无路可走，纷纷跳进江水，粼粼的波光中，手臂乱舞，人头攒动，呼叫声响成一片。

时俊举刀朝前一指：“弓弩队——射！”

跟在后面的几十个射手迅速在江岸上排成长长的一字，正欲出手，时俊的手臂在空中一抡：“慢着！”

他翻身下马，趋前几步，指着黑沉沉的江水道：

“鼠辈们听着，现在你们面前只有死路一条，要想活命，回头是岸。好了，我喊一、二、三，如果谁愿回来，就朝岸上游。倘若一意孤行，那就休怪我时俊大刀无情！”

虞允文提着袍服一角，跌跌撞撞地赶来了，噔噔噔地跨到时俊面前，扳着他那铁铸似的胳臂，说：“时将军，不能射，不能射呀！都是自家的兄弟，大宋的儿郎，万万不能……”黑暗中能看到虞允文的眼里闪着炽热的光亮。

时俊冷眼一扫，头也不回地问：“请问，你是何人？”

“朝廷命官，中书舍人。”

“来此作甚？”

“劳军！”

“银两分完了，军也劳尽了，该回去领赏了吧！”时俊的话中充满了不屑。

虞允文没有退缩，上前一步，道：“金军集结对江，社稷危在旦夕，我岂能离去。我愿留在这里，助众将军一臂之力！”

黑暗中有人在说：“哼，谁要你留在这里啦。碍手碍脚的，烦死人！”

时俊大声道：“既然留下，就不要多事。闪开！”

时俊力大过人，抬臂一搡，虞允文一个踉跄，差点栽倒。

时俊将胳臂一抡，继续扯着脖子喊：

“预备，一、二——”

眼看劝不住时俊，虞允文挣扎着跑到江边，朝江中使劲摆手：“弟兄们，都上来，大家快上来，我有话要对大家说！”

起风了，哗哗的江涛声将他的声音淹没了。波涛中，真的有人摆着手臂，朝岸边游来，接着，又有两个，三个，五个……

“射——”

时俊一声令下，“唰唰唰！”上百支箭镞雨点似的朝江中飞去。

虞允文大叫一声，闭起了双眼。等他再抬眼看时，江面上已恢复了平静。虞允文仰天长叹，肃穆地向着那黑沉沉的江水伏下身子。

突然，他听见身边的一个弓弩手失声惊叫：

“时将军，这家伙一箭未发，拉的全是空弦！”

弓弩手指着立在崖下的一个瘦高个子，向时俊告发。时俊走上前，劈手夺过那瘦高个子手里的弓，盯着他问：“有这样的事吗？”

瘦高个子理直气壮地点点头。

时俊的脸涨得通红，怒气冲冲地用指头点着他的鼻端：“又是你，梁平！”

“将军息怒。”那叫梁平的士兵两手抱拳，向时俊施了一礼，“将军，我是带着杀父之仇来从军的。有多少回，我梦见父亲在九泉之下问我，打了多少胜仗？杀了多少金贼？问得我满面愧色。有多少回，我在梦中跟着你转战沙场，只杀得天昏地暗、日月无光！”他顿足长叹，“可那毕竟是梦啊！半年多了，没有一个金兵死于我的箭下，倒是自家兄弟……我，不忍心哪！”说着往地上一蹲，呜呜地哭将起来。

“少啰唆！”时俊背转脸，手一抬，命令身边的士兵，“把他给我吊起来！”

卫士们愣在那里，谁也不肯动手。时俊又大喝一声，这才有两个卫士缓缓走上前，还没动手，梁平便主动将双手反背起来，任人捆绑。他被吊到身后的一棵皂角树上，紧咬牙关，死不求饶。这时，两个刚刚爬上岸的老兵走到时俊面前，扑通一跪：“时将军，饶了我们吧，饶了我们吧！”

时俊只顾责骂梁平，用脚把两个老兵往边上一踹，理也不理。

虞允文低头细看，跪在面前的这两位老兵满头白发，骨瘦如柴，一身湿淋淋的单衣紧紧贴在身上，冻得直哆嗦。他走上前，伸手把两个老兵扶起，连声说：“快起来，快起来，回帐中换换衣裳，小心着凉！”

一个老兵拉着虞允文的手，颤巍巍地摇着头：“大人，多谢了……”

虞允文问道：“两位尊姓大名？”

其中一个老兵揩了一把脸上的水，哽咽着说：“他姓江，叫江义田。我姓耿，人家叫我耿三棒，我家住江北善后村，离和州五十里。家中有一幼子，还有一位八十岁的老母，久病不起，无医无药。感谢皇上派来一位活菩萨，发了些银两。我想回去买点药物，以尽孝心。”

一番话，勾起虞允文对还在临安的老父亲的思念，只觉得眼眶里热乎乎的，俯身问道：“银两呢？”

那老兵从腰上解下一只小布袋，虞允文接过，用手掂了掂，又放回他手中，问：“够吗？”

老兵看看立在一旁的时俊，不敢再说。

虞允文从怀里又掏出些碎银，双手恭恭敬敬地捧着：“喏，这里还有一点，两位拿回家孝敬老人吧。”

姓耿的老兵连连推让，可虞允文却硬往他们怀里塞，两位老兵抬起泪汪汪的眼睛，望了虞允文好一阵子，忽然往地上一趴，连磕几个响头。

“哎呀，如此大礼，叫人担当不起!”虞允文后退几步，望望时俊，“时将军，这样的老兵留下也是累赘，我看不如放他们走吧。”

时俊两眼直打忽闪，把脚一跺：“滚!”

两个老兵爬起来，歪歪扭扭地走了几步，转回头，又要向虞允文叩头。虞允文伸手挡住，说了些宽慰的话，叫他们路上小心，特别是过了江后，到处是金兵，千万不能落到他们手里。两位老人说，他们对那里熟悉得很，走小路绕道回家，不会有危险的。虞允文放心地点点头，命人准备一只小木筏，送他们过江。直到两人登上木筏，虞允文还站在岸上朝他们招手。

时俊在一边看着，胸脯犹如拉紧的风箱，大起大落，心中直嘀咕，这个中书舍人，一来就叫人把喇叭吹破了天，抬着木桶满山跑，眼下又放走逃兵，用小恩小惠笼络人心，做好人。这家伙到底想干什么？哼，走着瞧，我就不信天底下有不露尾巴的狐狸。他气鼓鼓地对部下一位将官吩咐：

“传我的命令，右营将士，四更天全部到江滩集合!”

说完，双手一背，头也不回地走了。士兵们跟着他，风一样地卷了过去。

虞允文忙踮起脚，解下系在树上的绳索，把梁平放到地上。梁平靠着大树喘了口气，猛地搂住虞允文的肩膀，两行热泪挂上了面颊：“虞舍人，这大宋的兵，当不得啊!”

虞允文再三劝说，他才稍稍平静。从他口中得知，梁平原是右营的校尉，因看不惯时俊毒打士兵，几次出来阻拦，惹恼了时俊，将他的军职革去。梁平曾想开小差，但一想到杀金贼、报父仇，只得又忍气吞声地留在军中。

虞允文想起有人曾向他说过，右营有个神箭手，莫不就是梁平？忙问：“听说你的箭术不错？”

梁平苦笑：“哼，反正……反正完颜亮碰上我的箭，要他左眼……”说到这，猛地打住，“哎呀，我算什么，听说朝中有一个姓虞的舍人，在完颜亮面前竟然一箭射中老鹰的眼睛。”

虞允文心里一热，真没想到，出使金都的事竟然传到这里，真让人脸红。

远处传来一阵“咚咚”的脚步声，有人边跑边喊着虞舍人。虞允文叫梁平先回营中歇息，起身迎上前去，见是和他一道来劳军的随从马田，正朝他急惶惶地跑来，上气不接下气地说："舍人，不得了啦！"没容虞允文开口，马田急促地说："丁参军把我们带来的银两、财物全拉了出来，交给王隅来分。王隅将大半银两留给左营，他自己也留了一包。因分得不均，将官们争得动起武来。问他为什么这样分，丁参军说是你的吩咐。右营的一个小校破口大骂，说你想用银两来扰乱人心，还有人说得更难听……"他垂下头，不愿再往下说。

虞允文问："说什么？"

"舍人还是不听为好。"

"没关系，讲呀。"

马田这才吞吞吐吐地说，虞允文在京中不过是个中书舍人，一名侍从官，芝麻粒大，也敢到这儿来发号施令，鬼才听他的。

虞允文仿佛觉得心"咯噔"顿了一下，又狂跳起来。

马田见虞舍人呆立在那儿，半天没说话，暗暗责备自己，不该多言。他叹了口气，自言自语地道："唉，要是我当皇帝，非给虞舍人一个大将军干干，让你好好为国尽力。要是那样，那些乌龟王八蛋保准比龟孙子还服帖。"

"别扯这些了。"虞允文止住了他。

正在这时，营帐中传来了一阵阵骏马的嘶鸣，马田听出来是虞允文的枣红马在叫，忙说："快去看看。再晚一会儿，只怕马也被他们分了！"

虞允文跟着马田，深一脚浅一脚地赶到营帐后的马厩前，伸头一看，几个小校正围着他的马你抢我夺，骂声不绝。有个全身披着金甲的小校已经爬上马背，那马不听招呼，又蹦又叫。

马田慌了，跑过去连连摆手：

"舍人来了！舍人来了！这是他的马，谁也不准动！不准动！"

那小校吃了一惊，那马趁势身子一拱，小校翻身落下，重重地摔倒在地，他一抬头，见虞允文横眉怒目地立在面前，吓得舌头一吐，爬起来拍拍屁股就要溜。老远，还听见他们在嗤嗤地笑：

"嘻嘻，舍人舍人，人都能舍，怎么不能舍马！"

"舍人舍马，大宋必垮！"

“哈哈哈……”

马田一肚子火，正想赶上去痛骂一顿，被虞允文挡住：“算了，马不还在这儿吗？”

马田四面望了望，钻进马厩后面的草垛，从里面取出一只小包袱，举在虞允文面前：“舍人，你看，这就是丁参军藏的私银！”

“他人呢？”

马田眨眼想想，说八成在白鹤观道人那里。

虞允文正要叫马田去唤他，恰巧，丁酩来了，见马田拎着自己的包袱，火气直冒，又看虞允文在场，舌头打了个滚，忙道：“哎呀呀，虞舍人，你上哪去了？害得我从正营找到后营，左营找到右营……”他一把夺过马田手中的包袱，“喏喏，这是我为你留的。等天一亮，我们就离开这是非之地。这些银子留着路上用，够了吧？”

虞允文接过银包，不动声色地说：“我问你，文官不贪财，武将不怕死，这话是谁说的？”

丁酩支吾着：“是，是……是皇上……”

“是岳飞，岳元帅说的，难道我们都忘了吗?!”

“对对对，是岳元帅所言，你看我这记性。”丁酩不住地点头，“该死，真该死。不过，我是在为你考虑呀。”

虞允文问：“难道我们就这样一走了之？”

“留下又能怎么样？”丁酩说，“我想过了，我们这次来，主要是劳军，如今是军也劳了，事已妥了……”

“妥了？”虞允文大声道，“你看这军营里乱成什么样子，怎么能说妥了呢？”

“我是说我们应该办的事都办妥了，还留在这里为他人担当风险，何苦！”

他人？谁是他人？怎么是他人？这话让虞允文听了很不是滋味。大宋乃我们的大宋，百姓乃我们的父母，将士乃自己的弟兄。眼看金贼就要打过江来，灭我大宋，掳我将士，杀我百姓；作为朝廷的官员，勇赴国难是责无旁贷的大事，怎么能说是为他人担当风险！

“舍人，你我的官职比不上这里的将军，有谁听你的？”见虞允文默默无语，丁酩脸上流露出一种似哭非笑的沮丧表情，凑到虞允文耳边低声说，“有道是，官大一级压死人，纵然你的心能把石头焐化，可谁理解你？纵然你的本事比天大，又能怎么样？”

一番话说得虞允文既羞愧，又心酸，那种滋味，真是咸、腥、苦、辣什么都有。也是啊，一个普普通通的中书舍人，跑到这里，哪个买你的账？记得，还在他血气方刚的年少时，每听到金兀术烧杀奸淫，总感到痛心疾首。他恨，恨自己力不从心，报国无门。他热切地盼望着有朝一日能为国家担当重任。可是，谈何容易，进临安已有好几个春秋，这个愿望始终未能实现。为什么？还不是因为奸佞当道，皇上不敢重用像他这样的有识之士。有时想想，算了，岳鹏举精忠报国，到头来被十二道金牌召回，打进大理寺，屈死在风波亭；刘锜老将雄心勃勃，为抗金披肝沥胆，到头来有职无权，气得卧床不起；韩世忠击鼓抗金，多少回九死一生，到头来百病缠身，最终含恨于九泉。当今的天下，权力能主宰一切。没有权，纵然你有摘星揽月之术也是枉然。面对着如狼似虎的金兵，虞允文不止一次想过，倘若自己真是个大权在握的将军，一定要把自己对朝廷的爱，对金贼的恨，对将士们那颗滚烫的热心，一起倾注在抗金的最前线，竭尽全力，带着三军将士，打过长江，收复中原，重整河山！

可没想到，梦里想的和眼前见到的竟然是天壤之别。真难呀！算了，干脆按丁参军说的，一走了之，回去向陈老宰相禀报，说他已经尽力了，老宰相也不会说什么的。可一想到在采石见到的一切，又心痛不已，难道就这样知难而退吗？这不是我虞允文的性格。再说，老宰相好不容易给我争取来这个报国的机会，怎么能一甩手离去呢！

他越想越不能平静，向丁酩伸出一只手：“丁参军，把银子给我。”

“你……”丁酩眼直眨。

虞允文接过银包，放手里掂了掂：“这些，够我在采石买块地，造座坟了吧？”

丁酩的脸“唰”地红了，一时不知如何应对。看来是别想牵回这头犟牛了，丁酩发出一声长叹，好像对自己又好像对别人说：“唉，人生在世，真没什么意思，忙来忙去，不过是三大桌。”

“啊，说说看，哪三桌？”虞允文好像来了兴趣。

“从娘肚子里生出来得摆一桌，可惜这一桌你吃不到。结婚成家摆第二桌，可我听说你也没吃到……”

是啊，当年母亲为他订了个媳妇，说好重阳节那天办喜事，可偏偏在这个时候他接到朝廷的诏令，连夜赶往前线。

虞允文问：“那第三桌呢？”

“这是人生最后一桌，你都不在人世了，是给送葬的人吃的，你能吃得到吗？”丁酩脸上露出讥讽的笑。

虞允文明白他的意思，就是说，在这里忙来忙去，吃力不讨好，说不定还会把老命丢在这里。想着想着，虞允文臂膀一抖，放声大笑：

“你忘了，还有一桌，我肯定不会缺席！”

“哪一桌？”

“那就是等打败了金兵，庆贺我们胜利的那天。到那时，我们得好好摆上一桌，不，几十桌，上百桌，让全军将士为我们的胜利一醉方休！”

丁酩似乎被虞允文的话感染了，一只眼眯着，一只眼睁着，似笑非笑，好像是一只狐狸，正戏弄一只才出世的小鸡雏。他觉得，眼前这个年过半百的男人怎么那么幼稚，幼稚得像个傻瓜，像个孩子。

虞允文还沉浸在他所营造的气氛中，帐外传来一阵脚步声，帐帘一挑，是于稷进来了，嘴一张，一个“爹”字刚要出口。虞允文眼一瞪，于稷瞟了瞟站在旁边的丁酩，把话咽了回去。

这个孩子，这么大了，怎么一点记性也不长？叮嘱过多次，在任何人面前都不要叫“爹”。你也不想想，把父子关系暴露在光天化日之下，有什么好处，是想让众将军照顾你，还是显摆自己高人一等的身份？难道你不知道，父亲在朝中不过是个很不起眼的小官，这回是临危受命，带着特殊任务而来的。你让大家知道我是你的父亲，除了给自己、给父亲惹来麻烦，还有什么呢！这个孩子，得找机会再好好训斥他一番，看他还敢不敢喊。想到这，虞允文故意岔开话题，问道：

“明日与喇叭王一起上山吹奏，没忘吧？”

于稷嘴巴一撇：“还吹呢，营帐里全乱了！”

“哦，怎么回事？”

于稷不安地说：“右营的将士说你放走逃兵，乱分财物，克扣饷银。还说——”顿了一下，脱口而出，“说你是中都来的金人奸细，今晚非收拾你不可。你倒好，在这儿像没事一样……”

虞允文和丁酩不约而同地对望了一眼，各怀各的心情沉默了一会儿。

虞允文突然问：“王隅将军呢？”

“他私藏银两，被右营的将士用乱刀剁死。”

虞允文一惊：“时将军在哪？”

“在江边集合人马，要……”

“要干什么？”

“连夜过江，打到和州，和金兵拼个鱼死网破！”

糟糕，虞允文两手一击，抽身便走。

12 圣旨从天而降

采石矶的渡口，一支擎天的火把把江水照得一片通红；近前几步，才能看见火把下面密密麻麻地挤满了人，每个人的眼睛都闪耀着炽热的火光。将士们有的敞着怀，袒露出带着刀疤箭伤的胸膛，有的光着脊梁，裸露出胳臂上的一块块肌肉。许多人的刀剑柄上拖着血红的绸布，个个脸上都笼罩着一股杀气。队伍不成排，不成行，乱糟糟的，远远望去，哪里还能认出这是一支经过训练的朝廷官兵？

江边浅水滩上，横七竖八地泊着几十艘木船。时俊像一株挺拔的青松立在船帮上，他把目光从江水转到将士们身上，又从将士们身上转到对岸的金营。他的心中已酝酿出一个宏伟的计划，下了破釜沉舟的决心。

等人来得差不多了，时俊威严地说："众将士听令，我时俊以右将军的名义，将率领诸位即刻渡江。天险在前，敌兵集结对岸，生死存亡，在此一举。现在我命令，凡是和金贼有杀父之仇的上先锋船！"他挥刀朝前一指，"凡是兄妹惨遭金人杀害的，上第二批船。其他人，上后卫船。如果谁不愿去，就滚到那边站着，等着爷们的好消息！"

话音刚落，人群中爆发出一阵呼叫。不少人争先恐后地往先锋船上挤，吵吵嚷嚷，乱成一团。木船摇晃着，船帮一下子没入水中，前面的一只船直往下沉，十几个士兵没站稳，一齐跌进水里。

虞允文奋不顾身地跃上先锋船，拦在时俊面前，朝将士们挥手道：

“大家不要慌乱，听我说几句！”

又是这个烦人的家伙，时俊斜眼打量他一番，不屑一顾地对将士们说：“你们瞧，这就是临安派来的虞舍人——虞大人！”他把最后三个字咬得特别重，“人”字还拐了个弯。

四下里马上炸开了锅：

“哦，他就是虞允文，撵他滚蛋！”

“什么劳军不劳军，是来拆散我们队伍的！”

“是变着法子来引诱我们投降的！”

“谁听他妈的无常鬼拉胡琴，胡说八道！”

“割他的劳什子！”

……

虞允文浑身颤抖，一颗心就像被人捏在手里，不停地揉搓着，阵阵发痛，但他仍然显出平静的样子，四下扫了一眼，说道：

“将士们，容我虞允文讲几句，再把我的舌头割去不迟……”

这话一下子把众人的心扣住了，将士们不明白会发生什么事，不知道他要说些什么，渐渐安静下来，一双双血红的眼睛注视着虞允文那张威严的脸，一只只大手紧紧地攥着兵器，好像随时准备拼杀。四下鸦雀无声，能听得见浪花拍打船帮发出有节奏的声响。

“是的，我虞允文是一个普通的郎官，在临安为朝廷抄抄公文、起草诏令，无职无权。”虞允文的眼里闪着诚挚的光彩，“但我此番来，是受朝廷之命来犒劳三军将士的！我知道，面对如狼似虎的金兵，不少将士恨得咬牙切齿，可我们朝中的不少大官小官，却逃的逃，降的降，把大宋的国土大块大块地丢给了豺狼。眼下，就这么一点点了，但完颜亮还不罢休，非要把她夺走不可……”

他仰起脸，凝视着在夜风中飘动的“宋”字大旗。在火光的映照下，那旗帜已破烂不堪，旗面上仿佛还留着点点血迹。透过旗帜，他好像看见在滚滚的烟尘里，将士们站起来，倒下了；倒下了，又站起来。惊天的战鼓，刀枪的碰击，厮杀的呐喊，全交织在一起，回荡在耳边。

虞允文怀着敬意向四下看了看，继续说道：

“将士们，我们可不能忘记，这大宋的江山是我们用手一寸一寸地抠出来的，用血汗一把一把浇肥的，放在胸口一点一点地焐热的。我的祖先也和大家的一样，世世代代在这里耕耘、打鱼、种桑、放羊，最后老死在这块土地上。自己的家园，自己不心疼，谁去心疼！自己不珍惜，谁来珍惜！难道我们忍心望着豺狼糟蹋她，蹂躏她！”

虞允文说得很激动，也很有感情，引出不少将士眼里的泪花，他们慢慢地垂下头，倾听着虞允文那慷慨激昂的声音：

“……这些年来，将士们不计朝廷的恩怨，出生入死，浴血苦战，为的是保住自己的家园。我虞允文何尝不和大家一样，日日夜夜，朝思暮想，恨不得一步跨过长江，一脚把金兵踏个稀烂。可是，不行，不行哪……”

他满怀悲愤地把在中都的见闻讲了一遍，末了，伸出三根指头：“现在，江对岸集结着三十万金兵，而我们，不过三万！”

站在前面的一位将官直摇头：“哪来的三万，两万就不错啰！”

另一位低声道：“一万八。”

“谁晓得这几天又跑了多少人，能有一万五就谢天谢地啦！”

虞允文伸出两只胳臂，忽然把嗓门一提：“一边三十万，一边一万八，相差十几倍，你们就是冲过长江，纵然能以一当十、当百，也不过是以卵击石，自取灭亡！”

虞允文环顾四周，等待着大家的反应。

忽然，从人缝里钻出那个抢他战马的小校，朝虞允文指指点点，用奇特的嗓音喊道：“真他妈的关云长放屁，不知脸红。都什么时候了，他还在这儿卖狗皮膏药！弟兄们，都别听他的！”

马上有人反对：

“人家言之有理，为什么不能听！”

“人家是朝廷命官。”

“唏，朝廷里也有扫地抹桌子的。”那小校讪笑着，“一个侍从官，算什么东西？听他摆布，岂不辱没了堂堂官兵！”

虞允文一时语塞，不知说什么好。只见时俊站出来，两眼直勾勾地盯着他，撇着嘴说："实话告诉你吧，除非皇上来道圣旨，封你为前敌大将军，我们才听你的。"他把手中的两把大刀凌空一举，大吼一声："将士们，报仇的时刻到了，有种的跟我来！纵然葬身鱼腹，二十年后，又是条虎背熊腰的好汉！"

虞允文还要阻拦，时俊用胳臂肘猛地朝他一捣："到一边待着去！"虞允文毫无准备，身子一歪，跌入水中。他两手死死扒着船帮，不让自己完全落水。将士们失声惊呼，有人要伸手拉他，但一触到时俊那威严的目光，不由得将手缩了回去。

霎时，天也转，地也转，木船、人群，一切都在虞允文面前旋转起来。他什么也看不清了，只见一只只大脚从眼前掠过，满耳都是吵嚷声和波涛声。

杂乱声中，几根竹篙顶着岩石，推着先锋船离开了江岸。

其他营的将士们得到消息，也一起涌到江边，跟着要上船。江滩上，密密麻麻地挤满了人，上得了船的，回头要拉没上船的；在船上的，有人要往船下跳。所有的人都像无头苍蝇不知往哪飞，整个场面乱得一塌糊涂。

虞允文心里火急火燎地难受，他仿佛停止了所有的愿望和念想，只能眼巴巴地看着，一点办法也没有。

就在这危急关头，采石矶上，一匹红鬃烈马风驰电掣地奔腾而来。骑在马背上的使臣一边跑，一边举手狂呼：

"圣——旨——到！"

"圣——旨——到！"

山岩下，江面上，荡起一阵回音。

聚集在江滩上的人群立时闪出一条道来。

那使臣策马来到江边，翻身下马，从行囊里取出一封用黄绫包裹着的诏书，双手恭恭敬敬地捧着，气宇轩昂地往前上了几步。两边的将士像凝固了一样站在那儿，大家你望望我，我望望你，都在猜想，皇上是叫我们撤，还是增添了援兵？要么，是李将军即刻就要到来？别的，还有什么呢？

人们屏息静气地听着使臣用庄严的声音宣布：

"虞允文接旨——"

一道希望的亮光在虞允文的脑海中一闪，也不知哪来的一股劲，推着他猛地撑起身子，爬上了船，一步一颤地迈过丈把长的跳板，走到沙滩上，趋向使臣，跪倒在地。他的下半身湿淋淋的，跪下的地方顿时湿了一大片。但他一点也不觉得寒冷，在用心倾听着使臣用熟悉的临安口音宣读诏旨：

敕虞允文：

虞允文身为中书舍人，世济忠贞，智慧过人。出使中都，不失大宋气节，为万民所颂，特晋升为抗金大将军。在李显忠到任之前，顶替王权都统制之军职，统率采石三军。受敕后，须抓紧时机，不遗余力，重震军威，保住采石，保住江南，收复淮西。原军中左将军王隅、右将军时俊须协力同心，毋负朕之所望。

钦此。

使臣一面宣读，一面用眼角的余光观察着四下的反应。

全场的将士都恭恭敬敬地听着。他们深信，皇上乃真龙天子，紫微星下凡，金口玉言，是不会有半点差错的。

时俊立在船头，进不得，退不得，尴尬而又羞愧。

虞允文几次想偷眼看看这位朝中派来的使臣，可他一直用圣旨遮掩着脸面，只能从圣旨的上角瞥见他的额头上那一小片红殷殷的血迹。

虞允文再次把头低下，一边听一边思忖：看来，是李显忠的奏章奏效了！来得巧呀，要是迟来一步，等时俊把人马全部带走，一切就都晚了。这时，一个念头在他的心底升起：奇怪，皇上怎么真的敢起用他这个没有靠山的低级官员？难道是陈康伯大人从中斡旋？那么，秦熹就没再从中作梗？

哎呀，怎么想到这些乱七八糟的事来？虞允文忽然觉得自己的私心杂念太多了。他问自己，虞允文哪虞允文，你在想什么，既然圣旨已到，就应当挺起胸膛，用手中的职权为复兴宋室大干一番。等赶走金贼，普天同庆之日，你再解甲归田，伴着老父亲，带着夫人，蛰居山野，过一个清静的晚年。

想到此，他激动不已，躬身应道：

“陛下差遣，舍人敢不用命！领旨。”

借着火把的光亮，虞允文接过圣旨一瞅，不禁大惊失色。那圣旨上除了向着他的这一面赫然写着“圣谕”两个大字之外，里面是一片密密麻麻的蝇头小楷。细读两句，牛头不对马嘴。哎哟，这不是他劳军时带来的黄绫圣谕吗？因王权已死，他只把这圣谕在几个将军面前宣读了一遍，便收进帐中的行囊。他有些发怵，抬头看时，使臣已返身上马，把马缰稍稍一松，骏马向前一蹿，跑开了。

虞允文马上传令，叫时俊原地待命，自己撩起袍服，举臂呼唤使臣：

“等一等！请等一等！”

使臣勒住马缰，站在路口，回首望着他。虞允文跟着就追，湿淋淋的袍服哗啦啦作响，跑起来很是难受。他顾不得这些，紧跑几步，眼看就要追上，那使臣又策马往前走去。虞允文十分纳闷，这是什么人哪，竟如此大胆。他气喘吁吁地又往前赶了一段，吆喝那使臣站住。

使臣从马上下来，但还是不理不睬，径直往前走，他好像腿不大灵便，走得一拐一拐的，速度却非常快。

绕过一片竹林，翻过一座土坡，来到山脚下的“赤乌井”边，那使臣站住了，回头朝虞允文一笑。虞允文快步上前，这才看清，他的脸上蒙了一层灰垢，额角上留着一片血污。

虞允文疑惑地打量着对方，说：“请随我到军帐中走一趟！”

“军务在身，小的岂敢久留。”

使臣苦苦一笑，见虞允文老盯着他的脸，又说：“路上跑得太急，不知从马上摔下多少回……”他顿住了，回头望望，见没有人影，伸手将粘在唇上的胡须一把扯下。虞允文眼前一亮，哦，这不是马田吗！哎哟，你，你这是演的哪出戏呀！

“舍人息怒。”马田的声音都变了，“这些天，我随你来到这里，亲眼看见你为大宋的安危急得茶不思、饭不想，恨不得把一颗心捧到手心给大家看，可是有谁买你的账？我们老家有句话，人站在那里，如果没有光，影子也会跑掉。对你来说，这光就是皇上的圣谕，没有圣谕，你什么也别想做成，名不正言不顺哪。到头来，不会有人再跟着你。为什么？还不是欺你官小，压不住。思来想去，我就想了这个主意。”

“简直是瞎胡闹，这种玩笑能开吗?!”虞允文把脸一绷。

“有道是，官大一级压死人。我看，这个大将军你先当几天再说。天高皇帝远，临安一时也不会晓得。我寻思，只要打退金兵，守住长江，保住临安，皇上念你有功，不但不会降罪，说不定还真的会封你个大官干干呢。”

“这是犯下了欺君之罪啦，难道不怕……”

这个马田，连这个主意也想得出，这不是害我吗！虞允文头脑里像是塞进一团乱麻，怎么也理不出个头绪。

“怕什么！”马田倒是一本正经，“狗秦桧能用十二道金牌将岳飞父子召回，害死在风波亭，我们为什么不能借昏君的圣旨，为国尽忠？”他的脸上露出一种刚毅的神色。

马田越说声音越大，虞允文伸手捂住他的嘴：“我是担心……”

“不必担心！”马田把两手捂在胸口上，“日后，倘若皇上追究，就朝我身上推。反正我不过是个小小的听差……”

虞允文的心像陡涨的河水，回旋翻卷。他一把拉住马田的衣袖，心中连连赞叹，马田，英雄呀！沉吟了一会儿，把心一横，点了点头，又朝马田问道：“你想回老家吗？这儿还有些碎银，拿去做盘缠吧。”

虞允文的手正欲往怀里伸，被马田挡住：“舍人，你是怕我连累你？”

“看你说的，我……”虞允文找不出恰当的话来安慰他。

“我晓得，我已走上了绝路，假传圣旨，该受千刀万剐之罪。”马田缓慢而清晰地说道，“这倒没什么，人固有一死，遗憾的是，没能死在和金人拼杀的战场上……”他猛回头，见山腰上人影晃动，慌忙挣脱了虞允文，“舍人，快去吧，重整三军，抗击金兵要紧。”他哽咽了，“舍人，我江阴老家还有个病残的妻子和老娘，有朝一日，烦舍人去一趟……”

“你，你……”

“我曾跟妻子对天盟誓，不灭金贼，死不还乡！”

虞允文呆住了，又一次攥紧马田的手腕，只觉得他周身都在颤抖。

马田大叫一声：“舍人，回头看，那边来人了。”说着乘其不备挣开了，紧跑几步，奔到赤乌井边，毅然决然地拱拱手，“舍人，马田拜别了！九泉之下，听你的捷报！”

说完，纵身跳入井内。

井水回音刚起，虞允文飞扑上去，扒着井栏，望着黑咕隆咚的井底，只觉得眼前金花狂舞，半天不能动弹。

这些日子，他虽然和马田在一起，对他却一无所知。在虞允文的印象中，马田是个不起眼的小老头，矮小结实，走起路来身体一抽一抽的，像孩子玩的穿线木偶。听说，他在宫里专管接收外面来的信件，登记，再分送到各个部门，是个很有责任心的老人。哪里想到他竟然如此大义！虞允文有些后悔，有这样一位令人敬佩的老者跟在身边，也没好好照应他，没好好跟他谈谈心。

生活里，许多事令人猝不及防。虞允文的腿软了，手软了，整个身子好像不是自己的了，他那干枯的嘴唇动了一下，但没有出声，也没流泪。恍惚之间，他听见井底传出“嗡嗡”的回音，像金人的战鼓在轰鸣，像是马田在向他叮咛。

虞允文镇定了一下，支撑着站起，对着井口深深地一揖，迈开大步，毅然朝江边走去。

那里，将士们正等着这位新上任的“大将军”传令哩。

13 好奇怪的面试

朝霞辉映大江的时分，虞允文把全体将士集结在采石荷包山下的校场上。

太阳升起来了，阳光从山顶照射下来，洒在一簇簇鲜红的枪缨上，像一团团烈火在燃烧，成千上万团火焰又汇成一片火的海洋。一排排全副武装的士兵，或挽弓箭，或持刀枪，在一面面三角牙旗下环列肃立。点将台的台口，插着两面大旗、四面小旗，八十名手持大刀的年轻士兵，威风凛凛地分列在左右两侧。

近几年来，将士们很少见到这种威严的练兵场面，个个感到新鲜，都屏息静气地等待着。整个校场没有人声，只有微风送来阵阵松涛在校场上回响。战马抖动长鬃，发出萧萧的嘶鸣。

虞允文全身披挂，煞有介事地端坐在点将台上。

将士们清楚地看见新上任的大将军那宽阔发亮的前额、炯炯有神的眼睛和坚毅嘴角上流露出的深沉微笑，个个心里感到踏实。国不可无君，军不可无帅。盼星星盼月亮，总算盼来了自己的大将军。虽然时俊和一些将官还有些不服，但有什么办法呢？天子的旨意，谁敢违抗！

“咚！咚！咚！”

三声炮响过后，虞允文站起身，情绪激昂地说道：“将士们，皇上命我为都统制——前敌大将军，虞某我诚惶诚恐，只怕力不从心，有负圣望。但大敌当前，理应为国分忧，哪有退让之理？日后，还望众将士多多提携，本将感激之至！”

校场上像空无一人安静，只听见旌旗在风中哗啦啦作响。

虞允文把敌情分析一遍，果断地说：“根据军情需要，现在我宣布：时俊继续担任副统制、右将军。时俊听令——”

时俊犟头犟脑地走到台口，接过令旗。

虞允文继续说道：“本将经过深思熟虑，决定由薛尺担任破敌先锋营将军！”

台上台下一片哗然。

这个大将军，怎么昏头啦？一上任就乱点鸳鸯谱，竟点中了薛尺！他算什么东西，草野出身，坐过囚笼的人，也配当将军！

薛尺抬眼扫扫四周，似乎听见有人在议论，心中一阵不安。正想朝后缩，陡然想起虞允文昨晚跟他说的一番话，字字句句，语重心长。虞允文还再三向他致歉，说当初把他引荐到王权军中，不是有意的。还说，国家兴亡，匹夫有责。何况家仇在身，至今未报，理应勇挑重担。想到这里，薛尺把头一抬，迎着虞允文的目光，几步跨到台口，恭恭敬敬地施了一礼。

虞允文微笑着问他：“薛尺，身子全好啦？”

“承蒙大将军关照，全好了！”

台下有人骚动，交头接耳，窃窃私语。虞允文感到气氛不对，抬起头，那神情分明在询问，怎么，嫌薛尺年轻，信不过？他朝薛尺伸出一只手，朗声道：“来，薛尺，你上来，给大家讲讲！”

薛尺几步跨到台口，他面对大江站在那里，阳光刺得他睁不开眼，他感到有些拘谨。

虞允文抓起他的左手，往空中一举：“诸位将士，就是这个薛尺，曾带领几百个弟兄，占山为王，截击金兵。大家知道，去淮河侦察的是他，痛打王权的是他。别看他吊儿郎当，可是，他和金贼有着不共戴天之仇！”他放下薛尺的手，把他朝台口推了一把，“快，给诸位说说，你为什么叫这个名字？嗓门大点，拿出打王权的劲头，讲！”

薛尺的脸涨得通红，他不明白虞大将军怎么知道得这么清楚，张张口，想讲，又不知怎么讲才好。回头望望虞允文，虞允文向他点头示意，眼里饱含着期待和热望之情。薛尺感到一股热流从全身流过，他把腰挺了挺，趋前半步，说道：

“列位将士，说起来真可笑，我怎么叫这个怪名？是完颜亮给我起的呀！”

全场愕然。

“那年，金兀术南犯，一直打到我的家门口，他们硬逼我爹去为他们背纤，爹爹不肯，被打得皮开肉绽。当时，完颜亮是金兀术手下的将军，他把我妈拉进军帐，要她缝制狐皮大氅，还要凌辱她。妈妈实在咽不下这一口气，趁完颜亮酒醉之机，想用剪刀捅死这条恶狼。可刚要动手，就被完颜亮发现了，挥刀砍去我妈的双膝。可怜的妈妈呼天抢地，痛不欲生。临断气前，辗转托人捎回来一只布包，里面是半把篾尺……”

他说不下去了，脱下头盔，拔下插在发髻上的一根篾簪，迎着太阳高高地举起，哽咽着：“看看吧，大家看看，这不是发簪，就是那半把篾尺！它凝着妈妈的血，蘸着乡亲们的泪。我抱着它几次哭昏过去。左思右想，不明白妈妈的用意。后来，多亏一位教书先生的指点，我才明白，血尺、血尺，妈妈是叫我不忘血海深仇，不忘为大宋雪耻。所以，我将篾尺削成发簪，天天顶在头上，给自己取名‘薛尺’。”

台下静静的，只有风掠过树梢发出的哗哗声，仿佛有许多双手在轻轻地拍着。

说到这里，薛尺猛地打住，朝台下深深地一躬：“既然大将军信得过我，众将士信得过我，我决不畏缩，愿和众将士一起，浴血拼杀，为国雪耻！”

校场上的大小将官、士兵全都屏住了呼吸，静静地听着，有的想到自己的身世，泪水止不住地往下流淌。

薛尺的声音刚住，马上有人呼喊：

“薛尺，薛尺，我们要薛尺！”

“雪耻，雪耻，为国雪耻！”

就着这股劲儿，虞允文接着宣布：梁平担任军中副统制、左将军，顶替王隅的军职。

场上出现了一种奇怪的安静。

虞允文见没有反应，说道："事关重大，诸位可各抒己见。"

"我说！"时俊按捺不住，一双拳头早就攥出水来，猛地大呼，"大将军，薛尺担任将军我没说的。梁平算什么东西……我想不通！"

右营的队伍开始骚动。

梁平站在太阳底下，身上像爬了一窝蚂蚁。

虞允文"嗯"了一声，不慌不忙地站起，把梁平叫到身边，侧着脸问："梁平，这副担子可挑得起？"

梁平垂下眼睑，喃喃地说："我不愿射杀逃兵，违犯军令，只怕时将军对我有忌恨之心。"

时俊愤愤然地白了梁平一眼，向虞允文说："嗨，不知梁平有何能耐，连个小校都当不成，竟一下子跃上将军的交椅！想我时俊，从军四十年，以干戈卫社稷，屡建奇功，至今不过是个副统制，而人家就凭两片薄薄的嘴皮……"时俊摇头咂舌，一副轻蔑的样子。

"你少说两句好不好！"

虞允文声音不高，但冷峻、严厉，一下子压倒了时俊的气焰。

虞允文曾暗地里打听梁平的情况，得知他忠诚坦白、才智过人，而且驰射绝伦，倘若组织一支弓弩队由他率领，关键时刻是用得上的。再看时俊，还在一旁吹胡子瞪眼，虞允文觉得可笑：这种不能容人的将官，在军中还少吗？也罢，让他看看梁平的能耐。他转身从背后的牛角弓箭筒里抽出一支大簇箭，往梁平手里一递，分明在问，可否一试？

梁平后退一步，愣愣地望着虞允文。

众目睽睽之下，他不愿接弓。他明白，虞将军是想当众将士之面让他露一手。可是，不怕一万，只怕万一，万一失手，岂不给大将军脸上抹黑？他把头一摇，转身要往队伍里钻。

虞允文跟着跳下点将台，扯住他的胳臂，用劲往台上拽，连声说："来嘛，怕什么呢？让我们开开眼界，射中射不中都没关系。"

梁平还想往后缩，虞允文把脸一沉，问他：“你到底听不听指挥？”

梁平不好再推辞，接过弓箭，慢慢地走到校场当中。

这里没有现成的箭垛，梁平两眼直转，最后把目光落在百步开外的旗杆上。嗯，何不像虞将军那样，将旗绳射断？他眯起眼看着那系旗的麻绳，绳子在风中乱摆，他心里直扑腾，不行，这还没有小指粗的细绳，万一……还是别献丑了吧。他的心跳得更快了。

“瞧，野鸭子！”一个士兵朝天空一指。

“快，射野鸭子，快射野鸭子！”马上有人应着。

梁平把头抬起，果真见到天上有几只野鸭子在鸣叫。在家乡，他常跟爷爷进湖围猎，射飞禽是他的拿手好戏。他挽弓搭箭，正欲开弓，不知怎的，手指老是抖个不停。咳，万一……还是那个该死的“万一”。他回头望望，正好跟虞允文的目光交织在一起。大将军那无限深情的目光里包含着多少希望和信赖，好像在说，射吧，射吧，射中射不中都没关系。

顿时，他勇气倍增，摆好架势，曲一曲臂肱，把空弦拽了几下，搭上箭，拉圆弓，回头朝虞允文投去坦然的一笑，陡然折转身，以闪电般的速度把弓换了个手，从前胸移至背后，反手背箭往空中射去。

众将士的眼皮还来不及眨，只听“啪”的一声，一只杂毛野鸭便落在面前，大簇箭不偏不倚，正中野鸭的喉管。

“好箭！”

众人被他的假动作，特别是他射箭的速度吸引住了，不由得发出一声赞叹。时俊打鼻子里哼了一声：“虞将军在中都一箭穿透了大雕的双眼，射喉管，有什么稀奇？”

虞允文白了时俊一眼，真想斥责他几句，又觉得当着众人之面闹得他下不了台，日后如何带兵？他忍住了，捻着胡须，笑吟吟地摇摇头：“哪里哪里，我那中都的一箭，不过是凑巧而已。”

虞允文仰面一看，天空还有一只野鸭在盘旋，伸手从梁平手中接过弓矢，漫不经心地说：“我恐怕还不如梁平呢！”

虞允文并没有脱去袍服，只是捋捋袖子，脸上仍然带着笑容。但大家看得出，他的神情十分专注。只见他沉稳地挽弓搭箭，往空中射去，随后，一只野鸭子便砰然落地。

虞允文挥手示意，叫卫士去把野鸭子取来。说实在的，这只能算是平平无奇的一箭，只射中了大雁的肚皮，再偏一点，就有脱空的危险。

将士们对虞允文的箭术早有耳闻，本想见识见识，没料到他竟败在梁平手下。人群中响起一片惋惜之声。

虞允文淡淡地一笑："多日不练，不行了，不行了！"转身叫卫士担来两桶清水，放在点将台的桌子上，又命梁平后退百步。梁平眼一眨，立刻明白了大将军的用意，便将箭搭在弓弦上，一箭射去，木桶被射穿了。虞允文伸手拔出箭杆，顿时，一条细细的水线从小孔里喷涌而出。

虞允文把手一抬，朝梁平喊道：

"再射！"

现在的梁平，心里再也不怦怦乱跳了，他轻轻把弓弦一拉，一支羽箭保持着均匀的速度朝前飞去，箭镞不偏不倚，正好戳在冒水的小孔上，堵住了喷射的水线。

"好箭哪，好箭！"

安静的校场上突然爆发出一阵欢呼，有的士兵竟然鼓起巴掌来。

虞允文撩起袍服，一步跨上点将台，侧转身子问时俊：

"时将军，我想让梁平担任左将军，专管训练弓弩队，你看可称职？"

时俊两眼骨碌碌乱转，一言不发。

将士们耐不住了，异口同声地叫道：

"称职，一百个称职！"

"要是都这样用人，咱服啦！"

虞允文走到台口，把两臂一扬："谁有能耐，都可以上来比试一番，要是有人超过梁平，将军的交椅就请他坐。"

一阵哄笑声响起，却没人上台。

虞允文见目的已经达到，话题一转："将士们连日行军，够辛苦的了。今晚，我还要在采石镇上宴请三军，请诸位品尝品尝江南鲜鱼的美味。"

众人诧异："哪来的鱼呀？"

"我知道，你们当中大多是骑兵出身，会泅水的屈指可数。等操练完毕，各营回去查查，把会泅水的集中到镇东的小湖边，跟我下水逮鱼！"他瞟了瞟还在憋气的时俊，补了一句，"时将军，到时你也来哟！"

时俊头一扭："不去！"

"军令如山，你敢！"

虞允文把脸一虎，时俊再也不敢吱声。

"喇叭王来了吗？"虞允文踮脚朝人堆里看了看。

"在这儿呢！"喇叭王在人群中应道。

"别忘了，除了下午上山顶吹，宴会上更要好好吹奏乐曲，以助酒兴。"

"放心吧，忘不了！"喇叭王满脸是笑。

"于稷呢？过来。"

"在这儿呢。"于稷站了出来。

"到时候和喇叭王一起吹奏。"

"没有笛膜，吹不起来。"于稷说。

有个老兵说："上山砍棵竹子，揭下里面的那层薄膜，贴在笛子的小孔上，照样吹！"

虞允文踮起脚，大声说："看来你也是行家。好呀，到时候你也来，大家一起吹，吹他个昏天黑地才痛快。"

人群里爆发出阵阵欢呼声，掌声和笑声在校场上回荡。

深秋的太阳，把虞允文那清瘦的脸膛镀上了一层金辉。校场上，操练开始，虎跃龙腾，刀剑翻飞。虞允文走下点将台，在队伍中来回巡视。将士们见大将军一直陪着他们，练得格外带劲。

14 摸鱼烧火吹喇叭

下午，遵照大将军的命令，各营把挑出来的水手带到镇东的小湖边。

正是芦花飘飞的季节。远远望去，湖滩上像是蒙上了一层厚厚的白雪，风一吹，鹅毛似的苇絮纷纷扬扬，漫天飞舞。虞允文站在埂上，挽裤捋胳臂，招呼大家：“快下呀，油都烧热了，正等着鱼下锅呢！”

一句话，逗得大家哈哈大笑。

人群中，有人低声说话：“都火烧眉毛了，大将军还有心思抓鱼，真怪！”

一个正在脱衣的老兵说：“叫你下，你就下，操什么闲心！我看，虞将军自有定夺。”他将脸凑过去，低声说：“昨晚，我见大将军的军帐里半夜还亮着灯，我扒帐缝一看，哟，他还在走棋呢，脸上笑嘻嘻的，像没事一样。”

“说不定哪，皇上已派援军来救我们了，你瞧大将军那神情，心里没几张牌，能那么坦荡？”

这些话，虞允文都听见了，他装作毫无察觉的样子，嬉笑着把大家往水里撵。

虽是太阳当空，但十一月的天气，湖水已是透凉刺骨，有的人一下水就直打寒战，有的全身起了一层鸡皮疙瘩。虞允文脱下罩袍也站到水边，掬起一捧水往胸口抹抹，叫大家先将身子弄湿，适应了再下，别着凉了。士兵们见大将军要下水，硬把他往岸上推。虞允文心里热乎乎的，转身吩咐卫士，回营抬十桶米酒来，放在埂上，让大家随便喝。

薛尺在埂上耍了一路拳，衣服一脱，一头扎到水底。虞允文伸头细看，水面上泛起一串串小气泡；不一会儿，便在百米开外的水面上露出了湿淋淋的脑袋，鸭子似的抖着头上的水，一边用手抹着眼睛和鼻子，一边朝岸上的虞允文嬉笑。

不愧是水边长大的孩子！虞允文心中赞叹。还没来得及眨眼，薛尺又从另一边冒了出来："将军，你看！"双手举着一条大鲤鱼，朝虞允文直晃。

虞允文叉开两腿，张着手道："扔过来，我接！"

"扑哧"一声，鱼扔过来了，虞允文伸手接住。

片刻，薛尺又在水中喊："将军，又一条！"

"来，接着！"另一个士兵喊。

小狗棒棒也跟来了，看大家下水，它开心得又蹦又跳，哪边扔上一条鱼，它就朝哪边跑，这边又飞来一条，它又跑到这边，狂吠几声，跳几下。那可爱的样子，把将士们逗得大笑不已。

鲤鱼、鲫鱼、鳜鱼，一条又一条，流星般地朝岸上飞来。虞允文连连摆手，叫大家不要扔，若是把鱼眼珠子摔出来，味道就不鲜了。

不大一会儿，岸上的三只木桶里都盛满了鱼。虞允文叫人回营取来一杆大秤，将三斤以上的统统称出来。

一个小校用手在桶里捞捞，仰脸笑着："嘻嘻，这么大的鱼，真好！"

虞允文弦外有音："江里的鱼比这大百倍呢。"

"什么鱼，能大百倍？"

"你等着好了。过两天，准能看到。"

那卫士用手一比画："是江豚，对吗？"

虞允文揩了揩胡子、眉毛上的水，打趣地说："比江豚大得多，到时候一看就知道啦！"他笑着说着，那喜悦的脸色，像一片灿烂的阳光。

不一会儿，大鱼称出来了，虞允文叫人快把小鱼放进湖里。士兵们感到诧异。虞允文对掌秤的老兵说："愣着干什么？叫你放你就放，等会鱼死了，我可要找你！"接着高声朝水里招呼，"大家加把劲，摸一条大的，赏白银五钱！"

回头又吩咐掌秤的，“给我记着，看谁摸得多，论数行赏。”

众人面面相觑，不知虞允文说话可算数。

薛尺忽闪着眼，望着埂上的大将军，不解其意。

虞允文朝他直点头：“薛尺，你是将军，要带头哟。”

当下，虞允文叫人去把营务处两位掌管银两的老兵叫到湖边，铺开雪白的绸布，一堆白花花的银子在阳光下闪着光亮。

一条条大鱼又被捉上岸来。虞允文叫老兵把摸鱼人的名字一一记下，这边，当场发银子。大家越摸越带劲，追逐，扑腾，湖面上腾起一片欢笑。

太阳钻进了云层，阵阵秋风，吹得芦苇飒飒作响，使人们感到了深秋的凉意。但将士们谁也不在乎，只要抬起头望望虞将军那张饱含期望的脸，周身就会暖融融的。

“你们看哪，我摸到一条什么！”

一个尖细的声音，把众人的目光一下子吸引过去了，只见泥鳅从水里摸出一条黄鳝。他双手死死地攥住黄鳝的身子，那黄鳝滑溜溜的，怎么攥也攥不住，他一边叫一边朝岸边跑，逗得众将士哈哈大笑：“看哪，泥鳅捉住了黄鳝，两个滑到一块去了，有意思！”

泥鳅跑着跑着，脚下一滑，跌了一跤，他爬起来，手里的黄鳝却攥得铁紧。他跑到木桶边，把黄鳝往桶里一丢，黄鳝不愿意待在桶里，硬要往上蹿。就在这时，棒棒不知从哪冲了出来，看到泥鳅正在把黄鳝往桶里按，误以为他在拿桶里的鱼，上去对准他的腿就是一口，泥鳅痛得“哎哟”一声，把手一缩，摔倒在地，那黄鳝乘机蹿了上来，溜之大吉。

棒棒知道自己闯了祸，扭头就跑。

一缕鲜血从泥鳅的腿肚子上流淌出来，有人大喊：“快，找片麻叶贴上！”

“麻叶不行，得用香灰敷。”

“这是哪个带来的狗？害人！”

“打仗怎么能带狗呀？晚上我就把它杀掉，吃狗肉。”

“昨天晚上，我起来撒尿，差点被它咬了，吓得我尿都没撒出来。”

还有人阴阳怪气地说：“谁不晓得，这条狗的主人是哪个，有靠山呢。”听得出话里有话。

这些话虞允文都听见了，他没有理会，但心里直打鼓，难道他们知道于稷和他的关系？转念一想，不可能，他再三叮嘱儿子，嘴要牢，千万不能透露。他相信儿子不会乱说的。

虞允文走上前，俯下身细细察看泥鳅的伤口，叫他别担心，两天就会好的，回身吩咐众人赶快把他背到营房里，请老郎中为他诊治。

这时，一个念头在虞允文心中升起，得想办法叫儿子把棒棒处理掉，不能让它留在军营里，早晚会出事的。

正想着，一个士兵急惶惶地从大营赶来向虞允文报告，说他们逮住一个金兵探子。

“在哪里？”

“你看！”卫士顺手一指：营帐前的路上，时俊一手提着大刀，一手揪着一个人的后衣领，朝这边疾走。还没到虞允文面前，时俊用力一推，探子一个踉跄扑倒在地，朝虞允文又叩头又作揖。虞允文一看，此人个子不高，精瘦精瘦的，两只眼睛只见黑瞳仁，不见白眼珠，头戴马尾透风帽，腿上打着鱼鳞裹腿。不论如何打扮，虞允文一眼就认出来了，这不是别人，是哈密腾！

棒棒不知从哪钻了出来，跟在哈密腾后头又叫又咬。虞允文喝住了它，命人把于稷找来，赶快把棒棒拴住，别在这里捣蛋。

哈密腾惊恐地抬起头，同时也认出了虞允文。先愣了一会儿，随后，脸上便浮现出一片笑意。

时俊心想，这个金人探子，朝大将军挤眉弄眼想干什么？他的眼里燃起仇恨的怒火，抬起腿在哈密腾屁股上踹了一脚：“还不快说，你是干什么的？”见哈密腾不大在乎的样子，时俊把刀一抡，两道黑眉凛然聚在眉心，“再不老实，割下你的耳朵。”

哈密腾捂着耳朵直叫：“两军交战，不斩来使，求大人开恩，开恩！”

虞允文担心时俊再干出蠢事，用力把他拉开。

正在这时，打翠螺山顶上传来阵阵喇叭声和笛子声，当中还夹着叮叮当当的锣鼓声。哈密腾侧耳一听，脸上露出诧异的神色。虞允文看出他的心思，故意问道："怎么样？吹喇叭烧火唱大戏，湖里比赛抓鲜鱼，比你们那边热闹吧？"

哈密腾顺着虞允文的手臂看去，只见湖中人头浮动，浪花飞溅，惊得他嘴巴半天没合拢。怪事，我们那边杀气腾腾喊过江，他们这边却玩得热火朝天，到底是怎么回事！

时俊问虞允文，来者是什么货色。虞允文把他拉到一边，小声告诉他，来人叫哈密腾，哈密嗤之子，他们是老朋友啦，是在中都相识的。

时俊把刀一举，指了指哈密腾："老老实实答话，要不叫你跟你爹一样，把鼻子留下来下酒。"

"快把金营情况讲一讲！"虞允文神色严峻。

哈密腾两面望了望，低声哀求，想跟虞允文单独谈谈。

"好，我走，我走，让你们谈。"时俊在一边听了，很不是滋味。

虞允文朝哈密腾一瞪眼："大宋将士，不分彼此，跟我说和跟时将军谈都一样，不必鬼鬼祟祟。"

哈密腾这才从怀里掏出一封书信，双手捧着，虞允文拆开一看，是陈康伯的字迹：

允文：

朝廷已派人径往和州，请速速过江，有要事相告。

陈康伯

后面注的是昨天的日期。虞允文细看两遍，心中升起团团疑云。怪呀，朝廷来人为什么不到采石，而先到江对面的敌营呢？莫不是临安有什么变故？他把信交给时俊，时俊看了一眼，面露疑色。

虞允文叫人将哈密腾带下去，又将薛尺、丁酩等几位将官召集到身边。薛尺还没等虞允文说完，便道："此去和州，凶多吉少，去不得，去不得！"

丁酩道："完颜亮这个老贼诡计多端，小心他的圈套。"

虞允文把脸转向时俊："时将军，你看呢？"

时俊心里有气，把手一挥：“信也不是写给我的，何去何从，你自己做主。”

虞允文遥望着大江上那轮血红的夕阳，毅然转过身对大家说：“既然康伯大人要我前往，我只好去一趟，一来去探探虚实，二来再跟金人周旋一番。按金兵计划，近几日他们就要渡江，倘若此去能牵住完颜亮的鼻子，赢得更多的时间，岂不更好！”

“你一走，采石怎么办？”梁平不大放心。

虞允文坦然地说：“有你和薛尺，还有时俊和诸位将军，我一百个放心。”

薛尺上前一步：“倘若将军真的要去，末将愿随同前往。我自幼长在和州，对那一带地形了如指掌。”

“好，就这样定了，天黑之前务必过江。”

虞允文下了决心。

一切安排妥当，虞允文来到湖边，把刚才摸鱼的名册看了看，当场挑出一百多个逮鱼能手，领回帐中，吩咐道：“金兵乃女真人，驰射是他们的绝技，熟水性的极少。你们的本领实在是难得，我命你们为先锋水手。望诸位好好训练，待打起仗来，来个八仙过海，各显神通。”

士兵们豁然开朗，明白了虞允文要他们摸鱼的本意。丁酩显得十分激动，伸出大拇指在虞允文面前直晃：“大将军，你真是当世的诸葛亮！”

虞允文听着这样的话，心里像钻进一只苍蝇一样难受，这个丁酩，马屁拍到家了。

梁平望了望桶中的鱼，对虞允文说：“今晚的鱼宴，一定等你回来再开。”

“不必了，留两条给我和薛尺就是了。”虞允文见时俊还在发痴，轻声说，“时将军，一江之隔，我去去就来，等我的消息吧。”

刚要出大帐，于稷回来了，听说大将军要到江北金营里去走走，便说：“大将军，我也想去。”看虞允文不表态，于稷把脸转向薛尺，央求道：“薛尺哥，带我去好吗？”

薛尺朝虞允文努努嘴，意思是说，我说了不算数，你得问大将军。于稷又去向虞允文求情，没想到，虞允文竟然把头点了点，答应了。

三人径直往渡口走。转过一座土坡，于稷忽然感觉到什么，回头一看，他的小狗也跟来了。于稷从山上下来时，就听说他的狗咬了泥鳅，他气得不得了，心想，这个讨厌的东西，尽给我闯祸，看我回来怎么收拾你。现在，见棒棒跟来了，他真想上去狠狠踢它一脚。棒棒见小主人站在那里，就冲着他直摇尾巴，于稷大声叫："过来，你敢过来！"棒棒于是不过来，低下头呜呜直叫，那叫声只有于稷知道，是在向他认错呢。

认错也不行！这回我可饶不了你。于稷从地上捡了块石头就要砸，棒棒尾巴一夹，扭头就跑。可是当于稷跟着虞允文往前走了一段，这个不知看脸色的小家伙又跟了上来，走走停停，一直跟到江边。

于稷心软了，等到棒棒跟上来时，伸出双臂一把搂住了它，轻声说："你怎么老是不听话呢？你赶快走吧，随便到哪里都行。"

棒棒依偎在他的怀里，用舌头舔了舔他的手，舔了舔他的脸，呜呜直叫，于稷感到说不出的温暖。

要上船了，薛尺看于稷还搂着小狗不放手，催促道："上船啦，还依依不舍的，像个男子汉吗？"

忽然，于稷听见虞允文在说："既然分不开，就带棒棒一起去吧，让它也见见世面。"

什么？大将军让我把棒棒也带去？于稷疑惑地看看父亲，虞允文朝他点点头，于稷开心地笑了，对棒棒说："好了好了，别亲热了，跟我走吧！"

这几天，于稷从父亲的眼里看出他对棒棒的不满，这个畜生，咬人不说，半夜里，将士们睡得正香，它也不知发现了什么，听到了什么，扯着脖子就叫，把大家都吵醒了。好不容易不叫了，停了一会儿，又叫，声音比刚才还响。于稷也常常被吵醒，冲出来，对着棒棒大吼："叫什么叫，不让人家睡觉啦！"说完，捡起石块就砸，棒棒身子一闪就躲开了，站在不远的地方，嘴里呜呜噜噜的。他不明白，它对主人这么忠心，主人怎么这样对待它。

于稷决定把它扔掉。

那天傍晚，趁父亲不在，于稷把棒棒引到面前，一把抓住，将棒棒装进准备好的布带，往马背上一放。他骑着马，穿过采石镇，一直跑到离镇三十里的大山沟里，把袋子往树林里一扔，跨上马就往回跑。

他不想回头，怕自己回头看到棒棒在袋子里挣扎，心里难过，一难过就会后悔，说不定就会把它带回来。

那天晚上，于稷怎么也睡不着，像煎鱼一样在床上翻过来倒过去，心里说不出有多烦闷。一闭上眼，棒棒那委屈的眼神就在他眼前乱晃。直到天快亮时，刚有点迷糊，就听见外面有人在叫：

“你的小狗回来啦！”

于稷出去一看，果然是棒棒，一身是灰地站在霞光里，身上的毛乱七八糟。棒棒见到他，又蹦又叫，好像在说，你为什么把我扔掉，凭什么？我哪儿对不住你！蹦了一会儿，又往地上一伏，眼巴巴地瞅着主人。于稷的心软了，朝棒棒伸出手，棒棒赶快把头低下，等待主人的抚摸。

于稷怎么也没想到，今天，它竟然在鱼塘边把泥鳅咬了，这真是不得了的事！在老家他亲眼见过，一位老爷爷被野狗咬了一口，几天后竟一命呜呼。如果泥鳅有个三长两短，叫他怎么交代，怎么对得起那些投奔宋军的勇士！

这回正好，把棒棒带到江北岸，是死是活，那就看它的造化了。

虞允文答应儿子把棒棒带上，自有他的用意。

15 虎穴探险

晚霞满天。一叶扁舟载着虞允文一行从江上漂过。夕阳，把一江秋水映得通红。虞允文站立船头，江风掀动着他的衣襟，吹得他那宽大的披风噗噗作响。大江上，浪头一个叠一个地向前推动，一直涌向水天相连的天际。

来之前，薛尺问虞允文，要不要再带几个卫士，虞允文说:“不用，有你就行啦!”薛尺知道，大将军是相信他呢。现在，有了于稷，好歹也算个帮手。

船靠近了杨林河口。

岸上的一个金兵校尉翘首朝江中观望，发现了小船，慌忙回去禀报。片刻，岸边的黄土道上，成百上千个金兵金将分列两边站好，棍棒刀枪，戟钩钺斧，寒光闪闪。

薛尺从未见过这样的场面，心中不由得一颤，再看虞允文，面带笑意，好像毫不在意，薛尺这才感到心里踏实了一些。

船身一颤，船头抵上了渡口的码头。

完颜亮骑着黑马出现在江堤上，他翻身下马，大步迎了上来。一见到完颜亮的身影，棒棒不知为什么，从暗处扑上来就咬，好像他们八辈子就有仇。于稷上前喝住了它，棒棒这才退到于稷脚边，不再出声。

完颜亮好生纳闷，怪事，这个虞允文，我请他过江商讨大事，他竟把一条小狗也带来了，这不是侮辱人吗!

完颜亮也不便多问，朝虞允文伸开双臂，显得非常热情："哎呀，大将军，久违，久违了！上回在中都有所怠慢，望将军海涵。"

虞允文不觉一怔，他怎么知道我当上了大将军？莫不是朝中的叛臣带来的消息？也许是陈大人……他尽力抑制着自己，从容而平静地点头致意。

完颜亮定定地瞅着虞允文，觉得他比在中都时见到的更神气。他虽为文官，但身材挺拔，威武从容。宽大的披风，更显露出他那潇洒的风度，脸上两道剑眉直射鬓边，双目神采奕奕，端正的鼻梁，棱角分明的嘴唇，没有一丝畏怯的神色。从他身上，众金将仿佛看到了集结在采石的千军万马。

"请！"完颜亮平伸出手臂，为虞允文开路。

虞允文昂首挺胸走在前面，他用眼角余光一瞥，只见通江的杨林河道口，挤满了一排排战船，飞龙舟、飞虎舟、飞豹舟……船船相连，桅杆如林。江滩上，数不清的金兵正驱使着民工挥汗如雨地赶制新船。

来之前，虞允文就叮嘱薛尺，要注意金兵的船，看看有多少，这决定着金兵渡江的时日。薛尺瞟了一眼，发现河道的出口处拦起一人多高的竹笆，挡得什么也看不见，这让他好不失望。

完颜亮料到虞允文想知道什么，脸上洋溢着得意之色："虞将军若有雅兴，朕明日领你一只船一只船地观赏，保你大开眼界！"

虞允文收回目光，冷冷一笑："自幼生长在江边，什么船没见过?!"

"那是，那是。"完颜亮不住地点头。

侍卫引导他们走进一顶大帐。

这是一顶宽大的帐篷，每边长三四丈，撑开来是方形的，帐顶上布满串串璎珞，帐门边，绣着各种飞禽走兽及稀奇古怪的花纹。虽然天还没黑，大帐内已是灯火通明。中间，一溜八张大桌，每张桌上放着十盘大菜，全鸡全羊，应有尽有。

当他们的身影出现在大帐中时，所有人的目光一起落到那条小黄狗身上，稀奇，真稀奇，人都不知死活了，还带条狗来！虞允文顺着众人的目光，看看棒棒，漫不经心地解释道："这条小狗叫棒棒，它吵着要来见见大家，我就顺便把它带出来溜溜。"

一番轻松风趣的话，引来一阵哧哧的笑声。

虞允文和薛尺被拥到正中位置坐下。棒棒摇着尾巴紧贴着于稷，神气活现。

有人欠着身子问虞允文，要不要给小狗安排个座位。于稷在一边插嘴说："不用了，它离不开我，就让它在我这里吧。"

等差不多了，侍卫官走到完颜亮旁边，问了句什么，完颜亮下巴动了动，于是侍卫官双手一举，大声道："开宴，为虞将军接风！"

静下来，虞允文才发现他的对面坐着一个长着一字眉的老头，脸瘦得像一根木头楔子，一身宋朝官员打扮，满脸媚相。虞允文刚进来时，他就张着嘴巴，笑吟吟地望着虞允文，可虞允文根本没正眼看他一下，但他仍然朝虞允文张着嘴巴傻笑。虞允文还没开口，完颜亮便把"一字眉"介绍给虞允文，说这位是特地从你们京都临安赶来的。

"卑职何加正！"

"一字眉"那锥子形瘦脸上，立刻浮现出一触即发的笑容。

虞允文侧目将他打量一番，不免有些纳闷：我在临安已有几个春秋，从未见过此人。细细一想，又有些面熟，不知在哪里见过。

何加正也悟出虞允文心中的疑团，自我介绍道："卑职原任江宁太守，不日前被召进临安。皇上传下圣谕，命我速来和州奉献降表。"他见虞允文缄口不语，又说："临行前，陈老宰相还特意叫我捎信给你，劝你来此面议，怕你在采石死拼硬顶，使千万将士惨遭涂炭。"

这突如其来的消息使虞允文极为震惊，但在这刹那间，他便掩饰住内心的惶恐，镇定地用手抓住面前的酒觞，目不斜视地盯着"一字眉"，听着他还在絮絮叨叨：

"虞将军不必伤感，宋朝三百年来，气数已尽，天命归金。是天命，天命不可违啊！"

旁边的一位宋朝官员也附和着："虞将军，听说，天子等你回去，要封你为相呢。到时候，可别忘了我们哪！"

虞允文心想，朝廷既然做出投降的决定，那还找我来商量什么？他把酒觞一推，朝“一字眉”伸出巴掌：“降表呢？拿来我看！”

“我已呈给大金皇上，等会儿，自然请将军过目。”

完颜亮在一边频频点头，心中却不由得一寒，这个西蜀文士，不好对付呀。他尽力抑制着，皮笑肉不笑地说：“本来，何太守要亲自前往采石，为陈康伯大人传递书信，怕只怕采石将士对我大金积怨太深，只好请将军过江来面议。”

何加正道：“这是圣上的旨意。”

虞允文脸一沉：“请回禀天子，就说虞允文实难从命，誓守长江，与金兵决一雌雄。”

何加正道：“你敢违抗君命？”

“将在外，君命有所不受！”

“大将军息怒，有话慢慢说。”完颜亮站起身，装作很有礼貌的样子劝说，“好了，不提这些不开心的事吧。”见虞允文允屏息敛声，帐内气氛紧张而压抑，完颜亮把手一扬，一个金将立刻走出帐外。

帐门一动，只见那金将领着一位女子走了进来。

四下掠过一阵窃窃私语，随即又安静下来。

完颜亮欠欠身子，笑着对虞允文道：“朕今日特意叫来个姑娘，给将军唱支小曲，助助酒兴！”

一阵厌恶之情从薛尺心里升起，他把脸偏转过去。

那女子双手抱琴，款款走向前，朝虞允文深深一揖，然后在蒲团上坐定，只见她低下眉头，舒展纤指，叮叮咚咚，似玉珠落银盘，像细雨敲金瓮。还没开口，四下一起鼓噪：“来，先唱一支和州的小戏！”完颜亮也大声说：“唱哪，快唱！”

那女子便用熟悉的乡音唱道：

两颗心儿一江裁，
哥哥江南妹江北。
妹妹想哥泪双流，

夜夜哭到东方白。

哥哥哟，

你何时才能回家来。

……

女子唱的是土腔土调，完颜亮一句也听不懂，只觉得怪有味道的，不等姑娘唱完，带头拍起了巴掌，所有的金兵金将一起鼓起掌来，一个劲地叫“好”。

薛尺一听，不禁大惊失色，这不是家乡的倒七戏吗？演唱的人不是别人，正是自己的妹妹薛菊！一腔怒火顿时在胸中腾起，这个无耻的东西，不在家孝敬父亲，竟钻进金营来卖弄风骚，为豺狼助兴。他狠狠地瞪了妹妹一眼，真想上去踹她一脚，但不能这样，不能，他挪了挪身子，用力抑制住自己，但那按剑的手却禁不住哆嗦起来。再看虞允文，依然端坐在那儿，平静如水。薛尺仰起脸，强令自己的目光转到篷顶上，牙齿紧紧地咬着嘴唇。

其实，薛菊刚进来时，就一眼发现哥哥薛尺的身影，她暗自惊异，哥哥怎么会在这儿呢？而且身穿大宋的戎装。两年前，哥哥离家出走，杳无音信，她哪天不思念哥哥？哥哥，你还记得吗？我们一起上山砍柴，一起到湖滩上打草，一起为父亲端饭熬药。你走了，撇下妹妹和年迈的父亲。不久，父亲又被金兵抓去造船，不知死活。这一切，哥哥，你知道吗？

转念一想，哥哥还算争气，竟然成了大宋的将官。再想想自己，自称银卉，被完颜亮抓到金营后，当晚就被凌辱，她哭泣，呼叫，全无济于事。昨晚，完颜亮又来找事，她怒视着面前这张厌恶的脸，猛地拔下头上的银簪，就往自己喉咙上扎，完颜亮劈手夺下，一把将她搂在怀里。

一连几个夜晚，完颜亮的欲望都没有得到满足，这让他好气好恼。面对这个难以驯服的女子，完颜亮思来想去，算了，干脆把她赏赐给部下。无意间，他听孔本彦说这个女子是家乡戏班的名角，多才多艺，便又舍不得送人，就留下专门给他唱戏解闷。

薛菊不再反抗，她想留在这里，寻找报仇的机会。没想到今晚竟在这里看到了哥哥，她真想扑进哥哥怀里，向他倾诉心底的悲愤，然后抽出哥哥身上的宝剑，对准完颜亮的心窝……但是，面对着如狼似虎的金兵金将，她还是镇定下来。

“何大人，请，请！”几个金将争先恐后地向坐在哥哥对面的何加正敬酒。

薛菊侧脸一看，不觉一怔，这不是和州太守孔本彦吗？薛菊寻思，一定是完颜亮这个老贼定计，引诱哥哥过江劝降来的。也好，何不一语点破？让哥哥心中有数，早早提防为是。她抱琴走到孔本彦身边，嫣然一笑：“孔大人，你在和州当了多年太守，我知道你最爱听《采菱曲》，奴家为大人献上一段……”

孔大人？和州的太守？

虞允文眨眨双眼，面前的“一字眉”竟幻化成另一个人，那人叫孔本舟，原在临安任职，两年前出使金都，一去不归，做了金人的右相，后来病死在会宁府。眼前的“何加正”莫不就是孔本舟的胞弟——孔本彦！

虞允文到采石后，曾听探马来报，金兵一入和州，孔本彦就投降了，还主动交出和州防卫图，并提出把家家户户的门板拆下当作造船的材料。面对大江，完颜亮有些胆怯，是孔本彦给他鼓劲，说在采石江面作战，条件极为有利。以往在这里发生过十多次渡江之战，十有八九取胜。皇上兵强马壮，过江十拿九稳……说得完颜亮心花怒放。

这个软蛋，今天又变着法子来诱我！虞允文愤愤地盯了孔本彦一眼，厉声道：“你哪是什么临安的使臣？你是狗，是和州城里一条断了脊梁的丧家狗！”

孔本彦怔怔地望着虞允文，语不成句：“你，你怎么出口伤人！”

“你也算人？”虞允文拍案而起，“你让出和州，引狼入室，还设下陷阱，妄图引宋军投降，让金兵跨过长江，你好跟在人家后面摇尾乞怜。这不是狗，又是什么！”他朝薛尺挥挥手，“与狗同桌，岂不羞杀人也！走，采石帐中还等着我们开宴呢。”

所有的金将都呆愣在那里，举到唇边的酒觞定住了，正在蠕动的嘴巴也不动了，棒棒突然冲出来，对着孔本彦一阵狂吠。

完颜亮见圈套败露，凶残的本相一下子暴露出来，朝孔本彦一瞪眼。孔本彦揩了揩额上的冷汗，弯腰退出大帐。

完颜亮正欲发作，转念一想，反正虞允文已握在自己的手心里，还怕他插翅飞了不成？他伸手抓起半只煮熟的牛腿，狠狠地撕扯下一块，往趴在地上的棒棒扔了过去：“吃吧，好好吃，吃饱了不想家。”

奇怪的是，棒棒看也不看一眼地上的牛肉。于稷知道，整整一天，棒棒粒米未进，可它宁愿饿着肚子，也不吃别人扔过来的东西。好棒棒，有志气！

虞允文听出了，完颜亮是弦外有音呢，正想回敬几句，完颜亮端起酒觞，歪歪扭扭，似醉非醉地走到虞允文面前，挤出一脸笑容：“实不相瞒，我们已备下战船千艘，不日将抵达采石，到那时，你后悔就晚了！”

“好哇，等你过来，虞某我也会和今日一样，设宴相待。”虞允文说罢，举觞一饮而尽。

“痛快！痛快！一醉方休，再来再来！”

完颜亮连饮几觞，完全醉了，一种女真男儿的豪气冲撞着他，忽然把手臂一举：“来人，送客！”

“不用。”虞允文拱手道，“后会有期！”说着便和薛尺一前一后朝外走去。

薛菊这才知道，和哥哥一同来的是赫赫有名的虞允文大人，她心跳如鼓。看来，报仇的时日指日可待了。她心里虽然波涛激荡，但那圆睁的眼里却似一江春水。

就在虞允文帐中痛斥孔本彦时，棒棒不失时机地跑到孔本彦跟前撒了泡尿，在场的有的捂着嘴笑，有的露出讨厌的神情。虞允文朝于稷喝道：“把棒棒带出去！”于稷心领神会，走到帐外，棒棒一步不落地紧跟其后。

他们穿过那道竹篱笆，朝前走了百步，于稷迅速在心里数了数这百米之内战船的数量。还想往前走，被一个巡逻的金兵叫住。于稷笑着说，他想带狗出来溜溜。那金兵拦在他前面，硬不让他再走。于稷只得回头。

刚要回大帐，迎面碰到正往外走的虞允文和薛尺，帐内的金兵将官一起跟出来送行。

他没想到，父亲这么快就要离开这里。

虞允文走出不远，一群埋伏在暗处的刀斧手突然从背后猛扑过来。薛尺飞速转身，连刺两个，怎奈寡不敌众，几个回合便被金兵团团围住，哗啦啦，两根铁链飞将上来，套住两人的脖颈。

棒棒围着这帮人又蹦又叫。几个金兵去捉它，它的身子一闪，躲开了。

就在虞允文刚出大帐时，哈密腾忙凑到完颜亮耳边，低声道："陛下，上回你在京都放了他，这回，万不可再纵虎归山。"

完颜亮有些清醒，捻着胡须，沉默了一会儿，抽身走出来，见金兵的刀斧手正死死地扭着虞允文几个，本欲下令把他们拿下。

突然，虞允文大笑起来："哈哈哈，没想到堂堂的金国皇帝竟是这等鼠窃狗盗之辈，把我们骗过江来，诱降不成，又要以兵刃相见。口口声声说有三十万大军，上千艘战船，竟被我宋朝区区小臣吓成这等模样。可笑，太可笑了！"

虞允文英气逼人，毫无畏惧地挺立在完颜亮面前。

完颜亮醉意朦胧，支吾着："我是想留你下来……"

"不必，我们堂堂正正地来，光明正大地去，没什么好留的！"

完颜亮感到浑身发热，一时不知说什么好。

薛菊再也不能平静，她真想大喊一声"哥"，细细一想，不能，完颜亮阴险歹毒，一旦暴露，必然凶多吉少。她走到完颜亮身边，随口说道："陛下，既然请人家来，就得来去方便。大丈夫言重如山，言而无信，何以为人！"

完颜亮脸上掠过一丝疑云，问薛菊："他是何人，与你何干？"

薛菊垂下眼睑："奴家只不过是为皇上着想。"

完颜亮满脸的横肉松弛下来，好半天，才从鼻孔里哼了一声："放他们走！"

金兵的刀斧手互相看着，不明白皇上怎么又改变了主意。

三人刚上大堤，又被一队金兵截住，刀枪如林，一片吵嚷。片刻，一位高个子金将走到虞允文面前，虞允文近前一看，是元力将军。

元力把两人打量一番，好像在问，怎么这么快就要走啦？

虞允文说："是你们皇上送我们走的。"他回头指指身后的几个金兵卫士，卫士把头点了点。

薛尺把剑握得铁紧，随时准备拼杀。

虞允文朝元力拱手道："将军，行个方便吧！"

元力把虞允文重新打量了一遍，无动于衷。虞允文心急如焚，陡然想起，一个被俘的金兵小校曾说过元力的身世。元力并不姓完颜，完颜亮害死他的父亲耶律罕达，将幼小的元力接过去抚养，将他改姓完颜，完颜元力。中都校场，他从元力的眸子里看到过那一点复仇的火星，他多么希望能将这火星化成熊熊烈焰！于是，趋前半步，试探着问：

“元力将军，来日回到松花江畔，请代我祭奠令尊的亡灵。”

“令尊？”元力茫然，好像不知虞允文说的是谁。

“你的生身父亲——耶律罕达将军，他曾出使吾朝，我与他交杯共饮……”

“你记错了吧！”元力大吃一惊，制止了虞允文，不想让他再说下去。

这时，忽听大道上人喊马嘶，一串火球游龙般地朝这边移动，呼叫声隐约可闻：

“活捉虞允文！”

“截住，别让他跑了！”

虞允文回头看看，心都提到了喉咙口，但仍然平静地叮嘱元力：“将军，此处不是说话之地，以后再说。”

元力隐约听人说起过自己的身世，不知真假，没想到被这个宋朝官员一语道破。他目光炯炯地盯着虞允文，中都那支利箭、落地的老雕、完颜亮的狞笑、刀光、剑影、天灯在眼前乱晃……他咬着牙，毅然把手一挥，命令身边一个校尉：

“斡粘汗，去把我的巡逻船拖来，送行！”

斡粘汗应了一声，领着虞允文奔下大堤。

船拖过来了，斡粘汗先扶虞允文上船，回身要拉薛尺，薛尺纵身一跃，已站在船头，于稷也上船了。薛尺摸起船上的竹篙一点，小船便离开了江岸。

元力站在高处，目送着小船渐渐远去。

薛尺忽然问于稷：“你的棒棒呢？”

是呀，棒棒呢？于稷把两只手张成喇叭，罩在嘴边朝岸上叫了两声，声音马上被江风吹走了。

隐约，听见江岸上几个金兵在乱嚷嚷：

“狗，一条小狗！”

“抓住它，抓住它！”

“剥了皮，能熬一锅汤呢！”

于稷难受到极点，眼泪汪汪地盯着江岸，仿佛看见几个金兵正在围追棒棒，棒棒一边不停地躲闪，一边拼命地叫。于稷心里念着，棒棒，谁叫你跟我来的呢？这回送掉性命，不怪我了吧。

天太黑，看不见儿子的表情，虞允文却能感觉到他正伤心着呢，本想安慰几句，但又觉得说什么都是多余。他直起腰，深深地吐了口气，这才感到自己的衣裳已被汗水浸透。

“大将军，要不是你刚才的那一招，我们恐怕上不了船。”薛尺在一边道。

虞允文没有应答，心里还在想着棒棒，真是个通人性的小东西，那么勇敢，那么聪明，相信它不会死的，说不定现在正蹲在对岸，盯着黑沉沉的江面呼唤小主人呢。

虞允文想起了什么，问于稷：“让你出去遛狗，可看出他们有多少艘船？”于稷说：“百步之内二十五艘。”薛尺马上报出来：“金兵大约有六百多艘战船。”他知道，杨林河长十里，百步二十五，十里也就这个数。

江岸上，完颜铁率领一支骑兵直追过来。听说把人放了，指着元力的鼻尖吼道：“我早就看穿了你的祸心！”

元力拨开他的手：“皇上有旨，怎敢不从？”

完颜铁冲上江堤，把胳臂一抡，狂呼：“弓弩手，上！”

二十多个挽着大弓的骑兵风一般地卷了上来，弓弦响处，箭如飞蝗，一起朝漂动的小船攒集。

小船逆着江风，避开箭雨，飞快地向江北岸漂去。

小船行了一段，速度越来越快。薛尺感到奇怪，自己没用多大力气，小船怎么在江中行走如飞，眨眼到了江心。他似乎感觉到水下有一股力量在推着小船向前走。难道水下有什么怪物不成？

16 洞中藏着海鳅船

小船在风浪中颠簸。

快挨近浅水滩时，打船帮边上伸出两个黑乎乎的脑袋。

薛尺吓了一跳，问“你是谁”，没有回音，他以为是落水的金兵，正要用桨去捣，只听有人在船下应道：“是我。”

一只胳臂伸上了船帮。

虞允文伸手将那人拉上船，定神细看，原来是个胡须花白的老人。老人上了船，没顾得上说话，忙弯腰趴在船帮上，又从水里拉上一个湿淋淋的人来。这是个少年，十六七岁，被水淹得奄奄一息，全身瑟瑟发抖。

老人身子还没站稳，忽听薛尺大叫一声：

“爹——”

老人呆住了，花白的胡须不停地抖动，上前一把拉住薛尺，就着江水的反光看了又看，连声说道：“薛尺儿，真没想到是你呀！”

薛尺紧紧地扳住老人的肩膀，他不明白，爹怎么会在这儿呢。

“刚才看到你们的小船过江，又看到金兵在岸上射杀你们，我猜一定是江南宋军的人，就跟这孩子一起潜到水里，扒着小船，一直把船推到江心。”

难怪船在江中走得那么快！薛尺不胜惊奇。

老汉又问薛尺：“看见你妹妹了吗？”

薛尺不想把妹妹的事告诉父亲，话到嘴边，摇了摇头。

薛老汉伤心地叹息："你们兄妹俩，也不打声招呼就都走了，撇下我一个老头子被金兵拉去造船，造船，造船，差点造掉我的一条老命。"老人几乎在哽咽，"唉，让你妈在阴曹地府里骂我好了，没法子，没法子哟！"

虞允文怕老人太伤感了，忙在一旁劝说："老人家，别难过，你家儿子如今当上将军啦！"

"将军？将军有多大？"老人重新把薛尺打量一遍，把脸一沉，"他是哪门子将军哟，只会领着人逃跑，兔子将军，孬种将军！"

薛尺忙说："爹，别说了。虞将军在这里，多难为情。"

虞将军？老汉盯着虞允文看了又看。

"就是在我们家住过的虞大人哪！"薛尺道。

老人不大相信，颤巍巍地拉着虞允文又细细端详了一会儿，终于认出来了："哦，虞大人，你就是那个跟我一起背纤拉船的虞允文大人？这，这不是在做梦吧？"

"不是做梦。"虞允文笑道，"老人家，这次要不是你帮着推船，我们怕回不来啰！"

一群早就在采石矶下等待的将士围上来，问长问短。虞允文叫人快把老人和孩子领进大帐换换衣裳。那孩子睁眼看看四周，全是一张张陌生的脸，眼里闪过一丝亮光，在人群中寻找着什么。虞允文用手摸摸那孩子湿漉漉的脑袋，轻声问："伢子，你从哪儿来？叫什么名字？"

"我姓曾，叫曾耿柱，从和州善后村来。"

"来这儿干什么？"

"找我父亲，投奔大宋的军队。"

"你父亲是谁？"

"曾明发。"

站在旁边的圆脸小卫士马上说："大将军，他说的就是你放走的那位老兵。"

虞允文一时没想起来，小卫士又说："不是你放他回家的吗？忘啦？你还送给他银子呢。"

虞允文这才想起那个向他叩头的老人，连忙对耿柱说：“你父亲已回老家了。”

“那我怎么没迎上他？”耿柱眨着眼，“是他自己要走的吗？”

“不，不，不，是我叫他走的，他说你家中还有一位八十岁的奶奶，得有人照应。”

“奶奶，奶奶，”耿柱禁不住哽咽起来，“金兵从我们村上过，一把火把房子烧个精光，奶奶被活活地烧死在屋里。”他抽泣着告诉虞允文，因为他个子小，钻进门口的荷叶塘……后来，打听到父亲的队伍已到了和州，就连夜奔去寻找，哪晓得城里城外，到处是金兵。四处打听，才知道大宋的队伍已过了长江。耿柱没处存身，只好混在修船的民工中。正好，看见这位老爹爹下水，也跟着下了。

说到这里，他打住话头，目光闪闪地问虞允文：“伯伯，你们真是大宋的队伍吗？快告诉我，我爹到底上哪儿啦？”不等虞允文回答，他伸开双臂，紧紧地搂住虞允文的双腿，“你们为什么不打金贼，老让人家盯着屁股撵！”

虞允文一时不知如何回答，心里暗想，不管怎样，曾明发也早该到家了呀，为什么没碰上儿子呢，莫不是路过和州……他感到不安，说道：“孩子，别说了，快跟爷爷到帐中歇歇，别冻坏了身子。”回身吩咐薛尺，去把留下的鱼端给他们吃。

虞允文当即把几位将官召到帐中，把这次深入虎穴的过程描述一番，接着让薛尺说了说金兵船队的情况。薛尺从小在那一带长大，知道杨林河有多长多宽。根据他的目测，金兵至少已经备下五百艘战船。根据长江的宽度，没一千多艘船是过不了江的。

等众人议论一阵，虞允文便提醒大家，虽然完颜亮已经被喇叭声和浓烟迷惑，可能将过江日期推迟几天，但推过十五，过不了三十，决不能存有侥幸心理，不过几日，我们内部的奸细就会把这边的情况密报过去。

一听说内部有奸细，将士们个个咬牙切齿，都说一定得将奸细挖出来，消除隐患。

虞允文岔开话题，说现在唯一的办法是抓紧时机，拿出以少胜多的绝招御敌。但是，绝招在哪里？虞允文让大家一起开动脑筋，把自己的想法亮出来。将军们各抒己见，有的提议在江中布下鱼钩阵，专门钩那些落水的金兵；有的说砍去满山青竹，留下竹桩，专刺金兵的马腿；还有的说，派水手潜过江去，把金人的船底打通。

你一言我一语，没一条使虞允文满意。

看看时间不早，虞允文叫大家先回帐歇息，他拖着疲惫的身子，朝薛尺父亲住的后帐走去。

夜空里，云絮被风吹着，忽聚忽散，云缝里露出一弯新月，像一艘小船，在云海中飘荡。夜色更浓了，将士们大多进入梦乡，听得见有人在磨牙，发出咯咯的响声。

走到薛尺帐外，虞允文放慢了脚步，他看见帐缝露出一星灯光，听见里面有人在说话，侧耳细听，是薛老汉和儿子的声音：

薛老汉说："……不会的，决不会的，这丫头不是那种人……"

"不是那种人？我亲眼看见她在完颜亮面前卖弄风骚。"是薛尺的声音，"要不是重任在身，我非甩她几个嘴巴不可……"声音低沉，但非常气愤。

老人不再说话，沉默了一会儿，问："虞将军可知此事？"

"能让他知道吗，知道了我这脸往哪搁。"

虞允文不禁暗自吃惊，想不到那个在金营弹唱的女子竟是薛尺的妹妹，世界上竟有这样的巧事！接下来，他们说什么，一句也听不清，只剩下窸窸窣窣的声音，时高时低，还夹着几声啜泣。

虞允文举起手，唤了一声："老人家，还没睡吗？"

"谁？"

"我！"

帐门立时大开，薛尺披着衣服站在门口："哦，是大将军，快进来。"

虞允文坐在床沿上，开门见山地问："请问老人家，金兵的船是怎么连在一块的？"

"用铁链子连的，我看得一清二楚。"

虞允文没再说话，看来，金人是想组成一支浩大的连环船队，一举跨过长江。

躺在里边的小耿柱根本没睡着，翻身坐起，忽闪着大眼望着大家，虞允文摸摸他那滑溜溜的身子，问：“小家伙，怎么还不睡？”

耿柱揉揉眼，摇摇头。

薛尺说：“这孩子老是想爹，哪能睡得着？”

虞允文伸手一摸，耿柱的枕头上一片潮湿。他站起身，在帐中来回走了几步，站住了：“老人家，你说，有何良策能挡住金兵的连环船？”见老人默不作声，虞允文又说：“老人家，你经的风浪多，见的世面广，一定会有办法的。”

大家都在沉默。一阵风吹了进来，把蜡烛的火苗吹得直晃。

忽然，老人眉毛一扬：“我倒想起另外一件事……”

借着烛光，虞允文注视着老人眼角上跳动的皱纹，听着他说起多年前的一件往事：

薛老汉十八岁那年，曾跟大人下江捕鲥鱼。那几天江上的风特别大，乡亲们怕船被浪掀翻，就用铁链和草绳把几十只木船连接在一起。船到江心，下起了瓢泼大雨，浪头小山一样压了过来。可这些连接起来的船却稳稳当当，一点也不在乎风浪。船到采石矶下，老汉忽然觉得脚底下不停地晃荡，身子站不稳，一下子跌倒在船上。伸头一看，呀，一只像牛犊一样的怪物正拼命地往船帮上撞。不一会儿，又来了两只，看不清水怪的脑袋，只看见露出水面的青褐色的脊背。他吓坏了，正要喊叫，又听“咔嚓”一声，桅断船翻，有的船竟被撞得稀烂。

“是什么怪物？”虞允文听得入迷。

“后来，我才听说，那是一种叫江豚的大鱼。这家伙在江里劲比牯牛还大，上了岸却像豆腐一样。”

老人趿拉着鞋，摸到桌边，把碗里吃剩下的鱼骨往桌上一倒，用手扒拉扒拉，排成一串，说：“喏，打个比方，这是金兵的船队——”他拿起一根竹筷晃了晃，“这筷子好比江豚。倘若金兵船队开过来，江豚拦腰这么一撞……”他把竹筷猛地往鱼骨头当中一推，鱼骨散开了，有的还落到地下。

虞允文一把抓过筷子，反问：“老人家，哪里来的江豚呢？”

“江里有的是。”

“它能听我们的调遣？”

“是呀，它怎么会听我们的话呢？”

老人沉吟不语，深陷的眼窝里似乎隐藏着更深的东西。虞允文凝视着他，心里在问，老人家，你到底有什么想法，快说呀。

“有了！”忽然，老人眼角的鱼尾纹一跳，将桌子一拍，霍地站起，“我想用一种大船代替江豚！”

“哪来的大船？”

“有哇。”老人神采飞扬，说起有一年端午，他们村的小伙子下江玩龙船，把五六只木船并列连到一起，船尾装着水车上的踏轮，三十条汉子一起用脚踩，那船劈开浪头，如飞龙一样，谁也挡不住。

虞允文想了想，连声说：“妙，妙，老人家，这个主意太妙了，我们也可以把船连接起来，那船就叫……叫江——豚——船！”

“江豚船？对对对，就叫江豚船。”老人眉眼里都是笑，“不过，这个名字还不响亮。我听说，江豚又叫海鳅，大海里的泥鳅，多有气派！”

“那就叫海鳅船！”

“别高兴得太早了。”薛尺见大将军喜形于色，在边上泼了一瓢凉水，“我问你，哪来这么多船？”

是呀，哪来这么多船呢？一百只，二百只，总少不了吧。虞允文说等明日赶制，薛尺连连摆手：“来不及，来不及，不等你船造出来，人家已经打过来了。来不及，无论如何也来不及！”

大家你一言我一语又说了一会儿，老人把衣裳一披，要领虞允文上前面江湾里转一转，那里有个八段村，一百多户人家，谁家没几条渔船？

虞允文正想跟老人出门，被薛尺一把扯住：“大将军，你已几夜未眠，还是先睡一会儿，让我去吧。”

“心急火燎的，哪能睡得着啊！”虞允文推开了他。

薛尺见挽留不住，也要跟着去，虞允文硬把他推进军帐：“小伙子，正是睡觉的好年纪，睡吧，睡吧，说不定明天就有仗打。我是个文人，打仗还得靠你们呢。”

耿柱也爬起来，吵着要去，被虞允文按住：“好好睡觉，明天打仗，跟我做卫士，贴身卫士。”说罢，将帐门一带，尾随老人一头扎进了夜雾中。

夜更深了，月亮沉进了大江，天黑得伸手不见五指，整个世界都像跌进了无底的深渊，分不清哪是路、哪是水，看不见江堤内外的一切。老汉拉着虞允文的手，顺着一条干涸的圩子，深一脚浅一脚地朝前摸。圩里满是乌黑的泥淖，一不留神，人就会陷下去，“呼哧”一声，污泥没到膝头，被泥水浸没的地方比刀割还要难受。

走了一段，老人便停下来歇口气，侧耳听一会儿。他恍惚记得，八段村就在一条土圩边，后面靠着小山。倘若能听见狗叫，肯定能找到村子。可是听了半天，没有一点动静，只得再往前摸。两人好不容易来到村头，家家黑灯瞎火，有的大门洞开，有的是铁将军把门。老人正焦急，一个黑影猛地从身前蹿过，把虞允文吓了一跳，老人忙说：“别怕，是一只猫。”

虞允文笑笑：“看来，小猫也想离开这里呢。”

薛老汉往年经常在这个村子住，交过好几个朋友。他摸到村后一家窝棚门口，扒着门框喊：“五实哥！”没人应，又摸到西头祠堂外，隔着墙叫：“江义！二癞子！”还是没人搭腔。老人失望了，一屁股坐到石碾子上，连声叹息：“唉，跑了，都跑了，连小猫小狗都不想在这里存身了。”他抬眼望望黑压压的村庄，自问自答：“船呢？总不能都打进包袱背走吧。”

他叫虞允文稍候片刻，踅身摸到村后河湾边转了一圈，也没见一条船，连姑娘们采菱的腰盆也看不见一只。

虞允文问：“老人家，附近有没有别的村子？”

“有是有，太远了，而且不是渔村，不会有渔船的。”老人沉思了一会儿，举手在腿上一拍，“哦，想起来了，船，莫不是乡亲们把船藏进了金牛洞里？”

“金牛洞？”

“对对，金牛洞！”

薛老汉指指矗立在江边那黑黝黝的石壁，告诉虞允文，往前，还有蝙蝠洞、黄泥洞、三元洞，再往前就是金牛洞。几个洞就数金牛洞最大、最深，深得没有尽头。传说洞里有一头金牛，吃砂屙金。听老一辈说，古时，曾经有两个弟兄进洞捉金牛，老大看到洞里金光闪闪，到处是黄金，忍不住把金子拼命地往口袋里装，结果被金牛踏死。金牛奔到洞口，被弟弟一把抓住牛鼻绳，爬上牛背，飞奔而去，一直飞进了彩云深处。

更奇特的是，金牛洞有两个出口，呈倒丁字形，一个洞口在江边的岩石下，一个洞口朝上，在崖头上的洞口隐藏在一片乱草丛中。如果从下面进不去，可以从上面往洞里进。

“我看，渔船说不定在里面。”薛老汉自信地说，“五实哥亲口对我说过，村子一遇难，乡亲们就先把船一只连一只地从江上往洞里撑。那洞深得要命，听说，通往东海龙宫呢。”

见老人蛮有把握的样子，虞允文心里升起了希望的光亮，说道：“那我马上派几个水手，从江边的洞口把船拖出来就是了。”

“使不得，使不得。”老人的手直摆，“那洞口外的江面上有十八个旋涡，别说进洞，船刚靠近岩壁，一个翻身就没影子了。”

虞允文说：“我们水手的水性可好啦，不要紧。”

“那就试试吧！”

主意打定，两人转身回到营帐。虞允文命薛尺挑选两名逮鱼能手，领到江边。按老人的指点，从三元洞方向下到江水里，一股劲地往前游，游到那块一人高的黑色岩石下，找到洞口，就往里进。

虞允文站立崖头，等着下面的喜讯。

刚刚透明的晨曦，仿佛给天空蒙上了一层淡淡的青纱。起风了，满江的浪花在翻腾，大江发起了脾气，身后的岩壁、山林、深谷一起吼叫起来。站在崖上的虞允文等了半天，除了江水的喧嚣，听不到别的声响。他有些不耐烦了，就着晨光伸头朝下看，什么也看不见，正焦急，突然听见崖下传来一阵呼叫：

“洞口找到啦！”

薛老汉大喊：“快往里进呀！”

停了一会儿，下面传来一阵叫声：“洞口被大石块挡住了，进不去！”

还没来得及答话，又是一阵呼叫声传了上来：“哎呀，不得了——”

虞允文的心“咯噔”停了一下，猛然又狂跳起来。

足足等了两袋烟的工夫，还不见水手上来。

薛尺将衣服一脱，就要下水，被虞允文一把扯住：“慢着，你是先锋营的将军，身后有千万个将士，岂能轻举妄动！”

薛尺挣开了虞允文，哀求：“大将军，让我下吧……”

“不行！”虞允文斩钉截铁。

“那我再派几个水手下去！”薛尺道。

“得了吧！”虞允文大声呵斥，“水手是军中的精华，少一个，就可能少消灭几十个、几百个金兵。已经白白送掉两个，不能再送了！”

薛尺额上暴出一道道青筋，咬着嘴唇立在一边。

又等了一会儿，两个水手气喘吁吁地从崖下扒着石头爬上来了。个子高一点的水手说，他们发现了洞口，可洞口全被大石块挡得严严实实，固定得死死的。另一个矮个子说道，洞口与江水齐平，水面上有十几个翻滚的旋涡，像烧沸的水。要不是他水性好，就被旋涡吞下去了。

虞允文静静地听着，想着，他断定，那石头肯定是乡亲们怕船被金兵掳走才这样堵上的。他命令薛尺，马上回营，准备一大捆麻绳，再带十个身强力壮的骑兵来，从上面的洞口下。

找了老半天，将士们才在一块大石头背后发现一个黑黝黝的石洞，洞口长满了菅草，拨开乱草，伸头看看，里面漆黑一团。虞允文捡了个石子往里一扔，过了好久，才听见“咕咚”一声，是石头掉进水里发出的那种声音。好深哪，虞允文暗暗吃惊。他在想，从这里下去，再摸到通江的那个出口，把堵洞的石头挪开，再把里面的船撑出来。

琢磨了好久，虞允文觉得从上面下难度不小。把人用绳子吊住，从上往下放，因为人悬在半空，身体使不上劲，碰到什么情况，难以对付，这也是非常危险的事。但除了这，还有什么好办法呢？虞允文想来想去，感到也只能这样做了。

将士们听说要用海鳅船破敌，而船就藏在矶石下的金牛洞里，谁还睡得着？薛尺前脚走，他们后脚跟。于稷也摩拳擦掌，夹在人群里来了，他怕父亲叫他回去，缩头缩脑地一直不敢吱声。

一切准备停当，虞允文命人把绳子一头固定在离洞口不远的一棵银杏树上。虞允文拍拍大树，觉得这棵老树起码上千年了，足足有水桶粗。刚系牢，老人不容分说地抓起绳子的另一头就往自己腰上缠，虞允文拉着他，怎么也不让他下，老人不依，苦苦哀求：

“大将军，你说我儿薛尺身负重任，下不得，这我没说的。可我这把老骨头，黄土都埋到脖子了，为什么也不能下？让我下吧，大将军！”

“老人家，”虞允文劝他，“后生们手脚灵便，万一有个好歹，也能对付，老骨头怕是不行了。”虞允文一边劝，一边把老人腰上的绳子解开。

正争执着，一个膀大腰圆的骑兵拨开众人突然冲上来，拍着胸口，大声道：“虞将军，还是让我下去探个路吧。你瞧我这身板，浑身的劲正滋滋朝外冒呢！”

虞允文定神一看，正是薛尺从山寨带来的兄弟苦椿，平时很少听到他说话，他往那一站，简直就像立在地上的木头桩。苦椿一边把绳子往腰上系，一边朝薛尺望了望，薛尺会心地点点头，好像在说，下去吧，相信你的本事。

虞允文这才松开手，亲自将绳子系在苦椿身上。

绳子拴好了，虞允文有些不大放心，用力扯了几下，苦椿咧嘴一笑，连声说：“行了，行了。”

虞允文说：“最好下去带着把刀，万一遇到什么情况也好对付。”

苦椿连忙说：“不用不用，下去找船，不会有事的。”

虞允文在他肩膀上拍了两下，放心地点了点头。

绳子一圈圈被放了下去，苦椿慢慢地坠入了深渊。虞允文用手摸着滑动的绳子，一颗心在怦怦乱跳。这绳子，一头系着年轻的骑兵，系着战船，系着希望，另一头则系着虞允文和千万个将士的心。

绳子不知放了多少圈，放着放着，忽然不动弹了，虞允文的心猛地一紧，他伸着手臂，叫大家都往后靠。这时，洞里忽然传来苦椿的喊声：

“船，有船！”

声音嗡嗡的，带着回音传了上来。

绳子开始晃荡，在虞允文手里左右摇摆。

下面不知发生了什么情况，一股牛一样的力量扯着绳子不停地摆动，手中的绳子一会儿松弛下来，一会儿绷得铁紧。糟糕，手好像要抓不住了，虞允文身体被带得直晃，真有点吃不住劲。老汉和薛尺也都在跟绳子较劲，众人费了好大的力气才将绳子定住。

虞允文吩咐薛尺快拉，众人“嗨哟嗨哟”地喊着，一股劲把绳子拉将上来。虞允文伸头一看，哎呀，那绳头上拴着的竟然是苦椿的半个身子，头、胳膊、腿全被砍去，只剩下中间一段，鲜血淋漓，惨不忍睹。

将士个个惊得脸都变了色。

虞允文仿佛看见什么异样的东西，陡然一惊，站在那里一动也不动。

17 让我下吧，爹

“闪开！”

只听薛尺一声大吼，猛扑上来，抓起绳头就往自己腰上缠。老人抢上来要夺，薛尺劲大，一掌将父亲推得老远，扯着脖子喊：

“大将军，我要下！让我下！”

虞允文这才镇静下来，把脸一沉，喝道：

“薛尺，站到一边去。”

薛尺不听，仍把绳子往腰上缠，虞允文威严地下令，叫卫士把他拖走。几个卫兵拥上来，扭住薛尺，硬把他拉开，薛尺又蹦又跳，吵着要下。

正在这时，于稷和那个圆脸小卫士从人群里钻出来，争着要下。于稷劲大，夺过绳头就往自己腰上缠。小卫士死死抓着绳子，不肯松手，两人你争我夺，互不相让。

虞允文看看小卫士，又看看于稷，正不知如何是好。

突然间，于稷扯着脖子朝他大叫一声：

“让我下吧，爹——”

一声喊叫，让所有在场的人为之一震。没有人再说话，崖头上静得像几百年没人去过的古刹。

就在这一瞬间，虞允文也愣住了，这个于稷，不是说过多次，不要把我们的父子关系暴露出来，你这是怎么啦？他感到不安，虽然已进入初冬，周身却感到热烘烘的，仿佛置身于夏日的高温下那么难受。刹那间，他的心里透出一丝光亮，还是孩子做得对呀。平时，不准叫父亲，那是为了不让将士们产生别的想法，而现在，在这性命攸关、生离死别的关键时刻，能大喊一声父亲，这是何等的勇敢、何等的气派！在这生死关头，不让别的儿郎去冒险，而让自己的儿子上，别人能说什么呢！这样做，除了给父亲脸上争光，给大宋争光，还有什么不好的呢？百年之后，即使自己到了另一个世界，也会因为有这样的好儿子而自豪。

好像是一声炸雷，让所有的人都愣住了。他们都说于稷长得像大将军，特别是那浓密的眉毛、微微上挑的眼角、紧抿的嘴唇，越看越像，但谁能想到，他竟然真的是大将军的儿子！

平时，他只说姓那个“于”，没听说姓这个“虞”呀。

真相大白，所有在场的将士一起拥了上来，拉着于稷死活不让他下。

薛老汉好像从梦中醒来，大声道：“大将军，你要让你儿子下，我马上一头撞死在这棵树上！”说着竟摆出要撞的架势。

还有一位骑兵冲上来，说，大将军家里只有一个儿子，而他家有五个，他是老五，死他一个，上面还有四个，怕什么。

又有一位后生跳将出来，说他下去合适，他家住在大山沟里，经常下这样的石洞，里面什么情况他心里有数，什么都能对付。

虞允文被这一番话激得进不得退不得，他的耳边陡然响起老父亲的声音：“我们老虞家只剩下一根独苗了……”

这边于稷还在喊着要下，那边几个年轻人嚷着也要下，这让虞允文进退两难。犹豫、胆怯，像一团挣不开的云雾，一下子裹住了他，他两边看看，一时下不了决心。

“虞大人，且慢！”

人群中闪出一个身穿道袍的人，虞允文一看，正是山下道观里的金真道人。听说他的老家在浙江金华，满腹经纶。刚来时，丁酩陪虞允文去过他的道观，还请他给受伤的将士们治过伤。这个道人真了不得，除了这些本事，还会预知吉凶，是天下少有的奇人。

虞允文正想上前讨教，道人惊呼：

“哎呀，虞大人，你们碰上水妖啦！”

水妖？虞允文又是一惊。

老道没有直接回答，而是将一只竖起的手掌放到鼻端，两眼微闭，口中叽里咕噜念着：“除暴治妖，天下太平，云游四方，为善极乐……”咕哝了一气，扬起长眉，四下一扫，低声对虞允文道：“这里不便多言。”

他把虞允文拉到一边，带着肃穆而虔诚的神情，缓缓地讲了一段温峤镇水妖的故事。

温峤是晋朝的大将。一天早晨，他率领水师去江东讨伐叛军，平叛后沿水路返回武昌，途经采石。

春寒料峭，江上风平浪静，沙鸥低翔。船队驶到采石江面时，老远就见这一带江面上有几只渔船在撒网。忽然，那船儿发疯似的上下颠簸，温峤正感诧异，只见一股黑浪冲天而起，顷刻，人仰船翻，渔船上的人一起被恶浪吞没。温峤纳闷，江上无风无浪，为什么唯独那一带恶浪翻卷？当即派两名水手潜水去侦探，哪知水手去了，就再也没有回来。

温峤下令船队停止前进，只身一人登上小船，他想亲自去看个究竟。

小船一接近采石矶，又开始晃荡。温峤俯身一看，浑浊的江水似开了锅一样，旋涡里冒出一股股血水。他断定水下有妖怪，便令卫侍取来一口宝剑，这宝剑的剑柄上悬着一副叮当作响的犀牛角。犀牛角是祖上所传，能分水镇妖。就在他把犀牛角高高举起时，江水顿时明澈如镜，江底现出许多蓝眼绿眉的妖怪，三三两两地聚在一起，分食落水人的肉。温峤想起先父说过，只有把犀牛角燃烧起来，才能征服江水中的妖怪。

当夜，他在江岸上燃起了犀牛角，刹那间，江面亮如白昼，水中现出一条白花花的水路，温峤破浪前行，士兵们步步紧随。在明亮的火光下，小妖们睁不开眼，迈不开步，纷纷倒毙……

百年之后，人们在温峤点燃犀牛角的地方建了这座“燃犀亭”。

听到这些，虞允文惊得半天都缓不过气来，正想追问，老道打住了他："不信吗？将军，随我来！"他领着虞允文来到崖东面的一座古亭前，亭内，果然耸立着一块石碑，上面赫然写着"燃犀亭"三字。

将士们纷纷围拢过来，个个神色紧张，一脸茫然。

从燃犀亭这个方向看去，能看得见金牛洞的出口，老道看了一会儿，将拂尘朝崖下一指，朦胧的曙色里，但见旋涡间泛着血水，几截肢体在水花中翻动。

那一定是苦椿了，虞允文悲痛不已。

"将军不要性急，听我慢慢道来。"

将士们激动地聆听着，四周鸦雀无声。

老道好像故意在卖关子："不过……"

"不过什么？"虞允文有些迫不及待了。

"不过，有一个身披红袍的老妖，温峤一直没找到。依贫道之见，金牛洞，深无底，什么光也照不进，什么人也进不去，老妖必定藏于洞内。"

虞允文倒吸了一口冷气，他凝视着老道那张满是疙瘩的脸，心中充满疑惑。他在想，我虞允文不是信奉鬼神的人，但对老道这番话，该如何解释呢？难以置信，实在难以置信！他向老道深施一礼："请问，有何法术可以降妖？"

"不知将军可有温峤那种宝贝？"老道却反问。

"什么宝贝？"

"犀牛角呀！"

虞允文转头问大家谁有那玩意，都说没有。有个士兵说他家有，马上就有人催他快快取来。那年轻人说，我老家在江西，离这儿上千里。众人一起指责他，都火烧眉毛了，开什么玩笑？

虞允文又朝老道施了一礼："我们是为抗金才来找船的，请师父无论如何要助我一臂之力……"

"这不用说。"老道喃喃地应着，长长的眉毛动了几下，那张冰冷的脸越发变得僵硬，好像一块铸铁，没有什么能使它熔化。

薛尺见老道不痛不痒的样子，忽然往中间一站，把金兵迫害自己全家的事一股脑儿全倒了出来。

老道那浑浊的目光凝聚在空中，听了薛尺的一番话，好像很受感动，叹了口气：“既然如此，请列位稍候片刻，待散人取来《杀魅经》一读，法术自知。”

不一会儿，老道转了回来，将士们簇拥着他走上矶石，听他传授降妖的法术。老道拂尘一抖，在矶石上画了一个圆圈，自己往圈中盘腿一坐，打开一本破得不像样子的旧书，咿咿呀呀地念了一通，道：“列位将官，《杀魅经》上讲得明明白白，一母妖藏于洞内，凡入洞者，断其肢，送其终……嗟夫，要降此妖，须派……”

“派什么？”虞允文欠着身子问。

“派童男兵一个。”老道说。

看大家还没听明白，老道正要解释，人群中，有人大声道：“就是没有成家的小兵。”

老道频频点头，补充道：“此童男兵要会吹拉弹唱，进洞时可吹奏乐曲，令老母妖手舞足蹈，直到精疲力竭，昏死为止……”

虞允文的心猛地被什么揪了一下，他不知道这里除了儿子可以担此重任，还能有谁呢？他把目光投向人群中的儿子。

于稷似乎明白了，把绳头一举：“爹，这回该我了吧！”

“是的，稷儿，只有你了。”虞允文上前抚摸着儿子的双肩，“笛子呢，在身边吗？”

“在这儿呢。”

于稷从腰间摸出竹笛，在虞允文面前晃了晃。虞允文把笛子接在手中，心里像堵了团棉花，难受至极。左右想想，难道真的是应该让儿子下吗？不下怎么行呢？那么多将士在场，那么多双灼灼闪光的眼睛在盯着自己，危急关头，能眼睁睁地望着别的儿郎粉身碎骨，而让自己的儿子站在一边袖手旁观吗？

现在看来，也只有儿子能担此重任了。

虞允文把笛子放在嘴边试了试，不响，没有笛膜了。他抽出宝剑，砍下身边一节青竹，劈开，从中取出那层薄薄的“纸片”，蘸了点唾沫，轻轻地贴到笛眼上。这在于稷眼里是平生头一回。在家时，父亲公务缠身，常常忙得有家不能归，哪有工夫管他吹笛子；而现在，父亲竟帮着他贴笛膜。他向父亲鞠了一躬，眯缝着眼，迎着江风吹了起来，清脆的笛声，在晨雾中缭绕。

就在这时，人群中有人大叫：

“你们看，那是什么？是棒棒！”

一听说棒棒，于稷大吃一惊，他以为自己出现了幻觉，睁大眼睛，这才发现果然是棒棒。它正站在面前的一块石头上，一身湿淋淋的，摇着尾巴好像在说，我回来啦！于稷定神一看，棒棒瘦多了，身体几乎小了一圈，缩着脑袋弓着背，那背上的毛掉了不少，剩下的几撮根根竖着，眼里流露出疲惫的光。奇怪，棒棒被他带到江对岸，那么远，它怎么能找回来呢？

他哪里知道，就在棒棒陷入金兵的包围时，它纵身一跃，想从金兵头上跳出去，没想到被一个金将伸手捉住，棒棒狠狠给了他一口。那金将惨叫一声松开了手，它左突右转，竟然从一群人的胯下钻了出去，没命地朝江边奔跑。它知道，小主人是从那里上船的，它必须赶到那里。可令它没想到的是，等它赶到时，船已走远。

它在江堤上来回奔跑着，不知这是什么地方，更不明白小主人为何一而再再而三地要抛弃它。忠诚是狗的天性，无论小主人对他怎么样，棒棒还是想回去，就是死也要死到小主人身边。

面对波涛滚滚的江水，它没有犹豫，就那么义无反顾地跳进大江，一个劲地游呀，游呀，游不动了，就随波逐流仰面躺在波涛上，一直漂到江心的那座小岛上。它来过这里，那天，小主人还带它上岛传达大将军的指令。从岛上，能看见对面那座像翠螺一样的山峰。

小岛上的宋军将士热情地招待了它，给它吃的，喝的，逗它玩，大家都想把它留下来，可它说什么也不愿意。它知道小主人正在盼望着它呢。于是，又跳进江水，一股劲游了回来。好在这一段水面不宽，从半夜游到黎明，终于回到宋营。先找到小主人住的地方，它盯着帐门，可没发现小主人的身影。

它调动着全身的嗅觉器官，终于闻到了主人的味道，它感觉到了，主人不在营帐里睡大觉，而在山腰间。它扭头就往山上跑，跑了一阵，停下了，它担心小主人看见它还会撵它让它滚蛋，就放慢脚步，走走停停，闻闻看看。终于，它发现它的主人正站在一块大石头后面，手在不停地比画，叽里呱啦地不知在说什么。棒棒弓下腰，匍匐向前，嘴里发出呜呜噜噜的声音。远远地，它看见小主人正在把一根绳子往腰上系，嘿，这是在干什么呀，是在做游戏吗？看着看着，它竟然忍不住狂吠起来。

于稷向棒棒招招手，要它过来，他想摸摸它，棒棒连忙把脑袋伸过去，任他抚摸。于稷干脆往地下一蹲，抱起棒棒，亲哪亲哪，眼泪啪啪直往下掉，好像在说，对不起，都是我不好，以后我再也不离开你了，让我们永远在一起，一刻也不分离。

棒棒明白了他的意思，抬起头汪汪叫了几声，那神情好像在说，我真的不想离开你，你到哪，我跟到哪。

泥鳅也挤在人堆里，棒棒迅速闻出了他的味道，好像知道那天是它咬了他，马上把头低下，好像在向他道歉。

不能再磨蹭了，虞允文看时间不早，叫人把棒棒赶开，伸手抓起地上的绳头往儿子腰上系。泥鳅上前一步，叮嘱："有什么情况，就摇绳子，使劲摇，我跟着就下，啊！"

于稷不停地应着。

"不成！"薛老汉扯住于稷的胳臂肘，还在坚持，"说什么也不能让孩子下，嫩骨头嫩肉的，怎忍心哪！"

老人说什么都非得要下，犟得脸红脖子粗。

"老人家，松开手，这是我的儿子，他不去谁去！"

虞允文用力扳开老人的手。

老人热泪涟涟，一下子蹲在地上。

于稷系好绳子，快步走到洞口边，举起双臂大声道："爹，您等着我的消息！"虞允文上前一步，胸贴胸地把儿子紧搂了一下，用力拍拍他的肩头便推开了他。

笛声响了，一声声，从洞中旋转着飘了上来，那么悠扬，那么清脆，却像利刃一般，割着每个人的心。

棒棒蹿到洞口边，蹦着，叫着。

虞允文喝住了它，棒棒便把头一缩，不敢再叫，一双蓝莹莹的眼睛跟大家一样，死死盯着洞口。虞允文极力掩饰着内心的惶恐，抱着膀子在岩头上来回走了几步。将士们远远地望着，不用说什么，谁都理解他那复杂的心情。

绳子放完了，笛声突然消失，所有人的心也猛地一沉。

绳子又晃动起来，左右摇摆，摆了几下，定住了。

老人感觉手中的绳子有些不对劲，将胳臂一抡，大喝一声“拉”，将士们不约而同地把绳子往上扯，那绳子竟然变得轻飘飘的，害得大家猛地一用力，全都跌个仰八叉。

拉上来一看，拴于稷的那段绳子断了，人不在了，绳断处齐刷刷的，显然是被利器所割。

老人张开两手，扒着洞口，嘶哑着喉咙呼喊：“孩子，孩子，你在哪呀！”

“哪啊……哪啊……”

洞里传出嗡嗡的回声，跟鬼哭狼嚎一样。

虞允文还没来得及思索是怎么回事，一颗心猛地一沉，仿佛坠进了幽深的大江。

泥鳅大叫：“大将军，你看！”

顺着他手指的方向看去，只见崖下的急流中，一支竹笛在波浪中浮沉，虞允文冲着激流大叫：“虞粟——儿子——”

眨眼，竹笛不见了，只见浑浊的浪花上下翻腾。

将士们狂呼着，一起扑到崖下。

薛尺抬头一看，老道早就没影子了，他似乎悟出了什么，抽出宝剑，命令身边的几个卫士：“跟我走！”

他们顺着林间小道，直扑道观。

这边，老人趁人不备，把绳子往腰上一缠，一个纵身，跳进了深洞……

18 水妖，你往哪里逃

老人身子紧贴着崖壁，一直朝下滑，约莫滑了三丈多，双脚才挨到实处，仰面朝上看，能看见朝天的洞口，像一面小镜子一样闪闪发光。他知道，他站在一块石头上，脚下是条横着的石洞。他辨别了一下方向，朝通山的那头摸去。此时，外面天已大亮，洞里仍然一片漆黑。老人两手攥拳，一直往里进，一边不停地吆喝，给自己壮胆。

再往前挪了一段，脚下一顿，好像挨到了什么，用脚跺跺，“砰砰”作响，是船！

这里的洞壁非常狭窄，人必须弯着腰才能进得去，老人正要把身子弯下，陡然间，打暗处斜伸过两只大手，朝他的喉咙猛地一卡。老汉早有防备，使劲一扳，就着那股劲往边上一带，“吧唧”一声，一个“妖怪”栽倒在船上；另一个举起一根带着弯刀的长竹竿就要割断绳索。薛老汉这时已经适应洞的光亮，伸手夺过竹竿，用力一扫，叫着：“水妖，你往哪里逃！”另一个“妖怪”扑通跌进水里，嘴里“呵叭呵叭”直叫。

“什么人？”老人大叫。

“人啊……人啊……”

洞里发出阵阵回声，像是应答，像是挑战，嗡嗡的，让人感到毛骨悚然。

回声刚住，“呵叭”声更响了，老人用心聆听，这声音好熟悉。等“呵叭”

声再次响起，老人立刻分辨出来，莫不是五实哥家的两个哑巴儿子？他曾在五实家住过，跟两个哑巴混得透熟，听听这声音，“呵叭”两个字中间拉得老长，先是一个“呵”，好久才蹦出另一个“叭”，后面的“呵叭”才连贯起来。对，是他们，就是他们！

老人从亮处进来，两眼一抹黑，跌进水里的大哑巴倒认出了他，没有马上动手，而是等老人爬上船，迅速摸到弟弟身边，指手画脚地乱比画。

哑巴弟弟慌忙点亮火把，老人就着亮光一瞅，果真是两个哑巴。

原来，八段村的百姓听说金兵就要过江，全村人都逃进深山，唯有哑巴兄弟俩死活不肯走，表示要为乡亲们看管船只。乡亲们把渔船藏进金牛洞，两个哑巴便带着砍刀和干粮躲进洞内。

这几天，崖头上人喊马嘶，哑巴以为是金兵来了，一直没敢露头。没想到，竟有人敢下崖探洞，他俩抡起砍刀，下来一个剁一个，下来两个剁一双。刚才下来个吹笛子的，还没等到他的脚落到实处，哑巴伸出带割刀的长竹竿，一下子把绳子割断，顺手将从天而降的黑影推入水中。

崖洞外面就是通江的旋涡，人一掉进水里，再蹚到洞口，眨眼就不知被冲到哪里去了。

老人比画着，大声告诉哑巴，崖上是大宋的将士，是为抗金来找船的。

大哑巴得知，后悔得直“呵叭”。

老人摇摇绳子，叫上面的人赶快拉他上去。

虞允文得知真相，悲喜交集，当即下令捅开临江的洞口，把船拖出来。又吩咐老人，快请两个哑巴上来。两个哑巴一上崖，见崖头上站的全是虎彪彪的壮士，个个叉着腰，瞪着铜铃般的眼睛盯着他俩，吓得抱头往地上一蹲。

泥鳅抡起拳头，劈面打来。

“不能打！不能打！”虞允文忙用身子挡住，“百姓出于对金贼的痛恨才干出这样的事，何况是哑巴。十哑九聋，他们是听不见声音的。”

“杀人偿命，管他哑巴不哑巴！”

“打死他，打死他！”

“把他们扔到江里去！”

四下一片愤怒的吼声，一只只攥得铁紧的拳头在哑巴头上挥舞。

虞允文用身体护着哑巴，心里在说，反正我就是不让你们打，斗完颜亮，还得靠他们呢。

到崖下寻找虞粟的人回来了，没看见人，却带回那支笛子。

啊，儿子没有了，真的没有了！老父亲正在家里苦苦盼望孙子归来，夫人再三叮嘱，不能让儿子有个三长两短；李将军还要他把一个活蹦乱跳的后生交还到自己手中。没想到，真没想到，他就这么一不小心，竟让儿子葬身江流！虞允文抬头看看奔腾的大江，又看了看天空，眼睛被强烈的阳光猛刺一下，顿时觉得天旋地转，头昏眼花，他好像什么都看不见了，伸着双臂瞎摸着，真想抓住什么东西靠一下，但什么也没抓到，就像烈日下的蜡烛软软地瘫倒了。

“大将军，大将军！”

隐隐约约，他听见将士们在很远的地方呼唤他，可他却怎么也站不起来，只是张着一只手，喃喃地说：“让我休息片刻，我累了。”

不一会儿，他听见崖下传来响亮的叫声：

“啊，船来喽——”

虞允文似有感应，竟然站了起来，放眼望去，看见崖下一排木船从旋涡里钻出。虞允文挺直腰杆上前一步，默默地数了数，共一百八十艘。按老汉说的，八艘连在一起，编成一组，可以组成二十多艘海鳅船。

再说薛尺，提着宝剑一口气追到古庙前的石阶下，抬头一看，两扇红漆大门关得铁紧。薛尺上前拍打门环，无人应答。他用手推推，里面像是上了闩。士兵们找来一段榆木，大伙抬着，一齐用力，“哐”的一家伙，大门被撞塌了。薛尺正欲往里闯，一股血腥味扑鼻而来，伸头一看，老道已倒在箩底方砖上，脑袋被石香炉砸得粉碎。薛尺感到一阵恶心，“呸”了一口，心里说，这老道，知道我们不会放过他，倒先将自己送上了西天。正欲离去，一个小道人从外面回来，见师父死在殿上，“哇呀”一声昏倒在地。

“走！”薛尺头一摆，带着卫士夺门而出。转出山门，恰好迎上丁酩，他正满头大汗地往坡上攀，薛尺叫了一声：“丁参军！”

丁酩收住脚步，朝薛尺拱拱手：

“啊，是薛将军，你早呀，我正想上山看看金兵的动向。”

薛尺上前把找船的事告诉了丁酩，丁酩听说于稷不见了，脸色一变：“哎呀，有这等事！真没想到，原来于稷是大将军之子……走，看看去。”

曙色熹微，四处寂静无声，只听见浓雾笼罩的林间，有露珠滴落的声音。几个人正沿着江边的挂壁小道往下走，到了转弯的地方，忽听山下的营帐内传来一阵叫声：

“快来看哪，神臂弩，神臂弩！”

丁酩和薛尺不约而同地抬起头，见一个将官举着一把特大的弓，呼叫着从帐内奔出。梁平紧跟在后面，伸手夺弓，那将官身子一转，笑着说：“让我先开开手福嘛！”见薛尺和丁酩走过来，他把弓一举，“薛将军，看看，这是梁平将军一夜的功劳。”

薛尺心想，难怪没见着梁平，原来他躲在帐中试制弓箭哩。他伸手接过，用力拉了拉弓弦。梁平在一边介绍，说这是一种用扳机发射的弓，发射的时候，先把弦拉到扳机上，瞄准目标，再扣扳机。

丁酩笑了笑：“先别吹，试试看再说。”

薛尺后退一步，接过梁平递上的箭，一箭射出，正中前方一株小树。薛尺又用步子量了量，转身一举臂：“五百五十步！”

丁酩连连赞叹：“好硬的弓力！”

“先别帮我吹好不好，还有虞将军和大家的点子。”

丁酩伸出拇指，还在一个劲地夸奖：“嗨，一个海鳅船，一个神臂弩，完颜亮就是插上翅膀，我看也跑不掉。”

有人打趣地说：“可惜这里没有金人的奸细，要有就好了，请他马上密报完颜亮，赶快投降，免得送死！”将士们一起笑了。

就在大家谈笑风生时，翠螺山北边的一顶军帐中，虞允文正躺在床上痛苦地呻吟。他实在支持不住了，被卫士送回帐中。

此时的虞允文像是从云端猛地跌进深渊里，头脑里一片空白，身体飘忽不定。不知是累的还是饿的，欲呕不呕，欲吐不吐，他的脸色苍白，手老是抖动不停。唯一的儿子没有了，他还能想什么呢？血与泪的交织，胜利和前途的希望，一时全部堵塞。儿子是他生命的延续，失去儿子，就是失去了未来，活在世上还有什么意思？他越想越伤心，竟然放声大哭起来。刚出声，猛然意识到这是战场，不能任性，连忙用手捂住嘴巴，把哭声闷回肚子，任泪水顺着手指的缝隙往外渗。

他忽然想到，应该派人顺着江流去找找看，说不定儿子被江水冲到下游的哪一片沙滩上，正在那里等着他呢。也不知儿子会不会泅水，如果会的话，他自己会回到父亲身边的。

睡意就像把钳子，把他的上下眼皮紧紧往一起钳。不知什么时候，他昏昏沉沉地睡着了。

隐约，他听见儿子那由远及近的脚步声，啊，是儿子回来了！虞允文挣扎着想坐起来，可浑身软软的，一点力气也没有。他只能这样躺着，侧着脸注视着儿子。儿子身后还跟着那条叫棒棒的小狗，正摇着尾巴看着虞允文，好像在说："你儿子是我帮你找回来的。"他仔细打量着儿子，一身水淋淋的，脸冻得青紫，嘴唇发乌，看见父亲，他咧开嘴笑了，那笑就像清泉的波纹，从嘴角的小酒窝里溢了出来，漾及满脸。

他叫了声"儿子"，猛地挣起，才知道是幻觉。他静了下来，思绪变得非常明晰，下了床，一步一步走到帐门口，用最大的力气拉开帐门。

啊，眼前的景象让他大大地吃了一惊！只见上百个士兵站在门外，默无声息地等待着，等待着他们的大将军。虞允文抬起眼睛，四下寻找，希望能看到儿子的身影，没有，没有儿子！

看见虞允文，站在前排的十几个小兵竟然不约而同地全都跪下了，撕心裂肺地喊着：

"大将军，你就是我们的父亲，亲生父亲！"

"大将军，我们都是你的儿子！"

儿子，儿子？我怎么有这么多儿子！

他兴奋起来，尽管外面天又变了，乌云密布，寒风阵阵，但虞允文的心里却热乎乎、亮堂堂的，他感到有一种对不起什么人的感激心情，真想把这些和儿子差不多大的孩子拉进大帐，和他们拥在一起，海阔天空，痛快淋漓地畅谈一番。但他没有，毕竟五十多岁了，哪有那样的浪漫，只是双手打拱，连声说：“谢谢大家，谢谢孩子们！”

有个小兵双手捧着一支竹笛，呈到虞允文面前。虞允文轻轻接过，看了看，这是儿子的，一定是他们从江中打捞上来的。竹笛在，儿子却不在了，睹物思人，虞允文百感交集。此时，他担心自己的伤感情绪影响到大家，又说了一些感激的话，便把他们打发走了。他说，他要好好休息一会儿。

送走这些士兵，虞允文转身回到帐中，可儿子的样子老是挥之不去。临动身前的那个晚上，夫人千叮咛万嘱咐，无论如何也要照应好儿子，可他却把儿子送到另一个世界……他把脚一跺，问自己，怎么又想了，真没出息！

外面有人在叫：“虞大将军，虞将军！”

是丁酩，他好像刚刚得到消息，也跑来了，心急火燎地说：“我听说孩子……唉，真是天有不测风云哪！”

虞允文没有回答，他像刚刚经历过一场激战，无力地靠在床上。

丁酩的目光定在虞允文的脸上，缓慢而清晰地说：“虞将军，事情发展到这一步，我再也不能袖手不问了。”他转身把帐门关严，弓着身子坐在床边，诚恳地劝虞允文：“回临安吧，我愿跟你一起走。回去把你在采石的功绩写成奏折，报给朝廷，为你请封相之赏，垂芳名于青史。”

“别说了。”虞允文把脸转向一边，不想再听。

丁酩两手捂胸，一片真诚：“其实，我是在为你着想。人生一世，草木一秋。这一辈子，不管你多么辉煌，不过是三桌宴席……”虞允文知道他又在老调重弹，挥挥手，打住了他。

“好了好了，我不说了，何去何从，你自己定夺。”看虞允文不再吭声，丁酩觉得无趣，自顾自地说了一阵，看虞允文还是不理不睬，便说，“好了，你好生养息，有什么事，尽管吩咐。”

丁酩走了，留下一片沉寂。虞允文用手抚摸着竹笛，心里阵阵酸楚。仅仅几天工夫，人世间最大的不幸都发生在他身上，这些不幸像一把磨钝了的刀在心头割来割去。在中都，完颜亮的气焰没把他吓倒；临安城，冷嘲热讽没把他摧垮；来采石，千钧重担没把他压倒；可现在儿子的死，实在让他招架不住，他竟然担心自己也会随儿子离去。

不知什么时候，虞允文昏昏沉沉地睡去了。朦胧中，他听见江风吹着帐顶，发出噼噼啪啪的响声，他又有点清醒，感到眼眶有些发涩，喉咙有些哽塞。他在心里问自己，当初，是不是应该走上这条冒险的路？明知马田传的是假旨，他却假戏真唱，堂而皇之地当上了“大将军”。且不说能否击退金兵，就是打了胜仗，这欺君之罪是天大的功绩也抵消不了的。即便皇上垂青，能让他辅佐朝廷，可满朝上下奸佞小人多如蚁蛆，岂容你涉足半步！有道是，功名利禄犹如浮云流水，去寻那些苦恼，干什么呢！

他想叫人去把薛尺、梁平、时俊找来，跟他们好好谈谈，再召集三军，向大家交底，摊牌，摊出他这个“假将军”的底牌，然后打马回京，向皇上请罪。那样，即使革去头上的帽子，总还是能落下一条命吧。想到这些，他感到自己犯下了不可饶恕的弥天大罪。

下半夜，虞允文的精神稍有好转，他睡不着，信步走出军帐。

大江在夜色中奔流，夜雾沉沉，犹如一块黑纱，轻轻地罩在大地上。树木、岩石、小路，一切都好像睁着眼睛在睡觉。江滩上，灯火通明，人声鼎沸，是薛老汉领着人们在赶制海鳅船吧。虞允文站了一会儿，转身朝江边一块突兀的矶石上走去，他想站得高些，听听大江的涛声，让江风帮他理理那纷乱的思绪。

亭子里，两个站岗的士兵正臂挨臂、头挨头地注视着江面。那个圆脸士兵正伸着胳臂朝江上指点着什么，听见身后有响动，霍地转过身：“谁？”

“是我。”

“哦，是大将军！”

圆脸小卫士把虞允文拉到身边，低声说：

“大将军，你看，那是什么？”

虞允文顺着他的手臂朝江心望去，但见白花花的水面上漂着一个黑点，随着波涛一上一下地向这边浮动。待黑点漂到离岸不远的地方时，圆脸卫士将靴子一脱，跳到水里，把那东西慢慢地拖了过来。

虞允文近前一瞅，原来是一只用白蜡密封的圆木桶，桶上，扒着一个精疲力竭、奄奄一息的人。虞允文叫卫士把那人抬到亮处，仔细一看，呀，这不正是那天晚上放走的两个老兵中的一个吗？记得，他叫江义田，只见他的眼上蒙着一层白布，浑身上下一丝不挂。虞允文忙将披风摘下，给他裹住身子，亲切地问：“你怎么没回老家？”

江义田耷拉着脑袋，连说话的力气都没有了。

虞允文忽然想起跟他走的还有一位，便贴在他的耳朵边问：“跟你一起走的曾明发呢？”

江义田吃力地喘息着，终于听出这是虞允文的声音，马上挣扎着，往地下一跪，连声问：“虞舍人？是虞舍人吗？”

“正是。”

“啊，舍人，你为什么放我们走？为什么放我们哪？放了我们，就是害了我们哪！”他伸开两手，使劲抠着蒙在眼上的白布。

虞允文感到纳闷，忙把江义田扶到亭子里，轻声说：“别急，有话慢慢说。”

虞允文叫人马上送来一碗姜汤，递到江义田嘴边。喝了两口，江义田这才转过神，未曾开口，已经泣不成声了：“虞舍人，那天晚上……”

那天晚上，虞允文放走了他和曾明发，两人一直游到江北岸，没料到，一上来就被巡逻的金兵逮住，把两人押到完颜亮帐内。完颜亮想从他们口中得知采石军营的情况，他俩死不开口，完颜亮火了，拧他们的耳朵，捏他们的脖子，用脚踩，用马尿灌。江义田怒火难咽，瞪了完颜亮一眼，完颜亮竟用牛角尖刀剜去了他的眼珠。曾明发更惨，骂了完颜亮几句，被割去了舌头；他满嘴流血，骂不成声，猛地跃上前去，“噗”的一口，把嘴里的鲜血喷到完颜亮脸上。完颜亮一声怪叫，挥起铁擿把他的脑壳捶个稀烂，然后命人把曾明发的尸体装进木桶，让江义田送到江南。

沉静的夜色里，只听见江义田那悲伤的声音和小卫士的啜泣。

虞允文想起了耿柱，问江义田：“曾明发可有个儿子叫耿柱？”

“是的，是的。”江义田连连点头，“我常听他念叨耿柱，可怜他被割了舌头，还一声声地叫着‘柱儿’，不信你听听，他还在桶里叫呢！”

江义田指指木桶。

卫士忙把木桶搬过来，刚撬开一道缝，便从桶内冲出一股血腥气。虞允文上前细看，只见曾明发的头颅仰放在木桶最上层，嘴巴微张，好像还在呼唤儿子。虞允文不忍再看，咬着嘴唇，愤怒地望着江北的灯火。

“舍人，你可要为曾明发报仇呀。”江义田紧紧地扯着虞允文，“大宋的百姓都在指望着你呢!”

蓦地，虞允文眼前闪现出在临安冒雨拦截皇车的场面。当时，他不也是这样向皇上呼唤吗？而现在，这些可怜的百姓和将士正在向他呼唤……他禁不住暗暗责备自己，刚才怎么冒出那个念头，该死!

一阵江风吹过，使他完全清醒过来，举拳在自己脑门上一击，骂了一句连自己也听不懂的话。

圆脸小卫士问：“大将军，要不要把耿柱叫来？”

虞允文摆摆手：“不必了。”随即吩咐卫士，快将江义田带回帐中治伤，不得走漏风声；还叫他们把木桶封好，用绳子吊入枯井内，来日再派用场。

弯弯的月亮高悬在灰暗的天空上，江滩的灯火更亮了，那连天的号子声使虞允文产生一种前所未有的振奋。他把失子的悲痛深深埋进心底，把个人所有的欲念统统抛开，顿时感到一身轻松。

虞允文长长吁了口气，迈开大步朝江滩走去。

19 渡江，渡江

拂晓。

东方微微发白，长江那宽阔的胸膛又袒露在人们的眼前。太阳刚刚露脸，就被锁进一片浓雾之中。百里大江上，大雾像垂天的云幕，混混沌沌，飘落在滚滚东去的波涛上。

忙碌了几天没合眼的虞允文刚进帐篷小憩一会儿，卫士匆匆来报：江对岸人嘶马叫，金兵有可能马上渡江！虞允文踅身坐起，直奔帐外。

此刻，就在对面的江岸上，集结了全副武装的金兵，弓上弦，刀出鞘，三步一岗，五步一哨，壁垒森严。江边的土坡上，点将台正高高兀立，台正中，端放着“立马吴山第一峰”的巨大画幅。两边，绣着黑雕的大旗被浓雾打湿，低低地垂着。刀枪剑戟在雾气里泛着寒光。

“咚！咚！”两声炮响，震得地面索索颤抖，牛角号、海螺号，呜呜长鸣。

高坡上传来一阵威严的呼声：

“点兵点将啰！”

“……点……将……啰……”

“啰啊——”

呼声中，身披黑色斗篷、穿着金甲的完颜亮迈开大步，从远处的毡帐里一步一步地朝点将台走来。身后，跟着哈密腾、元力、完颜铁等一班金将。起风了，大旗不时拂到人的脸上，完颜亮随手一甩，将旗角撩到一边。

完颜亮几步跨上点将台，耸动着扫帚似的长眉，放眼朝他的队伍望去。雾气太重，看不清站到百丈开外的骑兵，只能看见一个个人头的轮廓。完颜亮回转身，望望奔腾的大江，江水在吼叫，整个江上，是一片乳白色的雾海。看不见远处，只看见近处的波涛在起伏，一阵波浪冲过去了，接着又很快滚了回来，飞起黄色的泡沫，不停地拍打着泊在岸边的战船。

完颜亮触景生情，忽觉心中一动，问自己，这茫茫的大雾到底打哪儿来？难道滚滚的波涛就是葬送自己的坟墓？大江，你日日夜夜，滚滚东去，卷走了多少英雄的雄才大略。当年的曹操血战赤壁，被大江挡住了北归之路；秦王苻坚淝水一战，最后也被滔滔的大江所困；鲜卑人佛狸（拓跋焘）在爪步被长江所挡，只得被迫北归……可这些昙花一现的英雄算得了什么，谁能比得上盖世无双的完颜亮！昭关之西，击溃南宋都统的抵抗；扬州城外，打得刘锜溃不成军。而今，这浩浩荡荡的三十万大军，比长江来势还猛，谁能抵挡得住！

想到这里，完颜亮用力吸了一口气，有什么可怕的，即使葬身大江，有这雄伟的送葬行列，有如此之多送葬的彩旗，还有这弥天的大雾……他感到胸中鼓荡着一股野性的豪情！

“陛下，雾气太重，怕不大好吧！”哈密腾上前禀报。

“不，不，很好！”完颜亮不动声色，“有白雾做帷幕，哪怕宋兵弓箭再多，也只能射向雾海；再好的射手，也会变成瞎子。哈哈，天助我也！”他那浑圆的脑袋，猛地晃了两下，踮起脚吼叫一声：“带马来！”

“带——马——来——”

台上台下，响起了粗犷的呼声。

一匹棕黑色的高头大马，在骠骑校尉的牵引下走出柳林，穿过人行道，一直来到台口。完颜亮伸开双臂迎上前去，紧紧地拽住马脖子。黑马萧萧地叫了两声，亲昵地舔着主人那毛茸茸的手背。这马是完颜亮的坐骑，是金兀术送给他的，它曾载着主人，驰骋南北，为大金立过无数战功；它对完颜亮的脾气十分了解，什么时候要它甩开蹄子跑，什么时候要它放慢步子走，都很得体。这会儿，见完颜亮伸手摸它的鬃毛，它显得格外兴奋，忍不住振鬣长嘶，响亮地喷着鼻子，等待着主人的驱使。

完颜亮围着他的骏马转了一圈，用手摩挲着马背，默默自语，乌龙驹呀，为表示本帅誓死不归的决心，今天，让你为大金立最后一次战功吧！突然，他举手在马背上使劲一拍：

“杀——马——祭——江——”

一个袒胸露怀的小校拱手应道：“遵命！”

几个壮年金兵呼啦啦奔到台口，几双大手紧攥缰绳，拉着马，走到江水边。一个小兵端来一箩滚圆的黄豆放到乌龙驹面前，乌龙驹好像预感到什么，用鼻子闻闻，却并不吃，又轻轻地喷了两下鼻子，眼里似乎有一汪泪水在闪动，神情悲哀、凄凉。

静了一会儿，那袒胸的小校绕到马的背后，霍地亮出一把牛角尖刀，对准马的脖颈，一刀捅去，顿时，泡沫裹着血水喷涌而出，溅了那小校一脸一身。小校后退两步，毕恭毕敬地站在那儿，双手擎着带血的尖刀，闭目不语。

血在汩汩地流淌，乌龙驹依然站在原地，两眼圆睁，浑身却像筛糠似的抖个不停。完颜铁举起一只早已备好的金边大碗，噌噌噌地跨到马前，接过一碗马血，双手高高举过头顶，单膝点地，跪在完颜亮面前。完颜亮接过碗，仰起脖子，“咕嘟嘟”一饮而尽。顷刻，两眼变得血红，浑身好像注满了力气，腮帮上的胡须也像钢针一样根根奓起。他喘着粗气，扬起手臂，顺势把马一推，乌龙驹扑通一声倒进江里，浑浊的江水立时红了一片。

就着这股劲，完颜亮登上高台，大声喊道：“此番过江，须全军一致，勇往直前！如有不守军纪、不听将令、畏缩不前者，一律用铁撾敲杀，杀！杀！杀！”说完，几步跨到江边，纵身一跃，登上泊在船队前面的龙凤船，令旗一举：“开船！”

几十万金兵很有秩序地在船上站好，钢刀、长枪在江水的映照下，闪耀着粼粼的寒光。鼓满江风的黑旗，伴着千百面竞发的征帆，在大江上空招展。牛角号呜呜咽咽，马嘶声、船桨的击水声，真如山呼海啸，惊天动地。

浩荡的船队像一条巨龙，穿破江雾，向沉静的采石矶飞扑而去。

长江南岸，虞允文命薛尺、时俊、梁平火速将人马集中到采石矶下。天亮前，薛尺父子把连夜赶制的海鳅船在江湾里试了一遍，然后将船隐蔽到鲫鱼洲滩头的芦荡里，等待命令。

人马集结完毕，虞允文就叫各营清点人数。清点的结果，只有一万七千余人。他问站在身边的薛尺："派去的流星探回来了吗？"

薛尺说回来了。

"可知金兵过来多少船？"

薛尺回答："战船约莫一千五百艘，每条船上二百人。"

虞允文默算了一下，果然过来三十多万金兵，真是倾巢而出。

虞允文心里不免有些紧张。

时俊立在一块鱼脊石上，两眼不住地朝四下扫视，队伍里有人悄声说话，情绪很不安定。不少士兵脸色发青，眼里闪着畏惧的光。时俊怕部下骚动，提着雪亮的双刀，走在队伍当中，直着喉咙喊：

"不许说话，听候命令！"

全场立刻安静下来。

虞允文登上矶石，环顾四周。矶石上下，成千上万双眼睛像被线牵住似的，一起落在他的脸上。他暗暗告诫自己，要沉住气，沉住气！家有千口，主事一人，你要是惊慌失措，军心必不可收拾！那么，多少天的心血就会付之东流。人世间，九泉下，多少颗不死的心在盼着胜利的捷报啊！

虞允文拱手朝四面拜了几拜，咳嗽一声。站在左侧的丁酪以为他要讲话，连忙上前一步，凑过耳朵，挤出一脸的微笑。他本以为虞允文要说什么，可他什么也没说，只是笑着问站在一旁的耿柱：

"想爹吗？"

耿柱搔了搔头，迷惘地望着虞允文——到了这个节骨眼上，大将军怎么拉起家常来了？耿柱紧紧腰带，"嗯"了一声。

虞允文含着笑意，像平时一样吩咐身边的卫士，去把昨晚从江上漂过来的江义田叫来。

将士们凝神望着大将军，不知他又在演哪出戏。

江义田来了，还没到眼前，就嘶哑着喉咙喊："虞大人，虞将军！"他眼睛看不见，张着两手在空中乱摆。卫士扶着他走到队伍前面，虞允文拉着耿柱，指指江义田问：“你认认，这是谁？”

耿柱丈二和尚摸不着头脑，上前左右瞅瞅，这是谁呀？

虞允文大声道：“看清楚，可是你爹？”

爹？这哪是我爹呀，爹的腮帮子下有一个红红的小肉瘤。他朝虞允文把头摇摇，直朝后退。

江义田眼睛看不见，耳朵却听得真，一听说耿柱在场，急得往前直扑，嘴里不住地喊：“是耿柱吗？小耿柱，你过来，过来，让我摸摸！”张开的两手向前直扒拉：“你爹跟我在一块儿，他哪天不念你几遍……”

耿柱那黝黑的脸上露出了惊诧的神色：“怎么？你看到我爹啦？他在哪？”

“在这儿！”

虞允文早就命卫士把枯井里的木桶抬了过来，当众打开，朝耿柱招招手：

“你过来认认，这是哪个？”

耿柱瞅了好一会儿，终于辨认出来。虽然桶中的那张脸面已成紫灰色，但那突起的颧骨、腮帮上的肉瘤……啊呀，是父亲！他狂呼一声，就要往桶上扑。卫士们紧扯着他的胳臂，他蹦呀，叫啊，声嘶力竭：“爹呀，你不是要回家吗？怎么到这儿来了！你说话呀，说呀！奶奶临死时对我说，她藏了一罐子桂花，等你回家喝桂花茶，做桂花酒……”

他跪在地上，掩面痛哭，哭声揪着每个人的心。

队伍动荡起来，后面的往前挤，前面的往前拥。虞允文站在高处，摆着手：“别挤了，都能看到！”他命人抬着桶绕场一周，所到之处，一片哽咽。

不用虞允文吩咐，江义田又将他们在金营中的遭遇复述一遍，字字血，声声泪，激起了将士们心底的狂涛巨澜。江义田正说着，忽地打住，提高嗓门朝人群里问道：“左营可有个叫黄棚生的？”

队伍唰地安静下来，没有人作声。江义田咽了口唾沫，接着说：“你五婶二十四岁守寡，吃尽千辛万苦，把你抚养成人。前日，她从老家跑到和州找你，被金人逮住，把她的头发绑在一棵青竹梢上，猛地一松，竹子弹上了天……”

话音未落，队伍里冲出一个虎背熊腰的汉子，风一般地卷到前面，一把抓住江义田的手：“此话当真?”

“我亲眼所见!”

那后生“噗”地跪倒在地，面对江流，连喊数声：“五婶哪五婶，棚生不为你报仇，枉为父母所生!”

不少人挤上前，这个问你可见到我哥啦，那个问你可见到我叔了。

“都别问了。”虞允文上前把大家拉开，激愤地说，“将士们，我们和金兵的仇恨何止一家一户，实在是不共戴天哪!”

人们的愤怒和仇恨，像奔腾的大潮滚滚而来，只听见一声声怒吼飞向江面：“虞将军，打吧，憋死我了!”

大江边，竖起了一片森林般的手臂，一只只攥得铁紧的拳头在空中晃动。

“为国尽忠的日子到了，我们不怕，杀吧!”

“快杀吧!”

“我们不能再等了!”

有人在悄声啜泣，马上有人斥责：

“孬种，怕死就滚!”

虞允文平静地把手挥了挥：“不愿打的可以走，我派人相送。”

“不准跑!”时俊把刀一抡，“老子马上把后面的锁溪桥拆掉，前有江，后有河，看你往哪跑!”

“使不得，使不得。”虞允文止住了他。他知道，河水、江水是挡不住军心的。那些胆小的人一看到虞允文那威风凛凛、铁塔似的神态，谁还敢临阵脱逃?

丁酪也摩拳擦掌，抱拳请战：“虞将军，让我跟你上指挥船吧，我愿效犬马之劳。”

虞允文心想，谁知道你葫芦里装的什么药，嘴里却说：“丁参军连日操劳，够辛苦的了，给你一艘小船去搭救落水的彩号。”

丁酪只得遵命。

虞允文转过身，面对大江，只见天上乌云翻滚，江水滔滔奔流；在大江与天空相接之处，像涨潮一般，涌出了无数只战船的桅杆。

啊，果然来了！

虞允文往山石上攀登几步，指着面前的竹林，用慷慨激昂的声调大声问：“将士们，朝这边看，这片竹林，这些竹叶，一天到晚湿漉漉的，为什么？”虞允文一边说，一边把身子转向四周，无论哪个方向，都闪动着一双双喷火的眼睛，像无数火把在黑沉沉的夜空里燃烧。虞允文好像在自问自答：“为什么？它们也在为山河的沦丧而落泪！万一金兵过江，不光房屋被焚，耕牛、农具、财物被掳，更多的父兄姐弟会惨遭杀戮，就连草木也逃不了焚烧的命运。”虞允文挥臂指着大江，情绪更加激奋，“现在，长江还在我们手里，我们何不以死求活！况且国家养兵千日，难道我们就不能以死报国？”

静寂无声，只有江涛拍击崖石在轰然作响。

天空，乌云更浓了，江风一阵紧似一阵，掠过岩壁，摇荡着旗杆上的铃铛，发出叮叮咚咚的声音。忽然，虞允文的眼前闪出岳元帅大战牛首山的场面。在寡不敌众的危急关头，只见岳飞把盔甲一脱，露出背上“精忠报国”四个血红的大字，像旗帜，似闪电，照亮所有将士的眼睛。就着那股劲，将士们呐喊着，似雷霆般地冲向敌人阵地。

此刻，虞允文的一番话，正像岳飞背上的几个大字，在每个人心底化成了团团火焰。

虞允文环顾四围，隐约，他听见从哪里飘过一阵悠远而凄凉的唢呐和竹笛声。寻声望去，是喇叭王，还有那个接过儿子竹笛的小兵，他们站在队伍后面，鼓着腮帮在拼命地吹。恍惚间，虞允文觉得儿子也在场，吹得那么用力。乐声饱含着悲愤，吐出了将士们的心声。

没人领头，队伍里竟然响起了阵阵粗犷的歌声，这歌声，像是从天外传来，又似从江底喷涌而出。

怒发冲冠，

凭栏处，

潇潇雨歇。

抬望眼，

仰天长啸，

壮怀激烈。

不知是冻的还是吓的，丁酩竟冷飕飕打起抖来，他往虞允文身边靠了靠，悄声说：“将军，岳鹏举的《满江红》是禁歌，唱不得！”

虞允文两眼直视前方，没有吭声。这是他平生最爱唱的歌。在临安，是绝对唱不得的，但在这远离京都的大江边，在这国家存亡的多事之秋，唱唱这支歌，抒发悲愤的情怀，激励将士们抗金的勇气，有什么不可以的呢？这哪是歌，分明是血和泪在流淌，是火在燃烧。

驾长车，

踏破贺兰山缺。

壮志饥餐胡虏肉，

笑谈渴饮匈奴血。

待从头收拾旧山河，

朝天阙

……

浪花在咆哮，朔风在打旋，歌声被吹得断断续续，在江上回荡；江水似乎也被激怒了，掀起惊天的巨浪，浪头像一只只巨人的胳臂，抱着一块块玉石，使劲摔到崖上，化成了万朵白花，飞散开来。伴随着不可抑制的歌声，在每个人的心底奔涌。

歌声中，薛尺抽出宝剑在崖上一杵，右腿一屈跪下了。在他身后，时俊跪下了，梁平跪下了，千万个将士都跪下了。他们持刀握剑，一手撩着袍襟，泪花闪闪地凝视着虞允文。

虞允文不曾想到自己竟变得如此的威严，真像是个指挥若定的武将、叱咤风云的英豪。他再也不能平静，猛地从身边的箭筒里抽出一支羽箭，往膝盖上一磕，啪地折断，用发自肺腑的声调说：

“为报万千死难的父兄姐妹之灵，我虞允文誓与众将士一道，破釜沉舟，痛杀金贼！”

千万张嘴同时在喊：

“破釜沉舟，痛杀金贼！”

虞允文高声传令：

“将士们，准备迎敌！”

浪花在呼喊，岩石在呼喊，青松、竹林在呼喊，山山水水一起在呼喊：

“准——备——迎——敌——”

20 决战在波峰浪谷之中

金兵的船队借着风势，行得飞快。几百艘后卫船还拖在江北的杨林河口，这边的先锋船已抵达采石江面，顷刻间，一条前不见头、后不见尾的船龙，横卧在湍急的大江之上。

金鼓咚咚，齋箫震天。

完颜亮头戴金盔，手执花旗，立在龙凤舟上的黄罗伞下，耀武扬威地指挥着他的船队。忽然，他把手中的花旗朝下一按，金鼓、齋箫戛然而止。

完颜亮手搭凉棚朝江南岸细看。好一个风景别致的采石矶，前倚大江，后枕翠螺，层峦叠翠，座座古亭，雕梁画栋，满山的松柏、青竹苍翠欲滴。江面上那白茫茫的雾气一直延伸到翠螺山的山腰，把山中的各种景物晕染得别有一番妙趣。

完颜亮侧耳细听，不禁感到诧异：怪呀，船在江心还听到这边喊声如雷，怎么这会儿竟看不到一个人影，听不见一点声音？刚才那阵阵歌声乐声从何处而生？难道是幻觉不成！要么，是宋军又逃跑了？哼哼，你跑吧，跑到天边，钻进云彩，我也要追到天边，把白云撕开。

他将令旗一挥，先锋船全速前行，一起向数十丈高的矶石围拢过去。

这是一座陡峭的绝壁，好像一个巨人挥动利斧从天上直劈下来，一半倒入江中，一半留在岸边。壁上光溜溜的，有的地方长着奇形怪状的藤蔓和绿苔，岩壁底下点缀着许多岩洞，在江水的拍打下，发出一种奇特的音响。

站在先锋船上的元力仰面看看，上不见天空，只能看到高耸的岩壁，他感到头晕目眩，眼前出现数不清的光环，在同一个平面上碰撞、闪耀。一群灰白色的水鸟被惊飞了，绕着岩壁盘旋，发出“咕咕哇哇”的怪叫。

崖下恶浪翻卷，急流似箭。

先锋船怎么也靠不近矶石。紧跟其后的完颜铁慌忙把船调转方向，驶到矶石的另一面。这里水势平缓一些，水面上露出一块块石头，就像一只只乌龟横卧在水上，完颜铁跳下船，带着金兵们踏着一只只“乌龟”的脊背，登上了采石矶。

往前走一段，依然一片沉寂。完颜铁疑虑重重，不敢再往前走。紧随其后的元力不禁想起当年在京口江上韩世忠布下的鲢鱼套，也犹豫不前，回头看看，完颜亮还站在江心的龙凤舟上，没命地挥舞令旗催他们快上。元力却把船定了下来，远远地看着前方。

完颜铁哪敢怠慢，用脚踢了踢前面的金将，命令他们带着喽啰继续往山岩上攀登。

一个、两个，五个、十个，一百个……

此时，虞允文正伏在一块岩石后目不转睛地盯着上岸的金兵，按着性子，等待着时机的到来。

经过一场紧急动员，他把人马、船只全埋伏在江湾的芦苇丛里，在靠近采石矶的翠螺山南麓伏下一支精兵，作为接应之用。各营将士偃旗息鼓，静静地等待，等待着大鱼进网，好狠狠地惩治完颜亮这个杀人不眨眼的元凶。

真让人气恼，此时的完颜亮却依然站在指挥船上，远远地望着，就是不往前靠。

金兵的先锋部队全部上了岸，虞允文觉得不能再等，于是猛地站出来，把令旗一舞，刹那间，江滩上长出一片刀枪的森林，数不清的宋兵从树林中、亭子里呼啸而出。采石矶上响起一阵撼天动地的呐喊：

“将士们，为国尽忠的时候到了！杀呀——”

“勇士捐躯，将官断头！杀——”

“活捉完颜亮！”

……

这愤怒的喊声，比江水来势还猛，可以冲决一切，覆灭一切。

指挥船上的完颜亮不禁打了个寒战。抬头看时，江岸上突然涌出了几面大旗。第一面大旗上，一人高的“宋”字放着金光；第二面大旗上，绣着金灿灿的黄字：“先锋将军薛尺”；第三面大旗上，绣着耀眼的银字：“左将军梁平”；第四面大旗上，绣着灼灼耀眼的黑字：“右将军时俊”……

尽管金军有三十万人马，但此时全部搁置在江上，一时调不上来。一向骄横、残暴的完颜亮，这时倒真正感到了胆怯，他嘶哑着喉咙传令，叫后面的船队快往岸边靠，前面船上的金兵火速登岸。

金兵们呐喊着，飞蝗般地围住了小小的采石矶。

虞允文是第一次上战场，他被这壮阔的场面弄得头晕目眩，心中也像有千百面战鼓在轰响，他不住地告诫自己，冷静，要冷静，别看自己在临安无足轻重，可此时此刻，一言一行，都关系着全军的胜负、国家的安危。

时俊也被来势凶猛的金兵闹蒙了，站在那儿，像木雕一样。虞允文快步走到他背后，拍拍他的肩膀：“时将军，你的胆量天下闻名。今天，我倒要好好看看你的本事！”

请将不如激将。一句话，似滚油泼进了烈火，时俊勇气陡增，牙一咬，脚一跺，大吼一声：“众将士，把脑袋拎在手里，跟老子上！”

时俊犹如猛虎下山，冲入敌阵，抡起他的两把鬼头大刀，猛杀猛砍。所到之处，金兵抱头逃窜，谁敢交锋，顶多三五个回合，就毙命于刀下。

他的身后，数百名经过训练的勇士，挥动兵刃，呐喊着冲入了敌阵。

时俊的黑旗在战场上飘扬，喊杀声有如江涛澎湃；短兵相接，刀枪相击，一片喊杀声。整个战场在激荡，山岩在颤动，树木在摇晃，滔滔的大江像要沸腾了似的，为宋军鼓浪助威。

完颜亮立在龙凤舟上，不敢上岸，他那凶暴粗野的吼声被震天动地的喊杀声淹没了。

仗着人多，金军死一个，补十个；死十个，补一百个。成排成队的金兵推推搡搡地往岸上推进。

金兵的后卫船上载着无数匹战马，船一靠岸，战马似呼啸的流星，唰唰地急冲上岸。

金兵的人马一层又一层压了上来，真有把采石矶淹没之势。

宋兵寡不敌众，队伍开始混乱。不少士兵丢下长矛跳入江水中，有的倒在血泊里，和金军的尸首叠在一起，形成一堵堵人墙。

战情危急！

采石危急！

时俊不顾死活地往前冲，不知不觉杀进了金兵的重围，他后面的大刀队无论怎么拼杀也冲不进来。虞允文站在高处看得一清二楚，连声呼叫。时俊杀红了眼，听不见呼喊，一直杀上江滩。抬眼一望，那艘高大的船上站着一员金将，只见他手提大锤，身着龙鳞袍，时俊冲上战船，举刀便砍，那金将身子一闪，躲了过去，等时俊大刀落下，抡锤一挡，“哐当”一声，时俊身子一歪，跌倒在船上。

金兵一拥而上，将时俊按倒在舱里。

就在这时，薛尺奋不顾身地扑下水，一个猛子扎到船边，用肩膀一扛，船翻了个底朝天，几十个金兵被扣在船肚里。时俊不会水，被淹得直翻白眼，薛尺死死扯着他拼命往岸上游。

到了岸边，薛尺双手把时俊托起，只觉得脊梁沟一麻，一根羽箭扎到他的背上。用手摸摸，箭镞已从胸胛露出。他把手伸到背后，紧攥箭杆，用力一拔，顿时血流如注，他只觉得头晕目眩，站立不稳，喊了一声“虞将军”，便倒入水中。

时俊已被推上岸，急得哇哇乱叫，回头要救落水的薛尺，可到处都是金兵，冲不过去。

采石矶下，全是金军的战船，密密麻麻，把整个矶石围得透不过气来。

眼看采石矶就要失守，站在崖上的虞允文心如火焚，正在这时，喇叭王不知从哪儿钻了出来，拉拉他的衣裳。虞允文扭头一看，喇叭王身边站着一位身穿破盔甲的老将。虞允文正欲询问，那老将说：“我们是刚从光州退下来的宋军官兵，大家都不想回家，愿助将军一臂之力。”

“来得正好。”虞允文猛生一计，对那老将军说，“你们来到这里，正好立功！喇叭王，你带着他们绕道从后山转出，打旗擂鼓，闹他个天翻地覆。快去！”

“大将军留步。”虞允文正要走，被老将叫住，“大将军，我们还带来一件火器。”说着从背包里取出一只布袋，“这是我们自己制成的火药，分成小包，绑在箭上，射出去，保证让金兵晕头转向……”

火器？虞允文喜出望外，他知道，自从有了火药，就出现了各种各样用火药制成的兵器，他虽为文官，也经常听武将们说起，那可是不得了的武器呀，把火药制成弹丸，绑扎在箭上，一箭射出就是一团烈焰，比大刀长矛厉害多了。来时，他也曾想过，但苦于找不到制作火药的能人。加上时间匆匆，来不及。眼下，竟有这样的好事送上门来，太好了！他当即下令，让弓弩手们把老将带来的弹药装上。老将兴奋地对身后的几十名士兵说：“跟我走。”士兵们跟着那位老将飞步而去。

片刻，翠螺山后出现了无数杆旌旗，金鼓声中，还夹杂着清脆高昂的唢呐声。

“哐咚咚哐！哐咚咚哐！”

“呜哩呜哩哇！”

“冲啊！杀啊！”

响声过后，但见翠螺山东边的山脚下，长矛大刀闪闪发光，马蹄腾起的尘土遮天蔽日。不一会儿，刀枪的丛林里火光闪闪，一簇簇带着火药的箭镞从翠螺山顶凌空而下，一直飞到金军的船上，炸出五颜六色的光焰。

完颜亮全身一颤，瞟了瞟站在身边的哈密腾。哈密腾嗫嗫嚅嚅，不知怎样回答。上回他在采石看到宋军抬水、抓鱼的场面，闹得他晕头转向。今天，两军刚刚交战，他们又是锣又是鼓，还飞出一道道带火的小龙，真让人摸不着头脑。他想，莫不是宋军玩虚张声势的把戏？

忽然，他眼睛一亮，看见崖头上站着一个人影，虽然相距不近，但从举止上足以分辨出他是谁。哈密腾用力一指：“陛下，你看那是谁？”

完颜亮定神一看，那站在崖上指挥的不正是虞允文吗？透过团团雾气，他的眼前似乎又飞起了那一支支利箭，落地的老雕，断成两截的旗绳……完颜亮打了个寒战，咬牙切齿地骂道：“哼哼，今天倒要让你看看，是我的箭厉害还是你的箭厉害！”

他挽弓搭箭，瞄准了虞允文，可是，相隔太远，射不到。

完颜亮把手中的令旗朝元力的船挥了挥，示意叫元力的弓弩队去射。元力完全明白完颜亮的旗语，刚要发令，一触到虞允文的身影，举起的手又放了下来。元力不听指挥，气得完颜亮直跺脚，跺得船身直晃，头上的黄罗伞也被震得乱摆。

锣鼓声越来越密。

唢呐声越来越响。

哈密腾在一边说：“看来宋军的援兵已到，声势浩大，不可轻敌。陛下，我看不如退到江上，以求万全之策。”

完颜亮根本不理他，要把他的指挥船一个劲地靠前。一群金兵射手的船队紧紧贴着指挥船，护卫着他全速向前。

就在完颜亮全神贯注地调集他的船队时，忽然从水里“呼”地冲上一个湿淋淋的影子，纵身一跃，飞上船头，直扑完颜亮。完颜亮吓得魂不附体，仰面跌倒在船上。那黑影扑将上去，一口咬住了他的耳朵，完颜亮“哎呀”一声，根本没看清是什么，那影子还要往他身上扑，站在完颜亮身边的卫士一刀将黑影砍落水中。金兵将士这才看清，是一条金黄色的小狗！个个感到惊奇，小狗也赶来参战。怪事，真是天大的怪事！

不远处的宋军船上有人大叫：

“棒棒！你们看哪，那是棒棒！”

是棒棒，是虞粟那条金黄色的小狗！

前天黎明时分，棒棒从远处跑回来，当它看到小主人是从岩上的洞口跳进去后，便跑到江边，不吃也不喝，静静地等待，等待小主人的出现。

从白天等到黑夜，从黑夜又等来一个黎明。不知什么时候，它听见江面上响起阵阵呐喊，棒棒一跃而起，看见两边的船队正打得不可开交，它认为小主人一定在里面，便游到江中，谁知竟游到完颜亮的船边。它见过完颜亮，那陌生的气味让它感觉到了什么，便不顾一切地往船上扑……

看到漂浮在水中的棒棒，宋军正想营救，金兵的小船飞速冲了过来，立在船头的射手举起弓箭，对着时隐时现的棒棒乱箭齐发。一眨眼，棒棒的身影就不见了，水面上漂起一团红晕。

这惊心动魄的一幕，把完颜亮吓得魂飞魄散，他摇动花旗，下令队伍快往后撤。

岸上的金兵接到命令，纷纷后退。真是兵败如山倒，这时的退兵和败兵几乎没有两样，一片混乱，溃不成军。失魂落魄的金兵将士争先恐后地往船上爬，没上船的，有不少落进水里，淹得半死不活。

虞允文见金兵队伍想朝后缩，纵身一跃，登上指挥船，手臂一举，山头上的一面大旗也随之一晃，隐蔽在鲫鱼洲江湾里的十几艘海鳅船破浪冲来。第一艘船上，站的是薛尺的父亲薛老汉，第二条船上是两个哑巴。踏车的是薛老汉连夜从山里请来的百姓，他们把水车上的踏轮装在船帮两侧，踏起轮子，浪花翻飞，船行得飞快。百姓对金兵个个怀有深仇大恨，虽然初临战场，但人人精神抖擞，勇猛顽强。战前，虞允文曾一只船一只船地看望过大家。民工们见大将军这样身先士卒，和蔼可亲，纷纷表示要和朝廷协力同心，消灭金贼。

现在，正是他们大显身手的时候，虞允文远远地望着，不住地点头。

排成一字形的海鳅船开过来了，每艘船上，都配有几面战鼓，那咚咚的鼓声，让人感到振奋。

眨眼间，海鳅船以排山倒海之势朝金兵船队猛撞过去。金兵那些船全是用铁链连接起来的。海鳅船来势凶猛，撞击力非常大，一头撞去，只听见“咔嚓嚓”“哗啦啦”，金兵船队的铁链全被撞断，顿时桅断船翻，人马纷纷落水。老汉立在船头，端着鱼叉，在水中乱戳，像飞蛇出洞，似长蛟跃波，吓得水中的金兵直呼“饶命”。

完颜亮的龙凤舟已退到离江北岸不远的地方，他站在船上捂着受伤的耳朵，死死盯着这些在水中疾走如飞的“怪船”，一会儿东，一会儿西，把金军的船队撞得七零八落，吓得他全身汗毛根根竖起。哈密腾更是胆寒，再三催促完颜亮赶快下令，叫船队全部朝后撤，越快越好。

这时，虞允文正站在矶石上聚精会神地指挥宋军追截金兵，忽听“嗖”的一声，一只羽箭朝他直射过来。他将身子一偏，那箭正好戳在他的左臂上。

一直跟着他、当卫士的耿柱失声惊叫：

“将军，你中箭了！”

说着，扑过来用身体护住虞允文，生怕他再吃第二箭。

四周，数不清的将士正在和金兵拼搏。耿柱这一喊，引来不少关注的目光。虞允文觉得不妙，大喝一声：“胡扯，谁说我中箭啦！”一转身，“哧”的一下将箭拔下，掷进水里。

耿柱上前要为他包伤，虞允文顺手一推：“休要管我！”说罢，又挥舞起了手中的指挥旗。

由于虞允文用力过猛，耿柱一个踉跄，脚踏了个空，一下子跌进江中。他在水里刚要露头，浪涛似小山一般朝他压来。他感到纳闷，这个大将军，怎么翻脸不认人，我明明是为他好呀！他怪自己不该自讨没趣。转念一想，呵，还不是嫌我年幼无用，那好，待我抓几个金兵来让他看看。他憋着劲，一个猛子扎进金军的船队中，没想到，竟扎到完颜铁的船下。

完颜铁正在船上吼叫，耿柱已经扒上了他的船帮。他听不懂完颜铁的话，但从这一身披挂来看，断定这是个大头目。耿柱正想拽他的腿，一艘海鳅船劈面撞来，巨大的浪头像小山一样压了过来，没等耿柱伸手，那船被掀得老高，完颜铁往后一仰，一头跌进水中。耿柱一个鱼跃，上去捏住他的脖子就朝水里按，口中还不住地叫骂：“淹死你！淹死你！”

完颜铁自幼长在草原，骑马射箭确有一手，一下水就现了原形。耿柱这一折腾，淹得他直翻白眼。咕嘟嘟，黄汤直往肚里灌，两只手臂在水面上乱摆，连声喊“救命”。

金兵喽啰见完颜铁落水，正要设法营救，两人已随江水漂出了几丈远。

耿柱还要将完颜铁往水里按，陡然感到膀子一麻，不由得松开右手，放开完颜铁，身子沉到水底。等再冒出水面时，他发现左边船上伸来一根长长的竹竿，完颜铁双手紧攥着竿梢，撅着屁股爬上了船。耿柱以为是金兵的竹竿，钻到船下，想用肩膀把船扛翻。猛抬头，见船上踏着一双穿着牛皮战靴的脚，顺着朝上看，却见那外罩软铠的红脸汉子，竟然是宋军的将领！这个人好像在哪里见过，但一时又想不起来。正要呼喊，那船一溜烟钻进浓雾之中，不见了。

耿柱胳臂生疼，低头一瞅，一缕鲜血顺着膀子直往下淌。他这才想起，刚才在水中被剑捅了一下，他判定是那个穿牛皮战靴的人干的。真没想到，大宋的队伍里还有向着金兵的人！妈的，算我爹瞎了眼，跑到这王八窝里来了。

耿柱好不容易爬上沙滩，回头看时，虞将军还站在指挥船上大声疾呼：

“逮鱼的水手呢，现在不上，等待何时！”

话音刚落，“唰唰唰！”一百多名水手从岩头上、矶石边鱼贯而下，奋力朝金兵船队泅去，逮住金兵，拽胳臂揪头发，拼命往水里按。落水的金兵还来不及呼救，就一命呜呼了。

完颜亮这时已经退到江北岸边，他浑身湿透，狼狈不堪，大声呼叫，急令船队火速后退。

因为有铁链相连，虽然船大多被撞断，但有的还连在一起，船队进不得退不得，金兵只得砍断铁链，扯起风帆，争先恐后地逃跑。

虞允文令海鳅船迅速追击，可船体太大，不好转弯，一时也追不上去。正自焦急，突然狂风大作，打翠螺山上，飞下无数羽箭，船上的金兵有的应声而倒，有的跳下水朝南岸逃命，还没上岸的，就被乱箭射死在烂泥之中。

虞允文仰面看时，见梁平带着一百多个弓弩手，挽弓搭箭，正威风凛凛地立在岩头上。每一支箭镞上，都带着火药弹丸，弹丸随箭射出，射到哪里，哪里便腾起一团火焰，烧着了金兵的船帆，烧着了金兵的头发，烧伤了船上的战马。战马纷纷落入水中，在激流中扑腾，发出凄厉的嘶鸣。

虞允文叫道：“好一个神臂弩！”

将士们勇气倍增，奋勇杀敌，一股劲儿歼灭水里的、岸上的金兵。

21 难以泯灭的仇恨

就在金兵的船队和宋军在江上拼杀时，留在金营里的薛菊正在做着杀死完颜亮的准备。

完颜亮喜欢玩弄女人，除了满足他的兽欲，更多时候是为了寻找刺激。他把薛菊留在身边，除了给他弹琴唱曲，晚上还命令她扒开衣裳，让他用点燃的草香往她的皮肤上烫，一烫一个疤，还美其名曰“点梅花”。每次香火接触到皮肤，薛菊就惨叫一声。开始声音很大，完颜亮叫她忍着点，她只好咬紧牙关，哼哼唧唧地强忍着。在这微弱的呻吟里，完颜亮眯起眼尽情地享受着，仿佛听到来自北国草原的小夜曲，听见战马吃草的细微声。

没人时，薛菊脱下衣服，看着周身上下的斑斑点点，心里有着说不出的悲哀和愤慨。她克制着，等待着，相信用不了几天，所有的恩恩怨怨都会有个了结。她还想，要是见到哥哥，就把衣裳脱下来给他看看，妹妹是在受着怎样的奇耻大辱！

几天观察下来，她发现完颜亮睡觉时总是和衣而眠，连靴子也不脱，就那么往后一仰，呼呼大睡。他的睡姿也是奇特的，表面上看是睡着了，但从他那圆睁的两眼来看好像没有睡。薛菊几次试图靠近他，刚到跟前，他就马上惊醒，问她想干什么。这可把薛菊吓得不轻，总是找各种借口为自己开脱。她发现，完颜亮的靴里藏着一把锋利的匕首。他不脱靴子，你就别指望能将那把匕首搞到手。除了匕首，她赤手空拳，拿什么把这个凶狠的强盗置于死地呢？

所有的羞辱，所有的苦难，今天晚上应该结束了。她料到，这一仗，不管完颜亮是赢还是输，今天断然是不会放过她的，是活是死，就看今晚了。

薛菊正苦苦思索，帐门一挑，钻进一个人影，像条鲶鱼似的从帐缝挤了进来，哪里黑就朝哪里钻。薛菊定神一看，这不是孔本彦吗？连忙问：

“是孔大人呀，吓了我一跳，有事吗？”

孔本彦弓着腰走到她身边，皮笑肉不笑地问：“怎么就你一个在呀？”

“都去打仗了，皇上命我在这里守候，说要不了几个时辰，就会凯旋。”

两人东一句西一句地扯了一通，孔本彦试探着问薛菊：“如果皇上得胜，你上哪，是跟着他们去临安吗？”

薛菊在心里说，我的仇还没报呢，哪儿也不去。心里这样想，嘴里却说：“奴家有什么办法呢？只能跟着命走，命带我去哪我就去哪。孔大人，你呢？”

“我？我想到哪就去哪。”孔本彦那张满是皱纹的长脸，舒展得像绸缎面子一样，光闪闪的。

“大人，你真行哪！”薛菊打心里瞧不起这条断了脊梁的癞皮狗，本想嘲讽他几句，嘴上却说，“真没想到，皇上对你如此器重。”

“因为我给他们出了个好主意呀。”

“什么主意？”

“我让金兵——不，让皇上把他们的战船统统用铁链连在一起，这样，船到江心，也不会被激流冲走……”

薛菊问他是怎么想起来的，孔本彦说，一次他令船工往京城运沙石，晚上船泊在江边，天亮一看，所有的船全被江水冲到下游几十里的沙滩上。根据这个教训，他才给金兵出的主意。

“这个主意真妙，小女子打心里佩服。”薛菊故意夸他，“你立下大功，皇上答应如何奖赏你呢？”

“皇上说，只要他们打过长江，占领临安，就让我也跟去，弄个宰相什么的当当。”他完全沉醉在梦想之中，“不过嘛，我还是想留在这里……”

“还当你的太守？”

“那自然，本乡本土，熟人熟事，方便。”他亲热地往薛菊的脸上凑了凑，“以后你有什么难事，尽管跟我说。”

薛菊心想，我有什么难事？难事就是要这个老贼的一条命。顿了一会儿，她忽然问：

“如果皇上打败了呢？你上哪？”

这个问题孔本彦根本没有想过。薛菊问到这里，真让他有些惶恐，他压根儿不敢朝这方面想。也是呀，万一金兵被宋军打败了呢？他怎么办？何处是他的归宿？昨天晚上他做了个梦，梦见自己成了一个毛贼，翻墙去偷主人家的东西。刚跑出来，就被一只狼盯上了，那只狼远远地跟着他，他走狼也走，他站住狼也站住，走了老半天，他实在走不动了，想找个避风的地方喘口气，谁知刚站定，竟然发现主人提着一根大棒拦在前面路口。他吓坏了，想喊，喊不出声，还没转过神，那狼像风一样朝他扑了上来。主人也冲上来，挥舞着大棒，一棒子把他打倒在地，接着，大棒飞舞，不知是在打他，还是在打狼。隐隐约约地，他听见狼在撕扯他时发出的声音，还听见主人的责骂声，木棒落在他身上发出的扑扑声。他吓出了一身冷汗，一惊，醒来了。他暗自庆幸，我的天，幸亏醒来了，要不醒来，还不知是什么结果呢。

孔本彦不停地安慰自己，认定宋军是不可能取胜的。完颜亮这边是三十万人，江南的宋军只有区区一万多，相差几十倍。正如皇上所说，他的上千艘战船往江里一推，连滔滔大江都会马上断流，只要上了岸，这几十万人马就会像老鹰捉小鸡一样，一口就能把宋军吞下，吃得连渣子都不留。

到那时，完颜亮念他有功，总会给他好处的吧，宰相先不提，随便扔个乌纱帽给他戴戴，就够他享用终生了。

孔本彦哪里料得到，正在他得意忘形时，传来金兵战败的消息。看到从江上退下来的金兵，几乎每个人都是湿透透的，不是缺胳膊少腿，就是被江水淹得七死八活；被人抬着的，背着的，走路一瘸一拐的，哭的，哼的，爹呀娘呀叫的，什么怪样子都有。这景象，让孔本彦大惊失色，一时失去了主张。他不知往哪里藏身，幸亏天快黑了，随便往哪个角落里一躲，没人看见他就行了。

暮色像一块透明的纱，罩住了大江，一切都变得灰蒙蒙的。完颜亮在金兵的掩护下，撤回到杨林河口。

这时的完颜亮几乎换了一个人，他铁青着脸，嘴唇被牙咬破了，紫色的血沿着胡茬直往下淌，和冷汗搅和在一起，显得更加狼狈。他吃力地爬上马背，恐惧地回头望望暮色中的江面，看着那些漂浮在江中的人和战马的尸体，他的太阳穴突突地跳着，寒战一个接一个地从背上滚过，颤抖的下颌使他的嘴巴都合不拢了。

进了军帐，薛菊给他端茶，他一抬胳臂，把茶杯打了个底朝天。薛菊端来点心，他把手挥了挥，要她下去。现在他什么也不想，只想一个人静一静。等薛菊一走，他就往虎皮椅子上一仰，用拳头不停地在脑门上砸，嘴里发出古怪的呻吟。

哈密腾上前问安，他把手一摆："查过了吗？多少将士阵亡？"

"大约五万。"

完颜亮长叹一声，问："完颜铁呢？"

哈密腾说："完颜铁将军被水呛得厉害，回帐中休息去了。"

完颜亮大声道："叫他过来！"

片刻，完颜铁捧着肚子，跛着一条腿出现在他的面前。

完颜亮又问到元力。

哈密腾说，元力的老马倌得了风寒，元力去看望他了。完颜亮"啊"了一声，好像在想着什么。

"等会儿，把元力叫来。"

完颜亮话音没落，元力已经出现在他身后，说了声"末将在"。

完颜亮转过身子，问元力："老马倌怎么样了？"

元力红着眼，轻声说："他走了。"

"走了？什么时候？"

"刚才，在马厩里咽下最后一口气。"

"他说了些什么？"

"什么也没说。"

完颜亮瞪眼看着帐顶，一声不吱。好久，才回过神来，又点了几位金将的名字，有的在，有的阵亡，有的下落不明。

完颜亮沉默了一会儿，把手一举："来人，将元力吊起来，给我打！"

元力早有准备，挺身站在那里，等待发落。

身边的将士们全都为元力求情。

"陛下，不能打，不能呀！"

"陛下，要打，打我们吧！"

完颜亮想告诉他们，就是元力，放弃射杀虞允文的极好时机，当然该打。想了想没有说，只是指责他不听从指挥，不配合作战，导致吃了败仗，理当受罚。

帐外，上百个金兵将士跪在地上，为元力求情。

元力的心像刀割一样难受，他想挺起腰杆大声辩解几句，可话到嘴边又咽了回去。这个暴君，把失败全怪罪在自己身上，笑话！你完颜亮不是亲自在督战吗？怎么怪到我头上来啦？简直莫名其妙！你说我不配合，我知道你指的是我没有射出那一箭，告诉你，那一箭我无论如何也出不了手。问我为什么，我说不清，也不想说，对这样的暴君，能说什么呢？元力心中涌出一种复杂的情绪和难言的苦楚。

完颜亮那凶光闪闪的眸子一下子变得黯淡无光，闭起了眼睛，像是睡着了一样。将军们发现，两行热泪从他的眼角滚落下来，过了一会儿，他又慢慢坐起，忽然又想起那个说尽花言巧语的和州太守。那天，要是没有他说的那么肯定，他也不会贸然进攻的；没有他出的馊点子，让他把所有的战船……想到这，他把头一昂，从牙缝里恶狠狠地挤出一句话：

"把那个姓孔的抓来，割下他的脑袋，挂在城门上，让所有人看看，这就是他的下场！"

卫士领命而去，可去了好久，回来报告说，那个姓孔的早已溜得连影子都找不到了。

哎呀，当初怎么没把他关起来呢？完颜亮用拳头不停地捶着自己的脑袋，后悔不已。就是那个姓孔的，让他把战船一艘艘用铁链连接起来。还说，江水流得快，如果不这样，船到江心，很快会被江流冲走。这下好了，正因为船连在一起，被宋军那庞大的怪船撞得稀里哗啦，一败涂地。

完颜亮是个不见黄河心不死的人。当晚，把几员大将召进大帐，想听听他们的意见，看看下一步怎么走。开始没人说话，大家互相看看，都在等着别人打头炮。

僵持了一会儿，哈密腾站了出来，捋着山羊胡，慢条斯理地说："采石江上一战，看出宋军是早有准备。有备则无患，这是汉人的《左传》所言。臣以为，如果我们再次盲目出击，那只有继续损兵折将，死路一条。依臣所见……"

"别绕来绕去啦，有话直说。"哈密腾还在说，被完颜亮打断，"你就说，下一步该怎么办！"

"依臣所见，不如退避三舍，先退回中都，养精蓄锐，等到来年春暖花开，再作计议。"哈密腾仿佛用最大的力气才说出这番话，边说边用眼角瞟了瞟完颜亮，生怕引起他的不满。

"够啦！"完颜亮打断了他，"回中都，回中都，你就想回中都，回到你小老婆身边！到那时，恐怕连我们的葬身之地都没有了。"说这话时，他不由得想起了珍妹，想起了将士们留在中都的妻室儿女、父母高堂。他晃了晃脑袋，把所有涌上来的思绪全部打发回去，不愿再往下想。

"元力，你说！"

元力拱手道："末将一时还没有主意。"

完颜铁驱前一步："陛下，我倒有一个办法，不知当讲不当讲。"

完颜亮抬眼看了看这个被水呛得到现在还没回过神的夯汉，心想，你懂什么，你能有什么主意。

完颜铁操着变了声的老鸭嗓子提出一个大胆的设想，那就是把剩下的人马集中起来，沿着长江向东方开进，一直开到镇江对面的瓜州。

哈密腾坚决反对："那怎么行？瓜州对面是宋军守将刘老头子，那可是个硬邦邦的铁石头，你能啃得动吗？"

完颜亮止住哈密腾，让完颜铁接着讲。

完颜铁继续道："那个姓刘的老家伙已经老掉牙了，哪有劲头和我们作战？再说，瓜州一带江流缓慢，宋军防守薄弱。倘若在那里摆开战场，必胜无疑。"

他咽了口吐沫，“还有，陛下此番南下，我们是中路，还有一路估计很快就要到达瓜州，我们把剩下的人马和那路人马并在一起，两路合击，照样还是兵强马壮，有什么攻不破的山头、跨不过的激流?!”

这个很少言语的汉子此刻却说出这番话来，让完颜亮感到意外。他站起身，来回走了几步，把胳臂一扬:“好，拿笔来，我要写信给虞郎官，同他去瓜州再战一次!”

完颜亮当即写下一份战书，派人火速送到采石。

完颜亮太疲惫了，南下这一路走来，从没睡过一次安稳觉，有时，即使躺下，也觉得整个身子云里雾里，像浮在空中。采石一仗，打得他筋疲力尽，身子就像拉得过紧的弓弦，随时有被折断的危险。现在，他再也无力支撑自己，四肢变得松软松软的，连胳臂、腿也抬不起来。等人一走，他就往后一仰，呼呼大睡。

他没想到，此刻，帏帐后有一双眼睛在死死地盯着他，那便是薛菊。刚才她听着金将们叽里呱啦地说着她一句也听不懂的话，心都急死了，恨不得让他们马上离开。

等哪等哪，一直等到下弦的弯月快要跌进大江的时候，那些人才走。

复仇的时刻终于到来了。

夜已经很深，天光似江水一样凉，薛菊听到完颜亮那高一声低一声的鼾声，感到他已进入深睡眠。她不能再等，蹑手蹑脚地走了出去，来到完颜亮跟前，轻轻地唤着他，声音亲昵、柔软，她要完颜亮把衣裳脱下，睡个舒服觉。也真奇怪，这回完颜亮再也不反对，嘴里发出轻微的哼哼声，像个孩子似的服服帖帖地任她摆弄，任她帮他脱下外罩和内衣，连靴子也让她脱了下来。

薛菊把靴子拎到暗处，伸手一摸，果然摸到那把匕首，她紧张得心扑通扑通直跳，把匕首紧紧握在手里，身体也不停地颤抖，就好像端着满满一碗水，生怕泼了似的，一步一颤地靠近完颜亮。

近了，近了，她闻到完颜亮那一身的汗臭味，听见完颜亮的呼噜声，忽高忽低，忽快忽慢；看着他那睁得溜圆的眼睛，不知他到底睡着了还是没睡着。薛菊有些胆怯，像是一只暴露在老鹰跟前的鸡雏，浑身颤抖，但一想到她那惨死的母亲、被金兵抓走的父亲，想起离家出走的哥哥，顿时浑身上下充满了力量和勇气。

老贼，你的末日到了！就在她举起匕首猛地向完颜亮的咽喉刺去时，一只大手突然攥住了她的手腕，只听“当啷”一声，匕首落地。

“好哇，我一直在等着你呢！”

天哪，完颜亮根本没睡！

他一个翻身，像老鹰抓小鸡似的把薛菊扑倒在地。

在帐外巡逻的士兵站在那里，一动也不动，他们屏息凝神地聆听着，听着一个女子无助地呻吟和哭泣。

22 隔岸观火

大战一结束，虞允文就集合各营，抓紧时间打扫战场，将金兵所遗弃的盔甲、兵仗、军需、马匹一律登记造册，听候发落。

虞允文不顾伤痛，忙着将时俊、梁平等几位将官召集到一起，商量下一步棋如何走。言谈中，他发现一些将士谈起战果总是喜形于色。虞允文再三告诫他们，切不可高兴得太早，完颜亮凶残暴戾，是断然不会甘心失败的，大仗、恶仗还在后头呢。他吩咐各位将官，要他们连夜到营中探望彩号，把阵亡将士的尸骨埋到翠螺山下的竹林边，等打退金兵，报请圣上，在采石建一座石碑，碑上刻下将士们的英名，让子孙后代不忘他们的功绩。

有人提议，在阵亡将士的名单后面加上棒棒的名字，名字后面得加上个括弧，括弧里写上“义犬”。

虞允文从棒棒想到了儿子，禁不住泪水在眼眶里打转，他不想在众人面前流露出半点伤感，转过身，抹了把眼睛。他绕过话题，忽然问起了耿柱，咦，耿柱到哪里去了？记得在船上，他曾推过他一把，后来仗越打越猛，竟把他忘得一干二净。

虞允文赶到营帐中寻找耿柱，恰巧丁酪也在。虞允文向他和几位老兵打听耿柱的下落，都说没见到，以为他一直跟着大将军呢。虞允文抬腿走出帐外，大步走到江边，望着夜幕中的江水，心想，耿柱会不会也学他爹，逃回江北老家了呢？

站岗的卫士见大将军虞允文走过来，问他找什么。

虞允文见还是那位圆脸小卫士，问他可见到耿柱了。

卫士指指江边的大西洼："喏，他正在跟那匹老马谈心呢。"

虞允文朝大西洼走去。

这是个没有月亮和星星的夜晚，四周漆黑一团，岩石、树木全披上一层黑纱。站在这血洗过的战场上，使人感到阴森可怕。草丛里，躺着一匹老马，鞍镫全落、四蹄蜷曲，屁股上有一大片黏稠的血迹，耿柱紧偎着马，马在低声嘶鸣，舌头在轻轻地舔着他的手臂。虞允文在暗处站了一会儿，走上前，轻声道："孩子，不早了，跟我回营吧。"

耿柱一动也不动，伏在马背上，抚摸着马鬃，禁不住抽泣起来。

虞允文上前一步，蹲下来，轻声说：

"孩子，我向你认错来了。"

耿柱心说，堂堂的大将军，有什么错呀。停了一停，没头没脑地来了一句："反正，我跟这马一样，没人要了，想推到哪就推到哪。"

哟，还生我的气呀。虞允文凑过去，亲昵地说："孩子，我知道，你关心我，体贴我。我中箭之后，你急得不得了，大声喊叫，生怕我再受箭伤。可这是战场，是跟金兵拼命的战场。两军交战，士气比什么都要紧。我的一举一动，都关系到全军胜负。倘若我倒下，军心就会大乱，士气就会一落千丈！"

耿柱静静地听着，听着大将军那真诚的肺腑之言。一句句语重心长，一下子拨开耿柱心中的迷雾。他低下头，捏了一截草梗放在嘴里咬着，感到对不住大将军。短短几天和大将军相处的细枝末节，全涌上心头。他想念父亲，大将军语重心长地安慰自己，说他就是父亲。他睡觉老是蹬被子，好几回从梦中醒来，见大将军把他的腿、胳臂轻轻地放进被子。其实他没睡着，看着大将军那疲惫的身影，感动得流下眼泪。他立下誓言，一辈子跟着大将军，烧火做饭，端茶送水，干什么都行。可现在，他却误会了大将军。

他难为情地说："都怪我心眼太小。"

"不小不小，"虞允文道，"你跳到江里和金兵……"

“哪儿呀，是我自己不小心仰面倒在江中的，不是自己跳的。”

“我还听说，你把一个金兵的将军拽到水里，呛得他一肚子浑水。”

“是碰巧了，他的船就在我旁边，我能不拽他吗？他活该！”

虞允文感动了，抚摸着耿柱的头：“孩子，你为国家立功啦，我要给你记功呢！”

记什么功？耿柱不知记功是什么意思，他从没看见“功”长得什么样子。心想，打起仗来，那么多将士都在和金兵拼杀，要是记功，哪来那么多功给大家记！

“不要不要，送给我我都不要！”

多么朴实的孩子，功劳摆在他面前，他却百般推让。他一定不知道，一旦国家给他记了功，不光是他这辈子吃喝无忧，甚至连他的父母都跟着沾光。这个小傻瓜，怎么连这个都不懂呢！继而一想，我操这个心有用吗？你虞允文还是个冒牌将军，你有权给人家记功吗？纵然你给他记了功，能算数吗！他觉得自己有点可笑，真是什么都敢想。他不再提给耿柱记功的事，只是不停地鼓励他，说他水性好，再好好练练，有朝一日能为抗金出大力的。

“那是以后的事，现在我可没做什么，更谈不上什么功。”耿柱难为情地说。

虞允文俯下身，摸摸耿柱的肩膀，问他还痛不痛，耿柱朝边上一闪，“哎哟”一声。

“怎么，伤到这儿啦？”虞允文这才发现他的肩头有一片血污。

耿柱嘴一噘：“是那个龟孙子用剑戳的！”

他还要往下说，一直尾随在后的丁酩从暗处钻出来：“大将军，我到处找你，快回去吧，帐中有人等，说有要事相商。”

虞允文应了一声，吩咐卫士把耿柱背回后帐，又叫丁酩去唤军医为他包扎伤口。

虞允文急匆匆地往回赶，进了大帐，四下看看，没有人，丁酩不是说有人在等他吗，人呢？正想着，薛老汉来了，虞允文忙问：“老人家，你在等我？”

“没有呀。这不，你前脚到，我后脚就跟来了。”

“你碰到丁参军了吗？”

“没有。”

虞允文皱了皱眉头，心想，莫不是丁酩故意把我支开，支开我做什么呢？虞允文再一多想，转身问老汉有什么事。

薛老汉凑近虞允文的耳朵低声道，他想趁金人的船队还来不及休整，马上过江，在杨林河口的芦荡里放一把火，将金兵那些剩下的船全部送上西天，把完颜亮卷土重来的梦想连根拔除。

虞允文说不行，刚才抓住一个金兵探子，供出他们的船不在杨林河内。因为退得快，他们还没来得及把船拢进河道，全都散泊在江边沙滩上，三三两两，东一艘西一艘，没办法烧。

“那就烧不成了。”薛老汉不胜惋惜。

正说着，帐外响起一阵急促的脚步声，虞允文正想出去看看，便见圆脸小卫士匆匆奔了过来，老远就喊：“大将军，耿柱出事啦！你快去看看吧。”

虞允文问是怎么回事，让他慢慢说。

小卫士有些上气不接下气了，他告诉虞允文：“你一走，丁酩就过来了，对着耿柱嘘寒问暖，亲热得要命，还把他扶起，让他骑在马上。马没走几步，他在后面用剑朝马身上一戳，那马狂奔起来，奔到矶石上，刹不住，一头冲到江里。”

“耿柱呢？”

“不知道。”

虞允文像受了针刺一般，说了声“走”，便飞快地向江边跑去。可惜迟了一步，耿柱不见了。虞允文伸着头朝江里连喊几声，没有回音，只有翻卷的江水在哗哗作响。虞允文知道，崖下就是那个通江的洞口，儿子也是在这里被激流冲走的。他转身问小卫士，可听见他们说些什么。

“好像，像听见耿柱在骂他。”

“骂什么？”

“骂他是坏蛋，是藏在肚子里的蛔虫。”圆脸卫士说了一半，瞟了瞟立在一边的薛老汉，打住了话头。虞允文把他拉到一边，他这才低声道：“大将军，有件事我一直想跟你说，又怕……”

“说吧！”

小卫士说，前天晚上他在站岗，看见丁参军来到矶石上，见四下无人，就往江心射了一箭。站在暗处的小卫士咳了一声嗽，他听见了，有些慌张，自言自语地说，想练练功夫，看能不能射灭对面金营的那串红灯。小卫士说到这里把嘴直歪：“真是活见鬼，江面那么宽，什么箭能飞过去！”

这番话让虞允文想到江中心的鲫鱼洲，洲上有一百多个宋军的前卫队。难道丁酩是想把箭往那里射，然后再由那里的人转射到江北金营。仔细一想，莫不是那里有鬼？

他问小卫士：“是否看清楚他的箭往哪个方向射的？”

小卫士说：“天太黑，没看清。”

虞允文不由得想起，那天丁酩劝他回临安，免得为他人受过。虞允文叫他先走一步，可他又不走。从和州回来，他开始注意丁酩的行动，不是出入庙门，就是到江边溜达，鬼鬼祟祟，引起不少将士的怀疑。虞允文又想起那天进入和州城，完颜亮开口就称他“大将军”，怪事，他们是怎么知道的？看来，一定是有人把消息传过去了。难道就是他……不能性急，先稳住他，等待机会把他放在火上烤烤，看他可否现原形。

一条妙计迅速在虞允文心中酝酿出来了。

他赶到薛老汉面前，问他：“如果把金人的船队全部调进杨林河道，你有办法去把那些船烧掉吗？”

“你放心，剩下的事全包在老汉我身上。”

老人把胸脯直拍，说他自幼在杨林河边捕鱼捉蟹，对那一带的河道港汊了如指掌。杨林河十里长，十丈宽，两岸尽是一人多高的芦苇，眼下正值初冬，干枯的芦苇碰火就着，一烧就是十几里。十年前，渔霸郭拐子就是用这个毒计烧掉外乡人的一百多条渔船。

虞允文赞许地点点头：“老人家，你看谁和你一起过江合适？”

“当然是两个哑巴。哑巴兄弟伤了大宋将士，心里不好受，让他们去吧。”

泥鳅在暗处听见了，突然冒了出来：“还有我呢，大将军，让我也去好了。我水性好，路又熟，这样的人打灯笼也找不到呀，嘻嘻……”

虞允文说：“这儿没你的事，你还是给我到一边歇着。”

泥鳅讨了个没趣，搔搔脑袋走开了。

虞允文叮嘱老汉，就这么定了，今晚午夜过江。

老人领命而去，走了几步，又回过头，不放心地问：“大将军，完颜亮凭什么听你的，自愿把他的船拢进杨林河内？”

“这你就别操心啦，去吧，快去吧！”

虞允文上前一步，拉拉他的手，再三交代，要管住嘴巴，不得走漏半点风声。

“放心，除了我，哑巴是靠得住的。”

虞允文赶回营中，命人通知各营将官，火速赶到中帐，有紧急军情相商。

等各营将官坐定，虞允文便向大家讨教追歼穷寇之策，有的提议把人马集中起来，一鼓作气打过江去。有人反对，说金兵三十万，至多损失七八万，还有二十多万，而宋军仅一万多人，这是鸡蛋和石头的关系，碰不得，碰不得。

虞允文捻着胡须听了一会儿，把脸转向薛尺：

“你的先锋水手还有多少？”

“死伤三十二，还有九十八。”

“那好，快把他们召集起来，我再派些身强力壮的民工随你们一道，浮水过江，乘江雾浓重，每人拖一条船回来，拖两条重赏！”

薛尺直搔后脑勺：“哎呀，大将军，金人的船只怕早已躲进了杨林河内，拖不出来。”

虞允文很有把握地说：“我摸得清清楚楚，他们的船全散泊在江边的沙滩上。”

坐在暗处的丁酩插嘴道：“不管在哪，反正你拖不动。”

薛尺说：“船在水里，轻飘飘的，好拖。要是搁浅在沙滩上、污泥里，那就难了，除非几十个人推。”

梁平说：“不行，那样动静太大，会被金兵发现的。”

虞允文用手朝下一劈：“拖不动，就用斧凿把船底打通。”

众将官议论开来，赞成的，反对的，说什么的都有。

虞允文见薛尺面露难色，哈哈大笑："薛将军，你穿开裆裤时，我就在这一带背纤了，你忘啦？"他面向众人，很有经验地说："金兵刚刚退回去，那些船不可能陷在污泥里，更不会搁浅在沙滩上。"他拍拍薛尺，"快去吧，别耽搁了。"

薛尺还想说什么，被虞允文拽到帐外，往前几步，耳语道："慢着，先将水手们领到江边，在丛林中隐藏起来，听我的命令再行动。"

我的大将军呀，你到底在变什么戏法？薛尺正欲追问，虞允文在他的手心捏了捏："不可走漏风声。"

薛尺听出话中有话，拱手而去。

虞允文转回帐中，瞥见丁酩坐在那里发愣，便朝他面前一站，得意地说："丁参军，你看着好了，天亮前，少说毁掉他五百艘战船！"

"笃定，笃定。"丁酩嘴上应着，一颗心却像丢进了开水锅，扑通扑通直跳，没等其他人走，便找了个借口悄悄离开了。

夜幕扑落下来，星星一个接一个地亮了，每颗星星都是那样新鲜，那样精神，好像特意从遥远的地方赶来为宋军的胜利而庆贺似的。

斗转星移，更深露重。虞允文算算时辰差不多了，把各营将官召集到采石矶头，叫大家隔岸看戏。众将官感到惊奇，都说水手们三更天才过江，哪能这么快就将船拖过来。虞允文叫大家不要焦急，耐心等待就是了。

"火！"突然有人惊叫。

抬眼一看，只见江对岸火光升腾。开头是一小点，顷刻变成一大片，烈焰熊熊，紫烟升腾，火舌舔着夜空，撕破了黑暗，遮住了天上的星星，把江水照得通红。江对岸马嘶人叫，隐约可闻。

将士们大眼瞪小眼，不知金营中发生了什么事。

丁酩斜靠在一棵树上，脸像火烧般地难受。幸亏天黑，谁也看不清他的脸面，只有虞允文一直在暗中注意着他。又过了一会儿，天快亮了。江中漂来一只小船，只听薛老汉在船上举臂呼叫：

"大将军，都看见了吧！"

"看见啦！看见啦！"虞允文奔上江滩，把老人扶下船，又拉起两个哑巴的手，打着不明不白的手势，两个哑巴咧开大嘴，“呵叭呵叭”直叫。

波涛中，露出一个人的脑袋，接着现出半个身子，那人用手不停地抹着脸，举着手臂叫着：“还有我呢，虞将军！”

是泥鳅！

原来，虞允文安排老汉带着哑巴过江时，泥鳅一直尾随其后，他们一下水，泥鳅便扎进水中。

老汉的船还没到杨林河口，泥鳅已经捷足先登了。老汉和哑巴开始放火，他接过火把，挨个去点，因为身体灵活，在每只船的缝隙里钻来钻去，很快就把金兵刚刚拖进河道的船只全部点燃。此刻，金兵们大多上岸，没有走的被大火吞噬，还有的跳入河道，被江水冲得无影无踪。

虞允文借着火光，低下头在泥鳅腿上瞅了瞅，问：“被棒棒咬的伤口还痛吗？”

“痛……不痛……”泥鳅一会儿点头，一会儿摇头。

“到底痛不痛呀？”虞允文在他屁股上拍了拍。

“不知道，反正有时候痛，有时候不痛。下了水就不痛，烧金人的船不痛，现在，哎哟哟……”

真是个孩子！虞允文命人把泥鳅背回帐中。接着，他回过身，把手一挥：“薛将军，游戏结束，别躲了，出来吧！”

一声令下，隐在丛林中的百十名水手齐刷刷地站将出来，欢呼雀跃，齐声喊：“大将军，你早哇！”

“早，早，大家早！”虞允文连声应着，大步走到丁酩面前，“丁参军，这一夜你也够操心了。”

“虞将军，此话从何说起？”丁酩打了个寒战。

虞允文招招手，把站岗的圆脸小卫士叫到身边：“来，丁参军不愿领功，你帮他摆一摆。”

小卫士横了丁酩一眼：“大将军，我按你的吩咐，一直在暗处观察。一更天时，我看见丁参军又站在那块人头石上，朝鲫鱼洲放了一箭。”

丁酩被这突如其来的一招吓蒙了，好半天才结结巴巴地说：“对，是有这回事，我是想试试弓力。”

虞允文厉声责问：“箭射到哪里去了？”

“江中。”

“不是江中，是前面的鲫鱼洲吧？”

“反正天太黑，射向何方，我不清楚。”

“你清楚得很。”虞允文举臂朝岩下一呼，“带上来！”

话音刚落，几个卫士从崖下的小船上扭住一个老兵，推推搡搡地带到虞允文面前，这老兵垂头丧气，瘦长的脖子上还挂着一只皮弓。

一个卫士上前禀道，他们按虞将军的吩咐在洲上埋伏不到一个时辰，就见这家伙鬼头鬼脑地摸到洲头沙滩上，像在等着什么。不一会儿，从采石岸上飞来一支羽箭，他弯腰拾起就要往江北射，被当场逮住。我们按大将军的命令，当即将那支箭转射到江北金营。

事已败露，那个老兵吓得浑身直抖，朝虞允文又叩头又作揖：“都怪我被银子迷住了心窍，是他……”他指指丁酩，“哎，我该死，我真该死！”

大家这才明白，是虞允文虚晃一枪，当着众人的面说是要派人过江拖船，丁酩见“立功”时机又到，慌忙给金营报信。完颜亮信以为真，迅速将船转移进杨林河内，没想到，却让薛老汉和泥鳅一把火烧了个精光。

丁酩无路可退，霍地抽出剑，大吼一声，直朝虞允文刺来。虞允文早有防备，身子一闪躲开了。两个卫士一拥而上，劈手将剑夺下。

丁酩两手握拳，声色俱厉：“姓虞的，既然如此，我也不瞒你了，实话告诉你，给金营报信的是我，在江中放走金将的是我，跟老道定计要你儿子命的还是我！哼哼，你能把我怎么样！”

虞允文听了心如刀剜，真想夺下卫士手中的刀剑，狠狠地朝这条野狼的心窝捅去，但他没有这样做，平静了一会儿，轻声问丁酩：“是谁让你这么干的？”

“秦熹大人哪！”丁酩脖子一挺，“我在这儿的大事小事全凭他的指点。秦大人后面，是天王老子，皇上！实话告诉你，就是皇上派我来监视你的。”

虞允文浑身一颤，咳，皇上啊，如果这一切果真是你在幕后指挥，那就太不可理喻了。皇上，你是真龙天子，我敬重你，而你却是这般昏庸！当年任用秦桧害死多少忠良，如今又让秦熹为所欲为，欲将大宋江山拱手送给豺狼。这些，过去还看不明白，而如今，在这远离临安的大江边看得如此明澈。仰望着苍天，虞允文从心底发出阵阵呼唤，天子啊，你到底是哪颗星宿所变，你究竟是什么东西！

丁酩以为他的一番话把虞允文吓住了，显得有些得意："舍人，来日回到临安，待我向秦大人表你一功，使你不至于和岳鹏举一样……"

虞允文眉毛一挑："拿下这个逆贼！"

两个卫士正欲上前，丁酩脚一跺，指指自己的鼻尖："什么，拿下我？哈哈，你凭什么拿下我！告诉你们，秦大人已答应，等我回京，就封我为建康路安抚使。而你，小小的虞允文，一个小郎官，竟敢冒充大将军！什么将军，一个假将军，稻草将军，泥巴将军，假的，统统是假的，哈哈哈……"

"住嘴！"时俊赶到，冲着丁酩吼道，"胡言乱语，蛊惑人心，拖下去砍了！"

卫士正欲动手，被虞允文拦住，他想把丁酩留下，带回临安给天子看看，朝廷重用的都是些什么人。

时俊哪里肯依，操着大刀一步步朝丁酩逼来。丁酩吓得面如土色，直朝后退，突然脚下一滑，身子一仰，扑通掉进了大江。虞允文伸头看时，只见他张着两手在浪中呼救。

梁平冲上来，弯腰拾起一支羽箭，搭在弓上用力一拉，箭镞直插浪花丛中，只见一缕血水在旋涡里浮起，很快便融进浑黄的浊波。

江岸上，爆发出阵阵呼喊。

就在这时，在通往芜湖的大道上，响起一阵急促的马蹄声。一个卫士匆匆来报，说李将军来了。

虞允文心头一热。

卫士指指远处："还带来好多人马呢！"

喜讯如风一样，片刻传遍翠螺山上下，传遍采石军营，将士们奔走相告：

"啊，李显忠将军来啰！"

“李世辅来了！李大刀来了！”

听说李将军来了，漫山遍野响起一片欢呼声。

虞允文喜出望外，领着众将官，直奔路口迎接。

李显忠在芜湖接二连三地击退金兵的进攻，大挫他们的锐气。金兵眼看从芜湖过不了江，便改变了计划，想换一个地方再攻。乘这个空当，李显忠便来采石看看，如果采石要人增援，就抽些人马过来。

还没到采石镇，虞允文就得到消息，领着将士们朝他迎了过来。老远，李显忠就看到虞允文的身影，便赶快下马，大步走上前，连声道：

“来迟了，我来迟了！”

虞允文睁着一双布满血丝的眼睛，笑吟吟地向李显忠打拱施礼：“不迟！不迟！”

不知谁在小声说：“不迟不迟，要是来早了，大战的功劳就不是我们的啦！”

四下顿时哄笑起来。

虞允文朝人群中白了一眼，是谁在胡说！

“虞舍人，你看我给你捎来了什么？”李显忠说着，取出随身带来的一幅字轴，当众展开。众人眼前一亮，呀，这不正是张孝祥的墨宝吗？真是梦寐以求，梦寐以求呀！不等虞允文细看，有个小战士抢上前大声说：“我来念！”

闻采石战胜

雪洗虏尘静，风约楚云留。何人为写悲壮，吹角古城楼。湖海平生豪气，关塞如今风景，剪烛看吴钩。剩喜燃犀处，骇浪与天浮。

忆当年，周与谢，富春秋，小乔初嫁，香囊未解，勋业故优游。赤壁矶头落照，肥水桥边衰草，渺渺唤人愁。我欲乘风去，击楫誓中流。

小战士识的字不多，读得磕磕绊绊，另一个老兵伸手接过：“还是我来！”他一口气读完，连声说：“写得好，真好，痛快，解气！”

李显忠说这是一首“快诗”，喜中有愁，壮中含悲。话音没落，马上有人说：“请李将军为大家解释解释。”李显忠也不见外，便侃侃而谈，说这次采石大捷，举国上下，无不为之欢欣。他满怀深情地说：“你们看，词的开篇就是‘雪洗虏尘静’，‘雪洗’就是“大雪洗净战尘”，之后一切归于平静。”

小战士问：“没下雪呀，哪来的雪洗？”

虞允文在一边道：“这是个比喻，比喻我们的将士从江面上横扫过去，像大雪纷飞一样的气势。”

小战士还是不明白，自言自语地咕噜着：“怪事，明明没下雪，非说下雪，真搞不懂。这是哪个写的？”

“张孝祥。”虞允文说。

李显忠告诉大家，张孝祥也是抗击金兵的英雄，和你们的虞大将军是好朋友呢。

“他住哪？”

“江对面的乌江。”

“那不糟糕啦，金兵到了那里，他怎么办？”

李显忠道：“他把全家搬到芜湖，在帮助我呢，只是手头上事多，一时抽不出身。”

李显忠说着，环顾四周，低声问虞允文：“哎，我送给你的小卫士呢？”

虞允文一时语塞。

李显忠知道不妙，把脸一沉：“快说呀，他在哪？怎么不来迎我？”

“嘿嘿，在，在……”

“他怎么啦？快领我去看看！”

虞允文故意岔开话题：“李将军，还是先到伤兵营去看看彩号吧……”他的声音有些异样，“反正，虞粟是我儿子。”

“我早就知道是你的儿子，”李显忠说，“可他是我手下的兵哪，只是借给你临时用用。他要是有个好歹，唯你是问。”

虞允文只觉得鼻子发酸，嗓子眼里又苦又涩，他不由得想起了马田，想起了耿柱，想起千百个葬身于大江的士兵，一种难言的痛苦撕扯着他的心。

李显忠似乎感觉到什么，不再追问，抚弄着手中的鞭梢，边走边说：“一路上，百姓都在夸奖你们，说你们为大宋朝出了气，为老百姓雪了恨！”说着转过身，怀着敬佩的心情把虞允文重新打量了一番：“舍人，你真是个了不起的将才呀！”

“李将军，他不是舍人，是我们的大将军啦！”薛尺在一旁纠正。

“皇上圣谕到啦？”李显忠并不感到惊奇，依然满脸是笑。

虞允文没有回答。

李显忠嗔怪地指了指虞允文：“你这个人哪，这么大的事，也不告诉我一声。双喜临门，该好好庆贺庆贺！”

虞允文张张嘴，想说什么，却什么也没说。

将士们七嘴八舌地乱嚷嚷：

“对呀，是该热热闹闹地庆贺一番！”

“大将军，以后回到临安，可别忘了请我们吃喜酒！”

“等不及等不及！”一个士兵调皮地说，“这年头，兵荒马乱的，说不定哪一天我就会被金兵一箭射死。要喝喜酒，今晚就喝！”

“对，今晚就喝！”

众人你一言我一语，笑声不断。

虞允文极力掩饰着内心的不安，一声不吭地朝前走。

走到牌坊前，迎面走来一支贺喜的队伍。这是附近慈湖镇上的百姓，他们得知宋军胜利的消息，纷纷从霍里山跑回家，找出锣鼓、唢呐，直奔采石。队伍前头的四个壮汉，光着脊梁抬着一只大匾，上刻几个金光耀眼的大字：

昭昭业绩

书赠大将军虞允文

虞允文一见“大将军”几个字，脸色都变了，话也变得语无伦次：“这，这叫人怎么受得了呀！”

“当之无愧，你是当之无愧呀！”李显忠只是笑。

村民们捧着收藏几年的桂花酒来了，抬着刚刚宰好的猪羊来了。姑娘们把昨日在山洞里扎好的红花戴在虞允文和将士们的胸口；一位佝偻着腰的瞎眼奶奶在众人搀扶下，摸到虞允文身前，伸出颤抖的手抚摸他的面颊，摸他的手，涔涔的热泪，打湿了虞允文的衣襟。

几个吹唢呐的后生知道眼前的就是虞大将军，围着他又吹又跳，急得允文连连摆手："这样不好，这样不好……"他的脸变得像胸口的花一样红，难为情地朝李显忠背后躲。李显忠又把他推出来，那几个后生架起虞允文，要往大轿上放。

虞允文猛地挣开，收起笑容，对李显忠说：

"李将军，请到军帐中来，我有要事相告！"

一进军帐，虞允文就憋不住了，猛地冲出一句："将军，我犯下欺君之罪啦！"说完，朝李显忠纳头便跪。李显忠惊得迟迟合不拢嘴，伸手将他扶起："这是哪里的话？"

虞允文怀着悲愤之情，把马田传假旨、自己怎样将计就计当上将军的经过如实讲了一遍。

好像有什么尖锐的东西，猛地刺穿李显忠的心窝，他瞪着眼睛愣住了。李将军生平经历过无数惊心动魄的场面，见过无数披肝沥胆的豪杰，但像虞允文这样的胆略，倒是头一回见到！

他直直地盯着虞允文，一时找不出合适的话来。

虞允文见李将军沉吟不语，躬身说道："将军不必焦虑，我这就召集三军，和盘托出，明日即赴临安请罪！"

"为国立功，何罪之有！"李显忠缓缓地说，"舍人不必烦恼，我很快就去临安，把你的功绩报给朝廷，恳请皇上让你名正言顺。"

"不不不，我不要当将军。不要，真的，决不要！"虞允文浑身像着了火似的不安，"我虞某朝思暮想，只盼着打败金兵，保住宋室江山，哪图什么官啊！"

一种忧郁的情绪压上了李显忠心头，正要安慰他几句，忽听梁平在帐外喊道："虞大将军在吗？"

虞允文无可奈何地摇摇头："唉，真叫得人脸红。"他拉开帐门，见梁平满头是汗地站在门口，便说："以后，你们别这样叫我！"

梁平望望虞允文，又望望李显忠，不明白大将军为什么一反常态。

李显忠问梁平：“有事吗？”

梁平说：“东乡、西乡，还有太平府的百姓都赶来采石庆贺，围在街头闹闹嚷嚷，说见不到虞大将军，就是不走！”

虞允文叫梁平代表他，快去向百姓表示谢意，请大家不要再吹打了，这一仗还不能算全胜，金兵还没退出和州，还在江对岸虎视眈眈地盯着采石。待有朝一日，收复了宋室江山，再来个普天同庆，举国欢腾！

23 大神指路

采石一战被打得大败，弄得完颜亮手足无措，惶惶不可终日。他更没有想到，就在他正准备和虞允文再来一场决战时，杨林河口里的战船都被宋军一把火送上西天。他气得暴跳如雷，把元力和几个将官叫进大帐，开口就问：

“船没有了，人没有了，马也没有了，过不了江了。你们说，下一步棋如何走？是班师回朝还是继续南下？”

将官们听出完颜亮在试探他们，不知如何回答。

沉寂中，有人在窃窃私语：

“班师回朝？哪有朝呀，窝都被人端了，往哪退？”

“不能后退，可退无路！”

“退回去也是死路一条！”

只有元力站在那里一声不吱，完颜亮看他神色不露，轻声问：“元力将军，你说呢？”

元力揣摩着完颜亮的意图，忽然冒出一句：“陛下，你可知这是什么地方？”他用脚点点地。

完颜亮盯着元力，有些不解。

元力道：“从这里往东三里，是楚霸王项羽自刎的乌江。”

乌江？知道，完颜亮当然知道。他逼视着元力，你是什么意思？

元力长久没吭气。

完颜亮读过许多汉人写的书，当然知道霸王别姬，知道霸王乌江自刎，但他却没想到霸王自刎的地方竟然在这里。

是巧合还是天意？他百思而不得其解。

他的眼前闪现出西楚霸王项羽的雄姿。

当年，垓下一战，项羽被刘邦打得落花流水，他的爱妾虞姬也在悲愤中自刎。眼见大势已去，项羽带着几员大将，骑上乌骓马向江东方向夺路而逃。

项羽一口气跑到乌江。

转过一座土坡，只见浩浩荡荡的大江挡住去路。乌骓马腾空跃起，在原地打了个转，回头望望主人，只见主人眼里充满了血丝，显得筋疲力尽，往日那任意驰骋的威风统统消失。乌骓马知道主人面临绝境，懂事似的慢慢往前走。忽然，项羽大吼一声，两腿一夹，纵马冲下高坡，直向江水飞奔而去。

到了江边，乌骓马长嘶一声，前腿绷直，后腿不停地踢着，显得很不安，这马怎么啦？项羽正纳闷，只见芦苇荡里漂出一只小船，船头立着个白胡子飘飘的老人，看见项羽，老熟人似的点点头，好像一直在这里等着他。

项羽举手呼叫：

“老人家，救我一命，终生不忘！”

老人把船划了过来。项羽正要上船，老人连声说：“大王，船小风大，渡人不渡马，渡马不渡人！”

项羽抬眼望去，只见江面上浪涛一个接着一个，发出震耳欲聋的声音。看来，想和他的战马同时过江是不可能的。项羽环顾四周，希望还能找到一艘船，可是除了满眼的波涛，什么也没有，他失望了。

远处，传来阵阵喊杀，项羽登高一看，在烟尘腾起的地平线上，一面面战旗在风中飘拂，战旗下出现一排高举的刀剑和长矛。真快呀！没想到真的追上来了。他的那几员大将呢？不是说好了紧紧跟在他的身后吗？难道在自己危难的时候都溜之大吉了？项羽没再多想，眯眼细看，只见汉军的一支先头部队清楚地出现在他的视线里。

项羽大吼一声，风一样直朝那支队伍卷了过去。

乌骓马兴奋起来，带着主人全力飞跑，如腾空入海一般，它的身体几乎伸成了一条线，肚皮都快要挨地了，尘土在身后翻卷，雪片似的白沫喷到胸脯上，散落在空气中。马的两肋汗淋淋的，如水洗一样。

项羽又一次沉浸在战斗的亢奋之中，他根本没去考虑自己和对方力量的悬殊，就那么单枪匹马地冲上前去。随着刀剑的撞击，火花四溅，他感到整个世界在眼前起伏闪动，鲜血飞洒，人头落地，听不见被砍杀者的悲鸣，看不见任何一张脸上的表情，只感到一种前所未有的快感。

忽然，乌骓马一个趔趄，差点栽倒，他下意识地伸手一摸，感觉到一支飞来的利箭射入马的颈脖，顿时血流如注。项羽不敢再战，慌忙冲出重围，择路而逃。

到了江边，小船还在，项羽什么也没想，决定让马先过江。乌骓马跟随他已经十几年了，应该让它先上船。这是一种少见的河曲马，它有着一双蓝莹莹的眼睛，全身像黑缎一样闪闪发光，只有四只蹄子是白色的。项羽风趣地说这叫马踏白云。巨鹿之战，他曾在马背上，如驾着彩云，九战九胜。多少回，他受伤跌下马来，乌骓马也跟着伏倒在地，让他爬上马背，把他带回大营。有一次，他受了重伤，躺在地上怎么也起不来，那马就在风沙中给他当挡风的围墙，让他舒舒服服地睡了一觉，第二天又回到大营。现在，乌骓马是为了他中箭的呀，他应该马上把它转移到安全的地方，让它喘口气。至于自己，那就看天运了。

项羽正想着，只见乌骓马将腰一挺，头一扭，一口咬住那露在外面的箭杆，用力一带，箭被拔了出来，鲜血喷了项羽一脸，项羽伸手按住马的伤口，止住了往外喷涌的鲜血。老人跳下船，忙从路边扯下一把野草，按到马的流血处，血是止住了，但那马还是浑身抖动不停，眼睛也渐渐失去了光泽。老人抬头对项羽道：“大王，我看这马不中用了，还是你先过江吧！”

项羽咬着牙帮骨，一颗心也在瑟瑟发抖。他不禁想起去年冬天，在一次和汉军的交战中，乌骓马被人砍了一刀，伤势不轻，项羽便将它寄养在一户人家里。他哪里想到，就在队伍开拔一天后，乌骓马竟然带着伤追了上来，看到主人又是舔又是蹭，眼里溢满了笑意。项羽知道，它是不想离开自己的主人，不想离开血与火的战场啊！

现在，乌骓马又一次受伤，一个铁血男儿怎么能抛开忠诚的朋友而只顾自己逃生呢？想到这，项羽把手一挥，吼道："让马过江！"说着，伸出双手去托马的屁股，想把它推上船，奇怪的是，那马死活不肯挪动，竟长嘶起来，声音怪异，像将要被宰杀的老牛发出的那种声音。定神细看，乌骓马的眼睛里现出一些湿漉漉的东西，他以为是眼泪，伸手一摸，竟是血！呀，它流血了！项羽听说过宝马泣血，以为是胡编，今天倒让他亲眼见到了，禁不住流下了滚滚热泪，搂着马的脖子，呜咽起来。

老人也被感动了，连声说："宝马呀，宝马！"再次请求霸王上船，项羽纹丝不动。

"大王，你看那边！"老人抬手一指。

顺着老人手指的方向看去，只见江边的崖壁上，赫然现出一排大字："霸王必死于此！"

这并非墨迹，而是黑压压的蚂蚁连成的。项羽哪里知道，这是汉军料到项羽必从这里过江，连夜派人用扫帚蘸着糖稀写下的，甜味引得蚂蚁倾巢而出，一起粘在上面，变成了"蚁字"。项羽暗暗叫苦，天杀我矣！他尽力克制着自己，回到乌骓马身边，轻轻抚摸着马背，亲切地说道："乌骓呀乌骓，你先走一步，我随后就到。"乌骓马懂事地望着主人。

项羽心里清楚，这次分手，恐怕再也不能见面了。他想把乌骓马身上的雕鞍解下来，那马鞍背了多年，也该让它轻松轻松了。刚要伸手去解，乌骓似有感应，晃着身体，不让他解，项羽无奈，只是长叹一声，一用力，趁势把马推上船去。

小船晃了几晃，很快就平稳下来。老汉摇着大橹，消失在他的视线里。

目送着远去的小船，听着身后传来的喊杀声，一种前所未有的苍凉漫过项羽全身，心爱的战马走了，还有什么念想呢？他轻声叨念着什么，抽出宝剑，朝自己的脖子上抹去……

完颜亮很小的时候，就听太祖绘声绘色地说过这个真实的故事，他对那匹战马心驰神往，但对那个被称作霸王的男人却不屑一顾。项羽，那个粗鲁的家伙，怎能和我一个堂堂的大金皇帝相提并论？想我完颜亮，文武双全，他项羽算什么？他会写诗吗？他听得懂小曲吗？他读过多少书，打过几年仗，他的地盘有我的大吗……不用百日，我们的江山将一直延伸到钱塘江畔，项羽呢，他有如此辽阔的江山吗？一个毛头小子，出山才几年，就被人打得稀里哗啦，一败涂地。无论比什么，他跟我都相差十万八千里！

这个元力，莫不是想借项羽这个典故来取笑我？完颜亮想发火，想想还是忍住了，对元力这样性格内向的人，不能老是发脾气，要多用心计才对。他两眼盯着元力，弦外有音地问：

"你是说，我的下场和项羽一样喽？"

"不，不，不……"

"什么不不不，你可知道，项羽是兵败退到乌江的，而我是驱赶宋军来到乌江的，两者怎么能扯到一起?!"

元力觉得可笑，心想，采石的惨败不是跟项羽一样吗？虽说相隔千年，两人却如出一辙，都是骄横自大、不可一世的家伙，一个是战神，一个是暴君，殊途同归，结果都不会好的。元力的眼光停留在完颜亮的侧脸上，虽然他才四十多岁，但胡子已经花白，乱蓬蓬的，像一蓬茅草。颧骨突起，一双明亮的眼睛藏在深陷的眼窝里，瘦削的脸使那双布满血丝的眼睛显得更大了。他还发现，完颜亮的颈脖子上露出大大的喉结，说起话来上下动弹，胸脯也不停起伏，看得出，他的身体已经疲惫至极。想一想前几个月，他可不是这样呀！是这一路奔波，打打杀杀，使他耗尽了体力，才变成这副模样。特别是采石一战，仅仅一夜之间，完颜亮的头发全白了，身子又瘦了一圈。将士们都承认，完颜亮是个真正的勇士，一条打不倒、摧不垮的汉子，但也确实是个不近情理的暴君！元力在这个暴君面前从不愿多说一句，有什么想法，也只是谨慎地选择着、思考着用什么语言能表达自己的意思。

此刻，元力正思考着用什么话来规劝他不要贸然挺进，这时，哈密腾不知从哪里钻了出来，扒在完颜亮耳边咕噜几句，完颜亮哈哈一笑：

“好呀，明日我们一起去问问大神项羽，看他怎么说。”

霸王祠坐落在离江不远的一座土岗上，歪歪扭扭，像一个受尽折磨的老人。祠堂里外三进，最里面的厅堂里有一座楚霸王的塑像，吹胡子瞪眼，煞是威风。剥落的油漆处露出塑像的稻草泥胎，显得破败不堪。

香炉里插着大把大把的香和烛，青烟在四周弥漫，呛得人睁不开眼。完颜亮虔诚地站在石阶上，向霸王的塑像叩拜。他的身后站着上百个持着刀剑的金兵将领，还有负了伤的兵将，有的拄着竹竿，有的跛着一条腿，有的竟然是被人用担架抬着来的。不大的院子被这支溃不成军的队伍挤得满满的。

忽地，完颜亮转过身，一只脚踏在廊前的石墩子上大声道：“昨晚，霸王托梦给我，要我到这里见见他，给我指指前程……”

将士们目不转睛地看着他，四下静静的，听得见远处江涛的吼声。

虽然是上午，天空却阴沉沉的，像一床厚厚的被子罩住了一切。一阵风从院墙外的大柳树上吹过，发出尖啸的声音。完颜亮随手一指：“众将官看见了吧，那柳梢是朝大江方向摆动的，那是霸王在告诉我，不能后退，只能前进……”刚说了几句，那风竟然不知趣地转了个方向，从西向东吹了过来，干枯的柳条便向着东方摇摆。一只乌鸦“哇”地叫了一声，箭一般地蹿向东方的天空。

“看见了吧，霸王又在说，我们必须向着东方寻找出路。”接着，完颜亮说起了离此二百多里的瓜州，那里的江面水势平缓，两岸没有高山阻挡。当年，他曾跟随金兀术在那段江面上来来去去，如履平地。

尽管他绕来绕去，将士们还是听出来了，完颜亮不甘心失败，他是想去瓜州，跟宋军再次决战。

一种不安的情绪在每个人心里弥漫，院子里的人群开始骚动。

“奶奶，我想奶奶！”人群中突然响起一个稚嫩的声音。

完颜亮抬眼望去，只见人堆里挤着一个少年，顶多十六七岁，他的左胳臂挂了彩，用一缕布条随便包扎着，瘦弱的膀子吊在胸口。他张着嘴还要喊，旁边伸出一只大手，捂住了他的嘴。那也是一个负伤的老兵，他上前一步，用一种哭里带笑的表情哀求完颜亮：

“皇上，这是我侄子，是我把他带到队伍里来的。出来两个月了，他天天吵着要回家。那天打仗，他受了伤，就更想家了。昨晚他做了个梦，梦见他奶奶死了，他说什么也要回去……皇上，你就可怜可怜他吧，他还是个孩子呀！”

话音刚落，那孩子竟然放声大哭起来。

队伍里有人在抽泣。

完颜亮环顾四下，发现将士们很是不安，有人仰望着天，有人轻声叹息，还有人脸色发乌，浑身发抖。完颜亮本想宣布“明日黎明向瓜州进发”，可面对着这种难以抑制的悲观情绪，还是把那道命令收了回来。

听着少年的哭声，看着四下一张张迷茫的脸，完颜亮觉得不是一两句发狠的话能把众人的斗志激发起来的。他转身把哈密腾叫到身边，在他耳边嘀咕了几句，哈密腾把头点了点，朝后面一招手，一个小校搬着一只笸箩走上前来，箩里装着一百枚铜钱。

“现在只有听大神的了。”完颜亮伸手捞了一把铜钱，举在空中，“我马上把这些钱抛到地上。如果钱的正面全部朝上，那就是霸王在暗示我，可以向东方进军。反之，听你们的，打道回府，或者，就地解散！”

完颜亮说话从来都是铁板上钉钉，说一不二，主意一定，就是八头牛也休想拉回。今天这是怎么啦？口口声声还要听听大神的，真是太阳从西边出来，头回见到。

那小校站到高处，猛地把箩里的铜钱往天上一抛，铜钱纷纷落地，有的仰面朝天，一动也不动地定在那里，有的滚了几下，才老老实实地待住。将士们纷纷朝前涌，个个伸着脖子，目不转睛地盯着地上。直到每枚铜钱都找到自己的位置，完颜亮才大声说：“都上来看看，所有的铜钱都是正面朝上。你们说，这说明什么？说明什么？”完颜亮自问自答，“说明我们进军瓜州完全是天意，是上天的旨意！”

哈密腾凑上前，操着破嗓子，尖声道：“谁敢违反天意，只有死路一条！”

将士们大多目不识丁，他们被眼前的景象惊呆了。奇怪，一百枚铜钱，竟然无一例外地正面朝上，这不是天意是什么？既然大神都这样说了，那怎么办呢？只能跟着皇上去拼、去杀，去闯荡天下。

当即，完颜亮命人把每枚铜钱死死地钉在地板上，说等到瓜州大捷后，再来感谢神灵，重修庙堂，为大神再塑金身。

元力默无声息地站在旁边，他心知肚明，这是完颜亮从汉人的书中学来的鬼把戏。

1053年，北宋大将军狄青奉旨征讨南方叛军。刚到桂林，狄青便设坛拜神，拿出一百枚钱币，向将士们许愿，说这次出兵，胜负还没有把握，如果把这些钱币扔在地下，全部正面朝上，就说明肯定能打败敌人，夺取胜利。

将士见了都十分害怕，劝主帅不要这样做，这种尝试没有把握，弄不好会动摇军心。可是狄青全然不理，在众目睽睽之下，举手一挥，把钱币撒到地上，结果这一百个钱币竟鬼使神差般全都正面朝上。顿时士气大振，战斗中个个争先恐后，奋勇杀敌，使叛乱迅速平定。

元力清楚，跟狄青的手法一样，这百枚铜钱是完颜亮命人连夜铸造的，正反面都是一模一样的图案，无论你怎么扔，都是“正面”朝上。

金兵将士大多目不识丁，没人知道一百年前就有人玩过这一手，他们都认为是神灵在保护大金帝国，保佑着他们。有神灵罩着，还怕什么呢？于是纷纷举起手中的刀剑，呐喊着，表示要跟皇上一起，进军瓜州，和宋军决一死战！

完颜亮略施小计，便征服了人心。

次日凌晨，金兵的队伍便浩浩荡荡地出发了，他们打算在黄昏时分赶到瓜州。

24 铁流滚滚

长江南岸的宋军营帐里，虞允文正在和将官们议事，一个卫士拿着一支羽箭和一封牛皮纸做信封的函件匆匆来报，说是完颜亮派船驶到江心射过来的，信封的封口上烫着紫黑色的火漆。

虞允文接过，呈给李显忠，李显忠打开一看，是完颜亮的手书：

“……吾朝大军南下，宋军望风披靡，不战自退，是因为惧怕朕之威风。但采石江上一战，倒见你们纵横驰骋，进退有方，令朕钦佩。因采石江窄，不好施展军威，朕决计赶赴瓜州，和那里的大军会合，联合渡江，再回头收拾采石，到时决不轻饶……”

李显忠看了一看，把信交给虞允文，说：

“这个老贼，在威胁你呢。”

“这家伙打起仗来也算痛快。”虞允文警惕地说，“不过，他一肚子的弯弯绕，还是小心为上。”

当下，李显忠和虞允文商量一番，马上给完颜亮回了一封信，信中义正词严地写道：“不必虚张声势，故意恐吓，赶快进兵瓜州，速速决战！”

信一送出，虞允文便向李显忠请求，拨一批人马给他，火速带到瓜州对岸的京口，和刘锜老将一起，堵住完颜亮的进攻。

李显忠沉吟了一下，说：“舍人，这回金兵不是三十万，是四五十万哪。”

虞允文迎着他的目光，激动地说："将军放心，再大的王八，我也有钓饵对付他的。"

灯下，李显忠见虞允文颧骨突起，面颊塌陷，消瘦多了，便劝他："舍人，你太累了，还是歇歇吧！派兵的事，容我另作计议。"

虞允文见李显忠不表态，只觉得浑身燥热起来："将军，让我去吧，纵然把我留下，我也吃不下睡不安的。"

李显忠被虞允文的精神打动了，说他马上召集三军将领，请诸位一起来出出主意。当即，他们把各营的将官召进军帐。众将官一听说金兵会集几路大军要向瓜州进发，个个脸上似罩了一层严霜，默不作声。

梁平忽地站起："虞将军，我们左营还剩八千，跟你走！"

李显忠麾下的一位将官道："我可以抽出五千人马，和虞将军协同作战。"

时俊迫不及待地说："我们右营还剩六千，也跟着去拼，去杀！"

"大将军，这些人马全交给你了。"李显忠带着无限信赖的眼光望着虞允文，可虞允文却一声不吭。

李将军欠着身子问："你在想什么呢？我的大将军，你倒是说话呀！"

李显忠在等待他的回答，虞允文却注视着摇曳的烛光，仍然默默无语。

呼啸的江风猛地撞开了帐帘，吹进一股逼人的寒气。虞允文起身想去把帐帘关上，透过帐帘，他看见漆黑的夜空中，星星早已隐退，天空阴云密布，看来，天亮之前，会有更大的风雨。

时俊急得须发直竖："我的大将军哪，你不是要人马吗？李将军全拨给你了。这会儿，怎么又不说话啦？"

虞允文猛地转过身，仿佛用最大的力气说出一句话："以后，诸位不要叫我将军了！"话音不高，但一下子把这热烈的气氛凝固住了，人们互相望着，眼里传递着疑问的光。

虞允文瞟了瞟李显忠，想说什么又没说出口，却对众将官道：

"还是请李将军跟大家说好了。"

将官们不知虞允文大将军要说什么。

李显忠长久没吭声。

虞允文垂下了头。众将愕然，感觉到虞允文目光有些异样，声音也不像过去那样响亮，恐怯，无奈。这一反常态的样子让大家感到纳闷。

经不住众人催促，虞允文一字一顿地说：

“其实，我根本不是什么大将军！还是一个郎官，地地道道的中书舍人！”

大帐里忽然出现片刻的安静。

梁平突然大笑：“瞎扯什么，虞大将军，明明是皇上来的圣谕，怎么说不是将军！”

“黄绫子黑字，我看得清清楚楚。”时俊用胳臂肘捣捣虞允文，“大将军，不必客套啦，等赶走金兵，你再谦虚好了。到那时，我把祖上的基业全部卖掉，跟你下隆州，做生意，赚大钱。可眼下，国难家仇，一样未报，你就想打退堂鼓，没那等的好事！”

虞允文眉梢一挑，挺起胸膛站在大家面前，坦诚地说：“真的，我确实不是将军。马田送的是假圣旨，当时，为了打金贼，为了鼓舞士气，我硬着头皮接下了，顶着大将军之名……”见大家将信将疑，他补了一句，“不信，你们问问李将军。”

李显忠用铜针拨了拨烛上的灯花，点了点头。

在这一刹那，大家都怀着激动的心情沉默着。他们做梦也没有料到，事情的变化来得这样突然，突然得让人接受不了。将士们个个像被人用点穴功点了一下，呆怔住了。好半天，人们才抬起头，一双双饱含敬意的目光朝虞允文投来，一桩桩难忘的往事又闪现在眼前：校场上，虞允文虚放一箭，把梁平推上将军的交椅；采石矶头，他把儿子送进了“妖洞”；浪花丛中，他冷静地指挥三军，勇猛杀敌……

李显忠怕大家过于悲观失望，说：“列位放心，我已派人到临安，将虞舍人的功绩奏明圣上。”

马上有人问，报上去多久啦？李显忠说有好几天了，还很有把握地说：“天子英明，定会加封于他。”

“天子！天子！”时俊两手击掌，放声说，“如今的朝廷，被一帮奸佞小人弄得乌七八糟，皇上耳目闭塞，会听你的？”

“我看不能把话说绝。”梁平起身道，“皇上也不是三尺顽童，哪有是非不辨之理？再说朝中还有不少忠臣良将。”

时俊反问：“那为什么李将军早已派人到临安启奏，到现在朝廷连屁都没放一个！”

“可能是要走个程序，皇上做事，哪像我们……”

“什么程序？等你的程序走完了，脑袋早就掉了。”

“好了好了，不要为我的事争论了。”虞允文听着大家你一言我一语地争论不休，抬起胳臂做了个朝下按的动作，“虞某我只会读书，不会当官，也当不好官。要不是国难家仇，谁愿干这种蠢事……”

他还想说下去，想了想，还是忍住了，转身向李显忠恳求：“时候不早了，快把人马拨给我，我想连夜动身。”

“好，好，听你的。”李显忠被虞允文这种誓死报国的丹心所感动，握着他的手，久久地不愿松开。

虞允文是假将军的消息在军中不胫而走，你传他传，传来传去，传走了样。有的说皇上是软骨头，怕虞允文抗金，就把他将军的头衔拿掉了；有的说虞允文除掉了丁酩，秦熹十分恼火，告了他的黑状，虞允文只得下台；有的说虞允文看破了红尘，辞职不干了。众说纷纭，莫衷一是。

虞允文觉得很有必要向将士们交个底，免得大家乱说一气。在队伍出发之前，他终于把事情的前前后后端将出来。

话音未落，队伍一下子闹腾开了，有人举臂呼叫：

“你就是我们的大将军！”

“虞将军，领着我们干吧，我们听你的！”

“虞将军，大将军，我们就要虞将军！”

将士们恨不得喊一千声、一万声“大将军”，表达积攒在心底的感情。

李显忠望着这一群情激奋的场面，心潮起伏，不能自已。在官场上打拼多年，他心里最清楚，要想为官，必须有两个条件，一是皇上的圣谕，二是真正的本事，两个缺一不可。可如今的朝廷里，那些大官小官，除了削尖脑袋，用贪污来的银两换来一纸圣谕外，有几个是真才实学的能人？像虞允文这样一心想报国的志士，却比不上那些吹牛拍马的钻营之徒。有道是，名不正则言不顺。如今，虞允文缺的就是皇上的圣谕，但在这抗金的最前线，在将士们心中，不管你皇帝老子承认不承认，虞允文已是当然的大将军了。

这一声声呼唤，让虞允文脸上发烫，眼眶也变得湿润起来。他明白，在这国家危难还没有消除的时刻，倘若真的放下担子，袖手旁观，那无论如何也是讲不过去的。个人的得失、恩怨、荣辱，比起大宋的江山，毕竟是区区小事。抗击金兵、拯救大宋要紧！

他横下一条心，把一切置之度外，等打退金军再说。

队伍出发前，虞允文来到江边的高崖上，面对江流向儿子告别，轻声说："儿子，等胜利了，我再来看你，你就在这里安心等着父亲吧。"

不知什么时候，他的身后站着许多将士，个个低下头，向江水默哀。有人还采来大把大把的野菊花，放在崖头上。

江水呜咽，翻着浪花，打着漩匆匆流去。

赤乌井前，虞允文又伫立了好久。

无边无际的黑夜，像巨大的网罩住了一切。

终于，虞允文等到了出发的号令。

这是一个初冬的夜晚，天空中下起了蒙蒙细雨，飘飘洒洒，像水雾一样四处弥漫。走了没多远，雨好像大了，雨点打在脸上，有些疼痛。骑在马上的虞允文伸手抹了一把，啊，这不是雨水，而是雪粒！

虞允文回头看了看，他的队伍像一条拉紧的链子，正随着他向前移动。没有人说话，只听见嚓嚓的脚步声和嘚嘚的马蹄声。

顶着刺骨的夜风，冒着密碎的雪粒，一股黑色的人流沿着江南的大道无声地、迅速地向东方流动。

此时此刻，就在和宋军遥遥相对的长江北岸，金兵的数十万大军也正浩浩荡荡地向东推进。

队伍从黑夜走进黎明。

天快亮时，雪住了，但雾气很大，金兵队伍里一面面杂色的大旗，水淋淋地耷拉着，旗下的竹竿像密密的竹林，沿着大江，迤逦东去。

虽然天气寒冷，但金兵们个个都走得气喘吁吁，汗流浃背，加上阵阵雨雪，衣裤早已湿透，像刚从水里捞出来的一样。长时间的急行军，使得他们又饥又累，但仍然保持一定的队形，没人大声说话，只有脚下的泥水、冰凌吱嘎吱嘎地作响。

完颜亮在骑兵的簇拥下走到了队伍最前面。这一阵子，他的腰疼病又犯了，加上在采石一战中耳朵被狗咬了一口，还没好全。阵阵伤痛，让他难以忍受，嘴巴不时地咧开，露出两颗惨白的犬齿。

元力跟了上来，他没说话，始终用斗篷遮着半边脸，神色沮丧。采石江上，因为没听指挥，他被完颜亮招进军帐，革去主将的军职，由完颜铁顶替。要不是他的部下求情，还不知是什么结局。他摸摸屁股，火辣辣地疼，抬头看了看完颜亮，咬牙切齿地在心里骂了一句："暴君无道！"

完颜亮对下属严酷、专横，可每逢打了胜仗，对部下的赏赐倒十分慷慨，所得财物，全部赏给部下。这次南下，每攻下一座城池，他除了把几个漂亮的姑娘占为己有外，别的一概不问，任将士们随心所欲，所以他的部将中也有不少人听任他的驱使。

元力恨他但又怕他，几次试图反抗，又没有这个胆量。

完颜亮走得更快了，完颜铁、哈密腾一左一右地紧紧跟随，他们的身后，是几辆马拉的金银车，里面坐的是薛菊和完颜亮的嫔妃。

那天晚上，化名银卉的薛菊谋杀完颜亮的阴谋败露后，本以为自己活不成了，没想到完颜亮没有加害于她。凌辱了一阵后，让她继续留下。完颜亮倒想看看，鹰爪下的鸡雏是怎样的生动有趣，逗人怜爱。

这里是丘陵地带，道路高高低低，很不平坦。翻过一个大坡，山势渐渐平缓下来，路也越来越宽。完颜亮伏在马背上，两眼紧盯着前方，透过朦胧的夜雾，他好像看到了碧波荡漾的西湖，顿时心中又涌动着得意之情。哈哈，等到了瓜州，一步跨过长江，这天下就是我的了！完颜亮扭过脸，叮嘱哈密腾，到了瓜州，扎下营寨，第一件事就是把那张"立马吴山第一峰"的画布张起来，命人抬着过江。

完颜亮是个永不言败的人，遇事总是往好处想，现在又在痴人说梦了。

哈密腾低低应了一声，他感到前景难以预料。皇上的战书送去后，本以为宋军不敢恋战，没想到对方回答得如此干脆，嗨，真不知道他们又在玩什么花样。想到这里，一股凉气就从骨头缝里直朝外冒，手脚好像已经麻木。

25 把口袋张起来

走了一程，虞允文嫌士兵们步行太慢，就叫梁平率领队伍在后面走，他和时俊策马飞奔，想在完颜亮到达瓜州之前抢先赶到对岸的京口，给老将军刘锜报个信。

接近京口时，天已大亮，路边的树林、房屋、庙宇全披上了一层薄薄的银装；空旷的原野上，白皑皑的一片。“忽如一夜春风来，千树万树梨花开。”虞允文的心怦然一动，吟起诗来。抬头望去，山坡上所有树木的枝枝丫丫都挂满了团团白雪，像锦簇的梨花。

他哪里想得到，这边的雪竟然下得这么大。

大半夜的奔驰，虞允文的枣红马已耗尽了力气，一进刘锜的军营，当两个卫士拦住马头时，它喷着白气，四蹄一软，扑倒在地；虞允文早有防备，两腿一撑，没被摔倒。

卫士举着长枪，厉声喝道：“什么人？”

时俊跳下马来，先做了番自我介绍，又指指眉毛胡子上都结满冰花的虞允文：“喏，这位是虞允文将军！”

卫士好像没听明白，支棱着耳朵，望着虞允文。

时俊大声重复了一句：

“这位是虞允文大人！”

虞允文！那卫士眼睛一闪：“哦，他就是在采石领着一万多人打退三十万金兵的虞将军？”

虞允文捧着冻僵的手哈了哈，含笑作答。

“虞允文！虞允文！”卫士把手中的长枪一举，朝营内呼喊，“大家快来看哪，这就是大名鼎鼎的虞允文！”

“虞允文来啦，快来看哪！”

一声喊，喂马的停止了喂马，挑水的放下了担子，练武的收住了架势，呼啦啦一起围将上来，问长问短；有的帮着把他的披风摘下，为他拍打着身上的雪花；几个士兵七手八脚把马抬起，牵进马棚，拎来最好的草料。

虞允文周身涌起一股热流，向大家点头致谢。他心里思忖，击退金兵只是近几天的事，他们怎么都知道了？想必老将刘锜也已经得到喜讯。他问身边的一个卫士：“刘老将军呢？”

“在那边内帐中，我这就领你去。”卫士道。

往前一箭之远，再拐个弯，卫士站住了，叫虞允文在帐外稍等，自己躬身钻进大帐。还未返身出来，就听帐内响起一个沙哑的声音：

“允文，舍人！快进来呀，快！”

虞允文大步跨进帐去，一眼瞥见帐中放着一盆将要熄灭的炭火，刘锜半躺在榻上，手里握着一支狼毫笔，笑吟吟地凝视着帐外；他的面前，摊着一张大纸，上面赫然写道：

鹊血雕弓湿未干，
鸊鹈新淬剑光寒。
辽东老将鬓成雪，
犹向旄头夜夜看。

当虞允文挑起帐帘出现在他面前时，他激动得双手不住地抖动，连笔也握不住了，干脆，把笔一扔，支撑着坐了起来，未曾开口，他那深陷的眼窝里骤然滚出几颗浊黄的泪珠。

“老将军，不要起来，不要起来，天冷。”

虞允文上前按住他的双肩，把他那双粗大的手合在自己手心里，轻轻地摩挲。两人深情地对望着，相互交流着敬佩的目光，交流着同样的心声。此时，虞允文还真的一时找不出恰当的词句来安慰他。

刘锜的胸脯一起一伏，脸上一阵喜一阵悲，顷刻之间，心中涌起了数十年的风风雨雨，猛然抬起头，感慨地说：“想不到，真想不到，朝廷养兵三十年，竟让你这样一个书生立了大功，真叫我们这些武将羞愧，羞愧哟！”说罢，低下头，双手紧紧地捂住脸，肩膀不停地抽动。

“老将军，可别这么说。你这辈子锐意抗敌，矢志中兴，为大宋立下多少奇功？舍人怎能同你相比。”

刘锜的嘴唇轻轻地翕动着，停了片刻，才急切地问道：“舍人，你从前线来，可知采石一战后，金兵动向如何？”

“老将军，我们正是为此而来。”虞允文指指帐外，急促地说，“金兵上半夜从和州出发，沿着大江直扑瓜州，估计到了晌午，他们的先锋队就能赶到。”

“真的？”刘锜霍地坐起，盯着虞允文，“军中无戏言！”

“都火烧眉毛了，我还敢戏言?!”虞允文道，“他们打算就在瓜州过江，直捣京口，活捉你这位老将军！”

刘锜听罢，脸色陡然变了，脖子上暴起了一道道青筋，像一条条蠕动的蚯蚓，忽然狂叫一声，猛地抽出悬在床头的青龙剑，往前一掷，剑锋正好扎在一根木柱上，悠悠颤动。接着，他把怀一敞，亮出了带着斑斑伤痕的胸脯，哈哈大笑：

“来吧，统统来吧，老夫正等着给他接风哩！”

他挣扎着要下床，脚未落地，却喘得透不过气来。天气太冷，他的气喘病又复发了。虞允文急忙把他按在床上：“老将军，别起来，别起来，在帐中为我们筹划筹划就行了。”

刘锜捂着胸，咳了几声，说道：“不行，我得马上去找他。”

“找谁？”

“上个月，朝廷派来一个枢密使叫叶义问，专管淮东的军务。大事小事，都得由他过问，我马上就去找他商量。”

叶义问？这名字好像听陈康伯说过。哦，想起来了，他不是秦熹的门客吗？爬得好快！前方的将士出生入死，也难得一官半职，他们倒趁机飞黄腾达，平步青云。这是哪家的理！算了，不想了，事到如今，为了顶住完颜亮，也只好求助于他。

虞允文俯身问刘锜：“老将军，叶枢密现在哪里？”

“京口镇花园巷。”刘锜朝帐外努努嘴，“唉，谁晓得他安的什么心？来此半个月了，只到营房转了一圈，到江边兜了一回。前日，他叫人雇来些民工，在沿江的沙滩上插了一排半人深的刺条，说这样能阻住金人过江，一夜江潮，那些刺条全被冲得净光。真是活见鬼！”

刘锜还要往下说，被虞允文打断：“老将军，你在帐中好生养息，我这就去找他。”

他转身向立在门口的时俊叮嘱了几句，两人便一同朝镇上走去。

京口镇十分幽静。天气寒冷，街上的行人寥寥无几。虞允文、时俊在卫士的带领下，沿着一条冻得硬邦邦的石子路来到街头的一座深宅大院门前。

把门的家人好像还没睡醒，连连打着哈欠，见来了两位风尘仆仆的将官，一脸的不耐烦，冷冷地问：“找谁呀？”

“叶大人可在府上？”虞允文问道。

“叶大人打了一夜麻骨牌，正在睡觉哩！”

大敌当前，他还有这样的雅趣！虞允文心中大为不快。看来，果真是刘锜讲的那种货色。时俊在一旁早已气得两眼直翻，正想怒骂，虞允文伸手捏了他一把，叫他不要动火，等见面再说。

家人进去通报，好久没有出来。虞允文等不及了，信步走进了庭院。院内是个花园，花园当中有一小湖，湖面上结着一层薄冰，四周亭台楼阁、假山奇石、水榭花墙，好一个养身之所。

两人在湖边转了一圈，一抬眼，瞥见前面的楼阁里窗帘一挑，隐约看见帘后站着个浓妆艳抹的女人。

虞允文正要把身子转过去，家人走过来，躬身道：“两位大人，叶大人贵体欠佳，请三日后再来。”

时俊把脚一跺：“娘的，金兵的鬼头刀都扎到屁股门子上来了，他还在西湖上划船呢！”

虞允文犹豫了一下，心想，既然来了，就应该向他说明敌情。怕什么呢？皇上的禁宫他进过，金王的大帐他闯过，一个枢密使的住宅有什么了不起的！何况军务在身，耽搁不起呀。虞允文整了整衣襟，迈步朝里走。家人伸手想拦，没拦住，两人已进了内厅。

二道门的竹帘刚刚挑起，里面就传出一个女人的声音：“哪个狗娘养的，不打声招呼就往里闯！”

时俊一愣，道：“我，时俊！”

虞允文立刻止步，恭恭敬敬地说道：“舍人虞允文求见叶枢密。”

“虞允文？好哇，来的是虞允文？老娘做梦都在找你哩！”话音刚落，从侧面的厢房里腾地蹿出一个妇人，心急火燎地奔到虞允文面前，伸手揪住他的衣襟，“你这个千刀万剐的东西，你，你还我男人，还我男人！”

虞允文侧目一看，这妇人四十来岁，一身花衣镶着金边，颜色鲜丽夺目；满脸厚厚的脂粉，遮盖着额头上的皱纹；一举手，就看见戴在手指头上的宝石戒指，光彩四射，照得人眼花缭乱。

虞允文好生纳闷，他并不认识这个泼妇呀！正欲开口盘问，那泼妇连声数落：“你别装蒜，我家王权就是你害死的，你，你……烧成灰我也认识你。”

虞允文立时悟出，这是王权的老婆。不是说那天晚上她带着一船金银细软乘船跑了吗，怎么会在这儿？虞允文扳开她的手，正要呵斥几句，时俊上前攥住那女人的手腕，朝边上一带：“娘的，一人做事一人当，王权是我杀的，要找找老子！”

那妇人把目光落到时俊脸上，怔了一下，爬起来就往时俊身上扑，口中不干不净地骂道：“忘恩负义的畜生！当初，你投奔我家王权，王权把你看作兄弟，上马金，下马银，恨不得把心扒出来给你吃。可你倒好，恩将仇报……”她越骂越火，死死揪着时俊的衣襟不放。

时俊后退一步，霍地拔出腰刀，在空中一晃，吓得那妇人“妈呀”一声，一直退到墙根。

时俊哪里肯放？上前用刀尖顶着她的鼻尖，愤愤地说：“狗王权，不打金贼，只会逃跑，将士们都说，用千刀剐了也不解恨，爷爷我一刀结果了他，还真让他讨了便宜！你不酬谢爷爷，却在这儿闹闹嚷嚷，讨价还价。滚！”

“狂徒大胆！”

随着一声大喝，叶义问出现在房门口。那是一张苍白、圆胖、浮肿的脸，活像一个剥光了皮的冬瓜。只见他捧着凸起的肚子，两眼直勾勾地盯着时俊，心想，这是什么人，竟敢杀到我府上来了。他把脖子一扭，吼道：

“来人哪，把这两个强盗给我捆了！”

一阵喧哗，从庭院里卷进十几个壮汉，个个手执兵器，横眉竖眼。正要动手，被虞允文喝住：“且慢！”他走到叶义问面前，拱手道：“请问，你就是叶大人吧？”

叶义问怒视着虞允文，一副高傲的样子。

虞允文冷冷一笑：“你可知道，将士们在采石抗金，身上挨了多少刀，中了多少箭，流了多少血，我们冒着风雪赶到这里，实指望能听到几句暖心的话，谁知一进门就受到这泼妇的凌辱。对此，你不但不阻止，却以兵刃相见，这未免太过分了吧！”

叶义问不耐烦地打断了他：“知道知道，我知道你在采石立了大功；知道是你害死了秦大人的参军丁酩；知道你贸然接下假旨，当上了大将军……”

他咽了口唾沫，咬牙切齿地接着说：“好一个大将军！皇上听说此事，气得把玉调羹摔得粉碎，说今天敢冒都统之名，明日就会篡皇上之位，连夜要派人把你抓回来问罪。后来，是陈康伯再三进谏，皇上才勉强答应让你过几天官瘾再说。”他轻狂地耸了耸肩，“真不识相，当不上真将军竟跑到我这儿耍赖来了，可笑！”

这番话，气得虞允文浑身发抖，一颗心差点要蹦出胸膛，站在那里，半天说不出话来。

叶义问看出他心中的惶恐，显得更加得意：“嘿嘿，山不转水转，没想到今儿个你转到我手上来了。那好，我们一起到临安面见皇上，走吧，你敢去吗!”他好像真的要往外走的样子。

时俊恼羞成怒，几次想插嘴，都被虞允文止住，可现在，他再也按捺不住，喷着唾沫星子质问叶义问：“我倒想问你，狗秦桧能用十二道金牌把岳飞骗回去害死，难道我们就不能借皇上的圣旨去打金贼？难道抗金有罪？难道……”

时俊还要往下说，虞允文拉拉他的衣角，叫他少说两句，转身盯着叶义问：“叶大人，至于后果我早有所料。眼下，金兵数十万人马很快就要从瓜州过江，不知你这专管军务的枢密使有何对策?”

“什么？你说什么?”这兜头一瓢凉水，浇得叶义问浑身发冷，“大清早，别吓唬人，我可不是被人吓唬大的。”说这话时，他的嘴唇在不停地哆嗦。

“金兵马上就要从你眼皮子底下过江啦!”时俊声音老大。

叶义问又是一愣，把头摇得像拨浪鼓：“不相信，打死我也不相信……”

虞允文把金兵的来势细细讲了一遍，叶义问这才觉得像有雷霆万钧之力向他压来，一屁股坐在椅子上，虽穿着锦花绣袍，但两条腿却像筛糠一样抖个不停，苍白的脸上竟然沁出点点汗珠，连声问：

“这，这可是真的？可是真的?”

“舍人正是为此而来。”

“那，我马上回临安，奏请皇上……”他两腿挪了挪，好像马上就要离开的样子。

时俊心里骂道，又是个脚底擦油的家伙，想溜，没门。他往门边一堵。

“来不及了，无论如何也来不及了。”虞允文大声说，“估计不要多久，金兵就会到达对岸。”

“哎呀，大哥，我怎么办?”王权老婆如梦初醒，忽地从地上爬起，“我的那些东西……”

时俊厌恶地吐了口唾沫。他早就听王权说过，叶义问是她的小舅子，丈夫死了，她跑到这里寻求保护，真是物以类聚，人以群分。他和虞允文对望了一眼，真像碰到一条断了脊梁的癞皮狗一样恶心。

“刘锜将军到——”

门外，传来卫士的喊声。

虞允文一扭头，见刘锜被一副滑竿抬着，进了庭院。现在的老将军完全变了个样，变得鹤发童颜，神采奕奕，全身披挂，头戴一顶鋈金霸王盔，身穿大叶黄金甲，内衬黄袍，足蹬虎皮战靴，背后斜插一把宝雕金弓，左肋下，走兽壶内密密排着十二支雕翎箭。

虞允文感动不已，大步迎上去："老将军，你怎么也来了，天这么冷……"

"见你们还不回来，老将特来领命！"

叶义问立在那里，半天没转过弯来。

刘锜开门见山地说："叶枢密，金兵把采石剩下的十几万人马调集而来，加上东路金军，差不多有四十万，我们京口不过两三万人马，你说该怎么办？"

时俊接过话："我们还有一万五千，很快就到。"

刘锜说："加到一块，也不过五万。"

叶义问目光呆滞地盯着空中一点，浑身绷得像弹棉花用的牛皮弓一样紧，好半天，才倒吸了一口气，缩着头一声不吱。

虞允文上前问道："叶大人，不知淮东现在还有多少艘战船？"

叶义问这才从迷惘中清醒，张了张嘴，支吾着，不知刚才他问了什么。

刘锜说："还是十多年前，韩世忠抗金留下的一百多艘战船，早已破烂不堪，老朽了。"

"那些船现在在哪？"虞允文问。

"京口北面的江湾里。"

"带我们去看看。"

"好。"刘锜点头应道，"不知舍人要那些破船派何用场？"

虞允文笑笑："我自有用处。"

当即，他请刘锜领着沿江巡视了一番。到了江湾，果真见柳树下泊着一百多艘旧船。虞允文万分欣喜，当下请刘锜找来二百多个士兵，把船分成十组，每组十只，用锁链连接起来，又派人到四周乡下借来几百副水车上的踏轮，装到船尾。

不过三五个时辰，一排海鳅船便整齐地停在江岸边。

虞允文又想了个新主意，在每艘船上搭起高高的木架，用彩纸糊得花花绿绿，船头插着大宋的旗帜。

刘锜毕竟是熟读兵书的老将，揣摩了一会儿，禁不住笑出声来："哈哈，此乃空船计也，妙哉妙哉！"他孩子似的嬉笑着，非要上船不可。虞允文再三劝他也不听，只好让人把老将军抬上船，他端坐船头，威风凛凛的神态让人想到当年他指挥宋军和金兵决战的情景。

刚刚安排停当，就接到探马来报，说金兵的先锋骑兵已抵达对岸。

26 龟山下的钟声

江北岸，金兵的队伍不停息地向前推进。在白雪的映衬下，这支浩荡的队伍像一条黑色的河流，滚滚向前。走在最前面的是敢死队，紧跟其后的是铁甲军，后面是金刀军、银刀军。队伍里除了马蹄声响，没有人说话，想咳嗽的人忙用手捂住嘴，把声音闷了下去。

从黑夜里走到天亮，走得人困马乏，但谁也不敢停步。不知走了多久，队伍已进了瓜州地界。

完颜亮将头一偏，伸手把斗篷撩到一边，那张死灰色的脸上露出了一丝狞笑。完颜铁用手抹了一把脸上的雨水和汗水，眯着眼望了望隐在雾气中的大江，这一带的江面显然比采石江面平缓多了。江滩上芦苇丛生，水中现出座座沙丘、块块滩地。看来，江水也不太深，打这儿过江，十拿九稳。真是太妙了！

完颜铁显得很高兴，鼓起金鱼眼朝完颜亮看了看，讨好地说："难怪大家都说元帅用兵如神，这回真的领教了。"

完颜亮嘿嘿一笑："想当年，我才二十郎当岁，跟着兀术元帅打到这里。想起来也真可笑，那次我们竟然被韩世忠用几面破鼓引进鲢鱼套，差点被困死。"他摇头感叹道，"金兀术这个脓包，走到哪里，只知道抢，抢，抢！根本不考虑退路。哼，那一次，要是让我指挥，管叫他……"

完颜亮情不自禁地想起三十多年前那悲壮的一幕。

那是个阴云密布的早晨，韩世忠率八千水军赶到镇江，去截击从江北抢夺财物、准备渡江的金兵。那一次，金军号称十万，韩世忠那点人马是不容易取胜的。

得知韩世忠即将到来的消息，金兀术毫不犹豫地给他下了封战书，约定开战日期。他原以为韩世忠有些胆怯，没料到他欣然接受。到了约定的日子，金军开始渡江。韩世忠率军在江面上拦截，双方打得箭如飞蝗，浪花翻飞。韩世忠的妻子梁红玉冒着箭雨擂动大鼓，连续打退了金军的十几次攻击，让金军始终渡不了江，活活被困了四十八天。

过不了江，金兀术只好派使者求见韩世忠，说只要肯放他一条生路，他愿意归还所有掠夺来的财物，另外还送给韩世忠一匹名马作为谢礼。韩世忠一口回绝，继续追击，追得金兀术像无头苍蝇一样团团转。因不熟悉地形，他竟被宋军逼入黄天荡。他想从这里突围出去，不承想这竟是一条死港。

也就在这个时候，完颜亮向金兀术提出一条建议，建议把眼前的河道捅开，因为他发现这是一条废弃的老河道。金兀术采纳了他的意见，花了好大的力气把淤塞多年的三十里老鹳河故道凿通，这才求得一条生路。

金兀术哪里料得到，刚逃出来，在撤退途中又遭到岳飞的阻击，走投无路，不得已又折回江北，寻找渡江的地方。

这个消息很快让韩世忠截获，迅速调集一批大船，又一次堵住了金兀术的去路。这回，宋军开来了一批大船，称作“海舰”，形体高大，攻击力强。韩世忠还令工匠制作了许多大铁钩，用以对付金军的小战船。

开战那天，金军首先发起进攻，金兀术呼喊着冲在前面，韩世忠的水军分两路迎战，一下又把金兀术围住了，让他陷入腹背受敌的境地。

金兀术见宋军的战船乘风扬帆，往来如飞，吓得屁滚尿流，掉头就想跑。没跑多远，宋军的大船也开了过来。到了跟前，船上的士兵把大铁钩往金军的船上一甩，无论挂住船上的哪个部位，使劲一拽，那船顿时倾覆，船上的金军就像下饺子似的一起稀里哗啦跌入江中。

这一场面，把完颜亮吓坏了，连忙带着几十个士兵夺路而逃。因为多次在这一带出没，他知道哪里水深，哪里水浅，哪里水流平缓，哪里水急。他记得，江边有一排大柳树，从那里下水，前面就是一片滩地，从滩地下水，就能转移到安全地带。

想到这里，完颜亮心中无限感慨。当年，要不是凭借着这点小聪明，恐怕自己早就没命了。他抬眼望去，想找到当年下水的地方，可望穿双眼，无论如何也找不到那块滩地，找不到那排老柳树。尽管已是深秋，是枯水季节，江面瘦了许多，可江水依然深不见底。江边哪有什么柳树，只有高低起伏的沙丘和几间破败的茅屋。

元力当时在完颜亮手下任骁骑校尉，不幸落水被宋兵擒住，押进韩世忠的大营，梁红玉念他年幼，竟将他放了。

后来，他才得知金兀术和完颜亮被困进芦荡，掘开一条淤泥河，才夺得一条生路。

“哎呀，你们看！”

完颜铁一声惊叫，把元力从沉思中唤醒，顺着完颜铁的手臂看去，只见江中的雾气里，一排“战舰”正围着江中的金山试航，船上旌旗飞舞，刀枪闪光。一阵江风吹过，送来阵阵鼓乐之声，数不清的齋篥、海螺、唢呐一起吹响，把江水震得沸沸扬扬，像开了锅一样。

完颜亮暗自吃惊，嘴里却说：“哈哈，不过是纸船罢了，有什么大惊小怪的！”

“是的，是纸船，没什么大不了的。”完颜铁附和。

第一艘船眨眼就把金山绕了三匝，过去了。第二艘笔直地向江北岸冲来，船上坐的不是别人，正是虞允文！虞允文隔着江水，看见完颜亮立在队伍前头，指手画脚地吆喝着，他再也压抑不住心头的怒火，下令踏船的士兵快速把船开过去。

虞允文走上船头，能听见完颜亮在指着他叫骂：

“你是什么东西，一个小小的郎官，拉大旗做虎皮，仗着长江，把我打败了。不，这不能算败，今天我们到这里来再比试比试……”

声音被江风吹得断断续续，虞允文再也克制不住自己，端起弓，叉开双腿，正要射，梁平不知何时从身后闪了出来，大声道：“将军，还是我来！”

只见他食指贴着箭杆，右手扣紧弓弦，身子半侧，眯眼对准前方，随即弓弦一响，雁翎箭嗖地射出，似流星，像闪电，直朝完颜亮心窝飞去。

完颜亮还在扯着脖子吼叫，身边的完颜铁大叫一声：“皇上，闪开！”他蹿过去，用力把完颜亮一推，完颜亮纹丝不动，那飞来的箭镞却正好戳在完颜铁的手臂上，他只瞟了一眼，眼一闭，脚一跺，把箭镞连肉拔出，往地上一掷。

完颜亮这才想起元力，吼着：“你的弓弩队死绝啦！”

等弓弩队调来时，虞允文的船已消失得无影无踪。

这时的完颜亮完全处于疯狂状态，周身像被火烧着了似的，马鞭直挥，跺脚狂呼：“开战，开战，明天就开战！”

队伍中闪出青年将军斡粘汗，他大步跨到完颜亮面前，拱手说道：“陛下，这一带水势虽然平缓，但江面比采石宽阔，而且南岸宋军早有准备。依末将之见，不该急着进攻，不如驻守镇江，从长计议。”

“你再说一遍！”

这时的完颜亮，显得焦躁难忍，心里忽而像被水淹着，又像被火烧着，忽而又像被石头压着，胸脯不停地起伏。

斡粘汗也不看完颜亮的脸色，又重复了一遍。

完颜亮的眉毛忽地跳上了额头：“这里水面虽宽，而我们是数十万哪！就是将马鞭一起扔下江去，也能挡住滔滔的江流，怕什么！像你这样贪生怕死……执刑官！”

“在！”队伍中挤出一个彪形大汉。

“给我拖到一边，重责五十军棍！”

要是在往日，元力一定会站出来为斡粘汗讲情，可现在，他只是动了动嘴唇，侧转脸，听着竹杖打在斡粘汗的身上，发出噼噼啪啪的响声。

不知是冻的还是吓的，金兵的大小将士全都伸颈侧目，有的竟浑身哆嗦起来。元力闭上眼，像是很困乏的样子。陡然间，完颜亮瞥了他一眼：“元力！”

“末将在。”

完颜亮的眼里发出阴森森的光：“把你的先锋队拉出来，给我下水试试深浅。明天天亮之前，务必要探出一条浅水通道。”

元力感到为难：“水这么深，上哪里探？”

完颜亮固执地说：“就从大柳树下探起，找到那片浅水滩。”

元力感到可笑，那是多年前的事啦，大柳树在哪里？浅水滩在哪里？完颜亮看他畏畏缩缩的样子，大声呵斥：“如果找不到，探不出，就给我在江上搭一座人桥！”

完颜亮的话就是金科玉律，谁敢打半个折扣？可现在，元力终于憋不住了，挺起腰杆，大声道：“陛下，将士们离开家乡好几个月了，加上昼夜行军，疲惫不堪，再逼他们下水，怕吃不消。再说，在这冰冷刺骨的水中搭桥，赤手空拳，拿什么搭？”

“拿什么？用人，用人！”完颜亮把脸绷得铁紧，“要是搭不起桥，拎脑袋来见！”

完颜亮铁了心，哪怕前面是万丈深渊，他也得往前跳，哪怕前面是刀山火海，他也要向前冲。他气得连话也说不出来了，把手中的马缰一扬，那马突然向前一蹿，跃上一个高坡。完颜亮习惯性地把手一举，喊道：

“三军听令，明日凌晨过江，直捣临安。全军将士人人赏爵一级，田两顷，宅十亩。三军须一鼓作气，不可懈怠。军士逃亡的，杀死部将；部将逃亡的，杀死主将！传令官，马上传令！”

完颜亮说完，举鞭在马身上一抽，那马一阵风似的奔向前去。

前面的瓜州龟山寺下，是为他刚刚搭好的毡帐。元力盯着完颜亮的背影，久久没有说话，忽然，他把头一扭，赌气地吼道：“先锋队，下水！”

金兵们无可奈何，一个跟着一个走下江堤。

江滩上，遍地是一人多高的芦苇，一群惊鸟鸣叫着飞去。此时，风停雪住，江对面的鼓乐声听起来更加清晰、逼人。

下雪不冷化雪冷，这时的天气显得格外严寒。江水一触到手，就像无数钢针，扎得人牙齿直打战。元力哪管这些，呵斥士兵们快快下水。

头一个士兵下去了，蹚到离江岸还没一丈远的地方，水就齐腰深了，再往前走了一段，他猛然伸起手臂，摆了几摆，连喊都来不及喊，便被湍急的江流冲走了。

接着，又一个被江水吞没，第三个，第四个……

还没下去的站在水边，回过头，眼巴巴地瞅着元力。元力朝完颜亮的花顶毡帐望了一眼，觉得有股抑制不住的怒潮在胸中翻卷，他咬着嘴唇，半天没出声，忽然抬起手臂，凌空一举，朝水中的金兵喊道："上来，统统上来！"

金兵们绝路逢生，返身向岸边靠近。

一直站在江堤上的完颜铁目睹眼前的一切，气咻咻地指着元力："违抗军令，该当何罪？"手指几乎挨到元力的鼻尖。

"就是用铁檛敲碎我的脑袋，我也不让弟兄们下水。"元力把他的手往边上一推。

"你胆子见长啦！好，你等着！"

完颜铁骑上马，朝完颜亮的军帐奔去。

大帐内，完颜亮抓起侍卫备好的牛角酒壶，一仰脸，咕嘟咕嘟地灌了一肚子，顿时感到头昏脑热起来。不知为什么，一种前所未有的孤独感弥漫在他的四周。他想把那个叫银卉的姑娘叫来，给他弹支小曲，点燃一炷青香，在丝丝缕缕的青烟中，在她身上再添几朵梅花……

正胡乱想着，完颜铁躬身进帐，向他禀报元力如何不听指挥，如何叫士兵们不要下水，并添油加醋地比画着："他还说，你就是用铁檛敲碎他的脑袋，他也不怕。"

完颜亮那放在唇边的酒壶迟迟没有移开。

完颜铁趋前半步，咬牙切齿地说："依末将之见，应马上把他抓起来，以防不测。"

完颜亮的两道眉毛紧紧地拧在一起，沉吟了一会儿，把手一扬："你给我出去！出去！"

完颜铁感到意外，皇上今天怎么了？继而一想，完颜亮是个喜欢听好话的人，特别是在心情不好的情况下，更不愿意听到那些刺耳的声音。这个时候，只有回避，让他一个人静一会儿再说。

完颜铁退到大帐门口静候。

完颜亮那像一缸泥水一样的心绪，似乎慢慢澄清下来，他觉得自己刚才有些失态，一个万人之上的天子，怎么能这样沉不住气呢？

完颜亮叫完颜铁过来，对他说："要切记，元力是你的兄弟。以后，没有证据，不得胡言。"声音竟变得温柔起来。

证据？太多了，完颜铁张张嘴想说点什么，但看到完颜亮那不耐烦的样子，喃喃自语几声，便躬身退下。

完颜铁刚走，哈密腾随后走进大帐，说"立马吴山"画布已经撑好。

"抬进来！"

两个卫士把画幅放到他面前。

完颜亮后退半步，醉意朦胧地欣赏着画上的美景，尽管心中有许多不快，但一看到眼前的景象，顿时舒服多了。哈哈，顶多再过三五天，眼前的一切就要变成可望可触的现实。曾几何时，他一次一次地吟诵着柳永的《西湖词》，对临安的湖光山色向往不已。为了实现"立马吴山"的雄心壮志，他一再迁都，由沙漠、草原迁都到燕山，马上就要定都临安。将士们都夸他这是"三级跳"！好一个三级跳！第一跳，跳出了寒冷的北国；第二跳，跳进了满街冰葫芦的中都；现在正在进行的第三跳，将跳到临安这个人间天堂。在那里，他要让南北万里的车书混同，叫广袤的南国归为大金的一统江山。到那时，他就要成为一个雄霸中原的天子。等到皇位坐稳，他将率领三军，回师北国，讨伐逆贼，拧下乌禄的脑袋，灭掉所有的异己。那将是何等快意呀！

他读过汉人司马迁写的《史记》。竖看历史，哪朝哪代不经历过无数风风雨雨，哪个帝王不经历过生生死死？他面前的这点沟沟坎坎算得了什么！

完颜亮觉得眼前突然明亮起来，他想起了那个银卉姑娘，想马上把她叫来弹唱一支小曲，再陪自己说说话。

"陛下，"他几乎忘记哈密腾一直站在旁边，悄无声息，像幽灵一样，此时，看完颜亮脸色好一些，便凑过来轻声道，"刚才你对元力……"

完颜亮转过身，两眼直直地盯着哈密腾。在他那刀子似的目光里，哈密腾顿时矮了一截，低着头说："皇上，秦王苻坚在淝水战败后，就是死于部将的叛乱。"

哈密腾往前凑了凑，神秘兮兮地说："不知陛下想过没有，在我们军中，难道就没有自己的对头？契丹、汉儿就不想报仇？据我多方观察，元力已经知道是你杀死他的父亲，一岁时你把他接过来抚养，不让他再姓耶律，改姓完颜……我担心他知道这一切，就有可能发动兵变。如果那样，我们就会有不测之祸呀。"

完颜亮的眼里掠过一道惊惧的光："你是说，让我革去他的兵权，马上将他……"

"不，不，临阵换将，军心必乱。"哈密腾直摇头，"依臣之见，这会儿先将他稳住，等过了江再说。"

完颜亮久久地注视着哈密腾，觉得千军万马中只有他最贴心，最有智谋，最会说话。对这样一个忠心不二的聪明人，可不能亏待。他用老山羊一样的眼神抚摸着哈密腾，那神情分明在说，跟着我好好干吧，不会吃亏的。

哈密腾从完颜亮的眼光里看到了自己的前程，朝完颜亮深深一躬。

完颜亮伸手把他扶起，吩咐他，马上去监视元力，看他有何动向，一有情况，马上来报。

那天晚上，完颜亮的精神特别好，直到后半夜，才有点睡意。躺在那里，迷迷糊糊地似睡非睡，整个身子像浮在水上一样，忽起忽落。隐隐约约，悠悠的钟声在龟山寺下回旋，在山野间震颤，也传进完颜亮的毡帐。别看完颜亮在众将官面前威风凛凛、气势如虹，在公开场合，他表现得坚强果断，意志如钢，一不如意，马上发作，常常暴跳如雷。可是，他也是一个多愁善感的人，当他一个人静下来的时候，常常莫名其妙地忧伤起来，左想想，右想想，让自己陷入一种难以排解的孤独和悲哀之中。

听着江风传过来的钟声，他猛然睁大了眼，这钟声，带着金属的撞击，带着嗡嗡颤动的余音，在夜空中划过，显得那么威严、蛮横，在空中横冲直撞；再听一会儿，他觉得这声音似曾相识，啊，那是北国大漠上送葬时敲的钟啊！一种不祥的预感猛地攫住了他的心。完颜亮再也躺不住了，仓皇走出军帐，他想借大江的涛声来压倒那回旋在胸间的钟鸣。

四野一片漆黑，看不清哪里是江岸，哪里是天空，只听见江水在低声呜咽。天空中，一颗凄惶的流星一闪，拖着一道火焰，坠入遥远的天边。这时，他又想起了那个精明强干的西蜀文士虞允文，中都校场，他以绝妙的射法使自己大为震惊。真是冤家路窄！没想到在采石江上，偏偏又碰上了他；和州城内，他又亲手放了虞允文。唉，也怪自己太大意了，那会儿怎么没多长一个心眼，把他扣下来呢？采石一战之后，本想写封信吓唬吓唬他，没想到这刁诈的西蜀文士竟插上翅膀提前赶到京口，与南朝大将共同临江巡视。

站了一会儿，完颜亮感到脚下湿漉漉的，正要朝后退，江水漫过了他的脚面。涨潮了，浪花喧嚣，急骤地上涨。完颜亮往后紧退几步，脚下一个磕绊，差点跌倒，他只觉得头皮一麻，仿佛感到千百万个浪头朝他劈头盖脸地压来。眼一眨，那浪涛竟化成无数个将士，走在最前面的是虞允文，紧跟其后的是宋军将士，中间还有不少是他的人马。他感到纳闷，自己的人怎么也加入了宋军的阵营？他陡然发现，中间还夹着几个被点上天灯的伤兵，他们顶着灯花，迈着大步朝他走了过来……

完颜亮惊恐地叫了一声，一头钻进军帐，把毡毯紧紧地蒙在脸上。但大江的咆哮声、催命的钟声，却怎么也挥之不去，老是在他耳边轰响；那摇曳的灯花老是在他眼前晃动。恍惚间，他心底升起一个悲观的念头：自古以来，多少勇士在与大江的较量中，折戟沉沙，葬身鱼腹，更何况我这来自草原的一只皂雕！算了，明日回辽阳去吧，去侍奉辽阳的新天子，拜倒在乌禄的脚下。唉，那也太窝囊了，乌禄见到他，一声令下，就会叫他人头落地，一命归天。

完颜亮把手伸进怀里，摸了摸毛茸茸的胸脯，问自己，完颜亮呀完颜亮，难道你就这样完了吗？前有大江之南的劲敌，后有乌禄在辽阳称帝，倘若你就这样不进不退，再拖下去，一旦军心有变，看你如何收拾！

过江，过江，就是拼着一条老命也得打过长江。现在，这是他唯一的生路了。

帐外，响起了悲凉、凄楚的笳声，那是在草原上听惯了的家乡小曲。是谁在吹？听着这若有若无的笳声，他的心都要碎了。

27 老贼，你的末日到了

此时，就在离完颜亮一箭之地的另一顶毡帐内，元力躺在临时搭的地铺上，枕着大江的浪涛声，怎么也不能安睡。头脑中一会儿闪现出完颜亮那狰狞的面目，一会儿又出现被虞允文射穿眼睛的大雕，采石江面上的飞舟、刀光、战旗、如雨的矢石，浪尖上那双摇晃的手，一对对渴求的目光，在他眼前变幻着，旋转着。

他翻了个身，强令自己合上眼，还是不行，浑身像有一窝蚂蚁在爬。

看来，这回完颜亮是不会放过他了。过江，谈何容易；后退，何处有生路！难道就这样睁着眼睛等死！他用力扯了扯勒住脖子的衣领，举拳在脑门上狠劲一击，霍地坐起，叫侍从去把斡粘汗叫来。

“元力将军，你找我？”

斡粘汗一拐一拐地来了。

元力见他要跪，伸手扶起，用力按了按他的肩膀，轻声问：“伤还痛吗？”

斡粘汗咬着嘴唇，把脸偏转过去。

元力拉了拉他那冰凉的手，问：“我元力一向待你如何？”

斡粘汗抬眼看看烛光下元力那带有病容的面孔，望着他那浓眉下深沉、发亮的大眼，想从他的眼神里判断出他问话的意思。

“说话呀！”

元力在他肩头一拍，等着他的回答。

斡粘汗嗫嗫嚅嚅：“将军一向爱兵如子，我……”他转身，面对帐外的星光。就在他转身的一刹那，元力发现他那双不大的眼睛里，闪动着两点亮晶晶的泪光。

“完颜亮呢？对你如何？”

斡粘汗心里一阵慌乱，避开元力的目光。

“怎么？你怕了？”元力声音冷峻，含着一股逼人的威严。

斡粘汗慢慢地低下头，一手捂胸，喃喃地说：“将军，我……”

“啊，你怕死！”元力浓眉一耸，“死到临头了，还怕什么！明天天一亮，他就会把我们统统撵下江去，和在采石一样，不是被宋兵杀死，就是被江水淹死；后退，也要被铁擿击死。死，死，除了死，你还有什么！”

元力说着，把脸转向帐外，漆黑而阴冷的天空，闪出一道金光，一颗星星在陨落，拖着长长的尾巴坠进苍茫的大江。他吸了口气，接着说：“我晓得，你是新婚的第二天被拉来的，妻子一定倚门而望，盼你归来，可她哪里想到，自己的亲人却无声无息地死在远离草原的南国……”

斡粘汗激动地聆听着，眼前飞速浮现出采石江面激战的情景，那被鲜血染红的大江，到现在还在他胸中流淌，他微微一颤，探询地问：

“元力将军，你的意思是……”

元力朝斡粘汗招招手，让他把脸凑过来，贴着他的耳朵，低声咕哝几句。

斡粘汗的脸唰地变了，想了想，一字一顿地说：“将军，你曾说过，君子报仇，十年不晚，可今天……”

“可是我等不及啦，今天我不要老贼的命，明天他就要逼我们死…”

帐门外，响起一阵脚步声，元力料到不好，迅速和斡粘汗分开。这时，帐门一挑，哈密腾闪了进来，瞅瞅两人，脸上闪过一丝阴险的微笑：“呵呵，你们在嘀咕什么呢？莫不是……”

元力欲语不能，愤然挺立。

“我就在帐外，你们的话我听得一清二楚。好了，什么也不用说了，跟我走吧。”哈密腾眼珠一转，“皇上在大帐等你呢，走呀，快跟我领赏去……”

元力的眸子里，火焰在升腾，没等哈密腾说完，一个纵身扑上去，双手揪住他的衣领，往后一推，哈密腾朝后一仰，倒在地上。元力蹿上去，伸手卡住他的喉咙：

“说，完颜亮说什么？”

斡粘汗站在一边，被元力这突如其来的举动吓呆了。

“呃呃呃……”哈密腾额上青筋暴起，眼球鼓得老高，结结巴巴地说，“说，说……”

元力两手一紧：“说什么？讲！”

“你手先放开，我就说。”

“好，放开你。”元力把手松了松。

哈密腾上气不接下气：“他说，说等过了江，叫你脑袋开，开，开花……”

“好呀！”元力眼里闪过一道愤怒的光，仿佛手里攥的是一条毒蛇，他感到自己的全身都颤抖起来，腾出右手，抽出悬在帐上的腰刀，“噗”地把刀刃按进了哈密腾的颈脖，哈密腾那绷起的腿一下子放平，胳臂一抡，不动了。

元力缓缓站起，把溅在脸上的血污在帷帐上揩了一把，两眼也变得血红。

这一幕，让立在一边的斡粘汗不知所措。

“去，找十个弓弩手来！”他威严地朝斡粘汗命令道。斡粘汗这才转过神来，回身欲走，又被元力叫住：“找贴心的，武艺高强的，自带弓箭！”

片刻，十个身着甲胄的弓弩手便挺立在元力的帐内。元力叫斡粘汗到外面望风，自己端着灯烛把十条汉子挨个打量一遍，问了问各人的姓名、身世，家中还有什么人。

弓弩手们一一作答。

元力听罢，两眼望着篷顶，听着狂风掀毡帐时发出的响声。他尽力按捺住狂跳的心，动情地说：“我们女真人是喝马奶长大的，兴安岭的大草原才是我们的故乡，黑龙江、松花江畔才是养育我们的土地，那里有我们的骨肉亲人。可是，完颜亮这个老贼，不顾怨声载道，强征硬掳，把我们撵到这人生地疏的异国他乡。一路上水土不服，无数弟兄死于非命，有的连喊都没喊出一声，便倒在暴君的铁擿之下；更多的丧生于和宋军拼杀的战场……”

说到此，他忽然打住，反剪双手，来回踱了几步，深情地扫视着面前这一张张英武的脸：“我看得出，你们个个思乡心切，巴不得马上回家，但谁敢吐半个不，完颜亮就会把铁擿架在我们的脖子上，硬逼着我们去抢，去杀，去掳，逼着我们用尸骨去铺平他称霸天下之路……”

弓弩手们睁着一双双畏惧的眼睛注视着元力，谁能想到，一向寡言少语的将军竟一口气吐出这一番痛快淋漓的话语！平时，大家都在暗地里传，说完颜亮是元力的救命恩人，是他的再生父亲，今天他怎么对恩人如此绝情？

元力忽地打住，伸手拉开身后的帐帘，瞥了一眼天边的曙色，沉吟道：“天，就要亮了。待催命号一响，我们就得下江，就得去死。死，对于女真汉子来说算什么？人生一世，草木一秋，谁无一死，可这种死法，竟不如一只羔羊……”

他闭上眼睛，想起青梅竹马的夫人，想起刚会骑马的儿子，开满黄花的草地，儿子手执小弓小箭，嬉笑着在追逐奔跑的野兔。他又想起那个可怜的老马倌，临终前拉着他的手悄声说，有件事，必须告诉他，带到地下，他死也不会瞑目的。元力再三追问，老马倌才断断续续地告诉他说，他是元力亲生父亲的朋友，年轻时专门给完颜亮训鹰喂马。那天，把元力叼上天的老鹰是完颜亮放出来的，目的是想害死他的父亲，占有他的母亲，将其子夺到手中。一切如愿后，给他取名完颜元力。

老马倌说得断断续续，语不成句，但元力听得真真切切：“孩子，你在他手下，别指望翻身了。但得记住我的话，要想报仇，唯一的办法就是要比仇人活得更久……保重啊，孩子！”

元力还想追问，老马倌已合上了眼睛。

老马倌的一番话，深深地铭刻在他的心里。现在，那声音又响了起来，一声声，像铁锤一样砸着他的心。元力把手猛地一挥，努力让自己摆脱那句话的纠缠。就在这时，弓弩手们发现，元力将军的睫毛抖动几下，两行泪水从睫毛下滚了出来。

弓弩手们被深深地感动着，再也忍不住了，有的竟发出嘤嘤的啜泣。一个身材高大的弓弩手上前一步，道：“元力将军，快领我们逃吧。”

元力伸手捂住他的嘴，用沉稳的语调把行动计划讲了一遍，末了，截钉斩铁地说：“此一举，关系到大金的前程，关系到几十万将士的身家性命，谁敢不从——看！”他举刀把床上的毡毯一挑，下面是一具血肉模糊的尸体。

弓弩手们瞠目结舌。

元力马上派一个弓弩手到完颜亮的大帐外打探一番。回禀说，完颜亮已经入睡。帐外，完颜铁正带领几个卫侍来回走动。

元力抬手一招，躬身出帐。

东方寥落的星辰渐渐隐退，黎明已悄悄降临。沿着江面放眼望去，但见浑浊的江水一直延伸到遥远的天边，一缕玫瑰色的光带把江水和天空紧紧地融在一起。

时候不早，不能迟疑。元力、斡粘汗领着弓弩手们猫下腰，鱼贯而行，朝完颜亮的大帐摸去。

完颜亮确实太疲乏了，直到天快亮时，才迷迷糊糊地睡去。

好清亮的西湖啊，一朵朵荷花在怒放，一道道涟漪在扩散；涟漪中，闪过一双双大脚，响起一阵杂沓的脚步声。湖水浑了，涟漪乱了。完颜亮猛地从梦中惊醒，咬了咬嘴唇，生疼，不是梦！他定了定神，分明听见脚踏积雪的沙沙声由远及近地传来。糟糕，莫不是宋军来劫营了？一种不祥的预感向他袭来，他霍地坐起，只听“嗖”的一声，一支羽箭穿破黑暗，从他耳轮边擦过，“噗”地戳在床头的画布上，不左不右，不上不下，正中画幅上完颜亮的左眼。

借着星光，完颜亮仰面一看，不觉一惊，举手将箭拔下，细细一瞅，原来是自己军中的羽箭。他立刻意识到有人谋反，吓出一身冷汗，叫声“不好”，正欲取箭反射，帐门外又飞来一箭，正中他的肩胛；他咆哮起来，牙一咬，脚一跺，猛地把箭拔出，顿时，血如泉涌。他伸开五指把伤口一按，抄起鬼头刀，一声怪叫，冲出帐外。

“老贼，你的末日到了！”

说时迟，那时快，元力飞步而入，正好和完颜亮撞个满怀。

完颜亮立刻想到是元力，将身子一挫，右腿一蹲，一个扫堂腿，差点把元力绊倒。元力伸出铁拳直劈完颜亮，完颜亮使出“黑拳反掌”，一拳打上去，拳头没打中元力，却砸在元力的胳臂上。元力胳臂一抬，一拳打去，正好击中完颜亮的受伤部位，他“哇呀”一声怪叫，一抬腿，把烛台踢翻，烛光顿时熄灭，毡帐内一团漆黑。

“放箭！”元力大叫。

十个弓弩手冲进大帐，看不清目标，“嗖嗖嗖”地放了几箭。完颜亮驰射绝伦，只要对方箭一出手，就能分辨出对方要射的部位，他往帐角一伏，死死地盯着元力，突然，飞身跃起，紧紧地扭住元力的双肩，两条汉子像两座铁塔死死地扭在一起，相持不下。

“快，朝我放箭！”元力又叫。

两人左盘右绕，弓弩手们分不清谁是元力，谁是完颜亮，箭不好出手。正在焦急，陡然，打帷帐一角飞出一根绸带，撒网一样，兜住了完颜亮的颈脖，朝后一拉，完颜亮“咕咚”一声仰倒在地。元力扑了上去，骑在他身上，双手死死卡住他的脖子，大声问：“说，那老鹰是不是你放的？”

完颜亮没想到，到了这个时候，元力还问起这件事，便挣扎着，咬牙切齿地说：“你这个恩将仇报的孽畜，明明是我救了你，你却……”

“救了我？还说救了我！你这个狼心狗肺的东西，设计害死我全家，还说救我。”说着双手一紧。

“呃，呃。”完颜亮用最后的力气喊着，“是我又怎么样？是我，就是我……”

还没等他说完，弓弩手们呼啦啦围将上来，乱箭齐发，一根根利箭戳在完颜亮的腿上、膀子上。完颜亮背靠虎皮毛毯，挣扎着，一手朝后撑着坐了起来，圆睁着一双血红的眼睛，死死盯着元力，嘴唇乱抖：

“完颜元力，你，你，千不念，万不念，念你我乃同宗……”

“呸！”元力眉毛一扬，“谁是你的同宗？你杀死了我的父亲，害死千千万万个草原上的兄弟，糟蹋了多少无辜的姐妹……”

后帐传出一个女子凄然的啜泣。

这不是别人，正是银卉——不是银卉，是薛尺的妹妹薛菊，刚才那根绸带正是她撒出来的。自上次与哥哥在和州分别后，她心情一直平静不下来。哥哥那冷若冰霜的面孔老在她眼前晃动，她终于下了决心要杀死完颜亮，让一家人的深仇大恨有个了结。没想到竟被完颜亮发现，差点落得像妈妈一样的下场。她本想，算了，命该如此，听任命运的摆布吧，但又不甘心，这样死不死活不活地留在人世，等到有一天，在九泉之下见到妈妈，如何交代！

刚才，见有人冲进大帐，她心里一惊，细细分辨，是元力的声音。这些天，她也看出元力在完颜亮手下受够了气，尽管他不说话，但从他的眼神里能感觉到他心底的火焰。没想到今天他竟然出手了，好一个铁血男儿！

正在元力和完颜亮相持不下的时候，她奋不顾身地冲上前，抛出了这根长带。

完颜亮没死透，还在"呼哧呼哧"地喘着粗气，忽然，他运足气，把身子一躬，带着满身的箭镞狂呼一声："完颜铁！铁将军！"

这喊声，让所有的人猝不及防。

元力扑上去，正要捏他的脖子，完颜亮一脚蹬去，正中元力的小腹。就在这时，薛菊闪身而出，伸手从完颜亮的靴子里摸出藏在里面的匕首，走上前，对准完颜亮的胸口猛地扎了下去。

完颜亮两眼直翻，手脚乱动。

薛菊这才意识到自己真的杀人了。这个平日连鸡都不敢宰杀的女子被自己的举动吓得不轻，她双手捂着脸，跪在地下，不停地啜泣，声音呜呜咽咽的。

元力早就从这个女子的眼里看到仇恨的火苗，只是不好说穿罢了，此时上前将她扶起，不住地安慰："别哭了，你的仇不是报了吗？应该高兴才对。"

薛菊抬起头，眼泪汪汪地注视着这个高大威猛的男人，万语千言，不知从何说起，竟然放开嗓门，大哭起来。

"立马吴山"的画布耷拉下来，遮住了完颜亮那死灰般的脸，他睁着眼睛，好像还在望着江南，一条伸开的手臂直指临安方向。

帐外有人走动。

倏地，一个身影蹿进大帐。元力正欲转身，一道弧光在他脊梁后一闪，"咔嚓"一声，他的一条胳臂被人一刀砍去。斡粘汗一跃而起，举剑直劈过去，那人立时倒地。元力一看，正是完颜铁，他怒不可遏，用剩下的一只左手，抡起佩刀，没命地砍了过去。

弓弩手们把元力拥出大帐。

斡粘汗命人唤来军医为元力包扎，元力说："不用了！"一只手把战袍一角撩起，放入口中，用力一挣，"刺啦"撕下一溜儿，叫斡粘汗帮他把断臂处扎死。他上前一步，举起另一条带血的手臂大声喊道：

"传我的命令，从瓜州后撤三十里！"

当下，元力以都督府的名义，派斡粘汗持信到京口宋营议和。

这一天，是公元 1161 年 11 月 30 日。

28 舍人，你在哪里

次日晌午，大江两岸的积雪全部化尽，斡粘汗过江送来一份议和书，还带来了完颜亮已被处死的消息。

他的身后，跟着薛菊，是元力命令斡粘汗带她过江来找哥哥的。

斡粘汗开始说什么也不愿意去送议和书，还带着个女子，像什么样？元力把薛菊的经历给他说一遍，斡粘汗还是不干，口口声声说不方便。

薛菊哀求他："将军，带我去吧。哥哥盼望我，眼睛都望穿了，求你了。"说着泪水又涌上眼眶。

斡粘汗什么也不怕，就怕女人的眼泪，他不想再听她啰里啰唆地说那些陈芝麻烂谷子的破事，忙打住了她，把手一挥："好，好，好，走吧走吧！"

没有风，江面显得很平静，江水在静静地流着，紧靠江岸的那片水草大多黄了，有一片却没有死透，在江水里顺流俯伏，等待着春天的来临。薛菊想起了自己，自己不也像这片半死不活的水草吗？被水冲着，被浪击着，被冰凌割着，历经磨难，但还是活过来了。

船到江中心，忽然起风了，阵阵冷风从脖领子钻进来，像无数毒针蜇着她的皮肤，加上完颜亮折磨她留下的香疤，让她疼痛难耐。

今天她就要过江见到哥哥了，不知哥哥可有预感，早晨眼皮可在跳。小溪眷恋着大海，大雁追寻着春天，哥哥呀，你可知道你的亲人已经脱离了虎口，马上就要来到你的身旁了。

她想起每年春天，江水猛涨，哥哥总要牵着她的小手，到江边的沙滩上捡些小鱼小虾，还有那些五颜六色的蚌壳。有一回，一只蚌壳划破了她的手，渗出一缕鲜血，她哭了，哥哥跑过来，嘴里不停地说："蚌壳坏，蚌壳坏！"一脚把蚌壳踏个稀巴烂。哥哥看她手指头还在流血，竟然把她的手指头含在自己嘴里不停地吮吸，直到血止住为止。

十六岁的那年冬天，天好冷哟，不知从哪来了个戏班子，把整个村子闹得热腾火旺。他们在村头搭起了大台，唱起了家乡的小戏，那戏文好长好长，一天唱不完，第二天接着唱，一连唱了半个月。薛菊被戏中的情节迷住了，戏里有个小姐姐，逃荒讨饭帮衬着一个读书的小哥，让他考中得官。不料那小哥是个忘恩负义的小人，当了大官竟然不认小姐姐，小姐姐哭呀闹呀，就差一死，那一声声悲惨的唱腔撕扯着薛菊的心。也不知是戏文牵动了她心底那块柔弱的地方，还是她想到外面去看看花花绿绿的世界，她竟然跟着戏班子跑了。

一家人四处寻找，父亲为找她跑断了腿，妈妈为找她哭瞎了眼，哥哥找她，找遍十里百里，找遍家乡的山水，可怎么也找不到。

后来终于打听到那戏班子转到几百里外的大山沟里去了。哥哥带着干粮，脚蹬草鞋，跋山涉水找到山里。那天天已经黑透，靠山边的戏台上正唱着《秦香莲》，妹妹扮成秦香莲的女儿，一动也不动地站在旁边，尽管脸上画得花枝招展，哥哥还是一眼认出了她。

看到妹妹，哥哥再也克制不住激动的心情，顾不得绕到后台从边门上场，就那么大喊一声，从台前纵身一跃，飞身跳到台中间，甩起胳臂就给妹妹一巴掌。台下的观众顿时傻了眼，他们以为是戏文中增添了这个男人，要他从台下跳上来，怒打香莲的女儿。但众人怎么也想不明白，这是个什么角色，为什么不为香莲申冤，却上来就打人？人们来不及细细揣摩，哥哥已经用一只胳臂夹起妹妹，从台侧往下一蹦，飞快地跑了。

跑了一段，妹妹跑不动，哥哥就背着她跑。

风在耳边呼呼地吹，脚在地上啪啪地响。不一会儿，他们发现身后有人撵上来了，打着火把，敲着锣，呐喊声，狗叫声，连成一片，妹妹哀求哥哥，把我放下，你自己跑吧。哥哥喘着粗气，说死也不离开妹妹。哥哥加快了脚步，拼着命跑呀跑呀，终于跑出了大山，一头钻进一片小树林里，看四下没人，这才把妹妹放下。

想到这些，薛菊恨不得一步跨到哥哥身边，热乎乎地喊几声“哥哥”，以表达积攒在心底的爱。

船到了江心，远处，几只沙鸥拍着翅膀，一会儿贴着江水，一会儿钻进浪花丛中，鸣叫着，那叫声凄惨委婉。薛菊忽然想起，见到哥哥，一定给他唱支小曲，唱出对哥哥的思念。

妹想哥哥心发慌，
夜夜想到大天亮。
见到哥哥拉紧手，
生生死死也不放。
……

不知不觉，小船抵达江南岸。

恰好，薛尺正领着卫士到江边巡逻，迎面碰上了斡粘汗，他惊愕地睁大了眼睛，看看这个从江北金营里来的怪人，马上提高了警惕，一只手把腰刀按得铁紧。更让他不解的是，他的身后还跟着一个穿得花红柳绿的女子，蓬头垢面，一身血污。奇怪，这是什么人呀？待稍近一点，不禁让他大惊失色，天哪，这不是自己的妹妹薛菊吗？她怎么这般打扮，她怎么也来了？薛尺不相信自己的眼睛，用力再瞅，是的，是妹妹！一种复杂的情绪在他胸中涌动，他不知说什么才好，只是用力把脸使劲偏转过去。

“哥！”薛菊认出了哥哥，亲昵地叫了一声。

薛尺不理她，两眼定在江面的一点上。

薛菊又叫了一声：“哥——”

“你认错人了吧？”

“没认错，你就是我哥。”

“谁是你哥！”薛尺冲了她一句，“这儿没你的哥哥！”

怎么不让他气愤呢？如果说小时候跟戏班子乱跑，是年少无知，是好奇心强，长成大姑娘了还跟金人混在一起，认贼作父，这还算是人吗？这对得起养育你的父亲母亲吗？薛尺藐视妹妹，根本不想理睬她，只是用刀子似的目光扫了扫她的全身，这目光使薛菊感到寒冷和畏惧，脸一下子变得煞白，嘴唇不住地抽动。不见哥哥想哥哥，见到哥哥，哥哥却如此冷酷，她越想越伤心，一种软软的东西从胸口直朝上涌，她知道自己快流泪了，但想了想，还是把眼泪打发回去了。

斡粘汗看出薛尺在想什么，忙上前把薛菊配合他们杀死完颜亮的过程说了一遍。薛尺听罢，仍旧错动着牙帮骨，沉默着，过了好久，猛地把头一抬，直勾勾地盯着妹妹，从牙缝里迸出一句话：

“这么说，你跟那个老贼同床共枕喽？”

薛尺嗓子里像塞着一团正在冒烟的棉花，不容妹妹解释，指着她破口大骂：“真是个不知人间羞耻的女人，还有脸面来见我！”

薛菊只觉得头轰的一声，涨得像斗一样大一样空，她强忍内心的痛苦，眼巴巴地望着薛尺，好像眼前不是她的亲哥哥，而是一个与她毫不相干的陌生人，泪水悄无声息地顺着她的下巴直往下淌。

“哼，还有脸哭，哭什么！你对着江水照照，你是什么货色。”薛尺指指大江，“你就是跳下江去，也洗不净你给全家带来的耻辱！”

这沉重的话，让薛菊感到哥哥把一只磨盘猛地压在她的心上，肩膀上仿佛还扛着两只石碾，她受不住了，扛不动了。她不再哭泣，猛地一抬头，揩了一把泪水，理了理散乱在耳边的几缕秀发，用明镜般的眼睛凝视着远方。

江水在缓缓地流淌，对岸的山峦、岩石全都沉浸在耀眼的光亮里，一切都显得那么洁净。万里无云的蓝天穹顶似的笼罩着大江，成千上万点光斑，晶莹闪亮，在波光粼粼的水面上剪切，碰撞，飘舞。这时的薛菊，眼窝深陷，眼神发直，像是罩着一层灰色的雾。她慢慢地回转身，朝哥哥呆呆地望了一眼，好像在说，哥，我去了，身子一转，毅然扑进了大江。

眨眼，薛菊沉入江中，那举起的手臂上还能看见被青香烫出来的点点梅花，在水中时隐时现。

斡粘汗被薛菊这突如其来的举动吓慌了，不知所措。

梁平和时俊风风火火地赶到。

时俊听说此事，大骂薛尺，正欲跳水救人，被梁平挡住，他上前一步，一头扎进波浪之中……

“天哪，这到底是怎么回事呀！”薛尺往地上一蹲，十根指头插进乱发，深深地把头埋了下去。

这时的虞允文正在刘锜帐中议事，忽然得到金兵派人来议和的消息，连忙走出大帐。

斡粘汗大步迎上前，听说面前站的就是虞允文，连忙施礼，双手毕恭毕敬地把议和书呈了过去。虞允文简直不敢相信自己的眼睛，把议和书看了几遍，又将斡粘汗上下打量了一番，问明真相，立即派人去向叶义问禀报。

不一会儿，卫士回来了，说叶枢密昨晚已带着王权的老婆逃回临安。

时俊气得直跺脚：“娘的，我早看出，他也是个属乌龟的货！”

斡粘汗向虞允文施了一礼：“一切由你做主了，虞大将军。”

虞允文连声说：“我不是将军，将军在帐中哩。”说完，领着斡粘汗走进大帐。

刘锜一听金人来议和了，喜得折身从床上坐起，接过议和书，看着看着，眼睛一下子变得雪亮，手也止不住地抖动，抖得议和书也窸窸窣窣地发出了响声。突然，他把腿一拍，大笑起来：“哈哈哈哈！哈哈哈哈……”笑声刚落，忽地举起臂膀，攥紧拳头，朝床头的茶几上猛力一击，茶壶、杯盏一齐跳了起来。

笑声把斡粘汗吓得直朝后缩。

虞允文瞅着老将军那银丝般的须发、布满皱纹的脸庞、年老衰弱的身体，连声劝说：“老将军，少安毋躁，少安毋躁！”

刘锜大笑一阵，两手朝上一扬：“没想到哇，真没想到，金兵也会来找我们议和！嘻嘻，老虎也会找山羊议和。”他拉着虞允文的手，一个劲地抖，“舍人，这可是做梦？可是做梦哪？”

“不，不是梦，是真的。”

虞允文的眼里注满了喜悦。

斡粘汗上前一步，恭恭敬敬地向刘锜施了一礼：“老将军，我是代表几十万金兵将士来找你们议和的。”

刘锜那松弛的眼皮下，眨动着一双浊黄的眼睛，盯着斡粘汗看了好大一会儿，伸手揪住他的衣襟，嘶哑着喉咙，痛苦地摇着头：“假的，假的，你骗不了我！多少年了，我们的大宋给你们耍够了，够了，你骗不了我，骗不了我！”他的嘴唇直打哆嗦。

时俊在一边急得手心直冒汗：“老将军，是真的，确确实实是真的！”

“哦，是真的？”刘锜把手一松，从床上跳下，光着脚奔到帐外，对着士兵的营帐放开嗓子狂呼起来：

“呵——金兵来找我们议和啰！金兵来找我们议和啰！”

这声音像一把利刃，把军营的寂静刺破了。

整个营地沸腾起来，将士们从营帐中、从马厩里、从大江边、从校场上，一齐涌到这里，把老将军团团围住。虞允文趁势把这个喜讯告诉大家，将士们这才确信是真的，个个热泪盈眶，有的捶胸顿足，有的抡起拳头互相对打，有的在地上连连翻着跟斗。一个从采石来的伤兵爬上了马鞍，举鞭抽马，任马一直往前狂奔，一路高喊：“金兵来议和啦！完颜亮完蛋啦！”

饱受严冬摧残的人才能领略到丽日的温暖。虞允文望着这欢腾雀跃的场面，心里却涌出一阵难言的酸楚。回头望望，刘锜老将军还在那儿一把眼泪一把鼻涕地嬉笑，虞允文感到有些反常，硬要把他往营帐里拽。刘锜挣脱了他的手，扯着嗓子喊：“方盛！方盛！”

一个髯须威严的将军走出来：“末将在。”

刘锜把手一划：“传我的命令，今晚在京口校场大摆宴席，犒劳采石将士。快去叫营务处准备。”

“老将军，免了吧。”虞允文再三谢绝。

刘锜把脸一沉：“什么免不免的？不犒劳你们，老夫不过意呀！”说着，头也不回地朝马厩走去。

虞允文紧追几步，拦住他的去路："老将军，你要上哪？"

笑意灌满了刘锜额上的每条皱纹："备马，上临安，找皇上！帮你奏上一本，让你当上真正的大将军！"他甩开虞允文，跌跌撞撞地往前迈去，嘴里还在不住地嘟哝："打江山还有我的一份劳苦呢，皇上能不听我的？肯定听的，肯定，不信，你们等着，哈哈哈……"

站在两边的将士你望望我，我瞅瞅你，不明白一向沉默寡言的老将军今天怎么会变得如此反常。

一个校尉轻声说："糟了，老将军莫不是疯了？"

"什么？说我疯了？谁说我疯了？"刘锜收住脚步，犟着脖子，把胸脯拍得咚咚响，"我好得很，好得很哪！哈哈哈……"

将士们全都呆站在那里，一股绵绵的忧虑，缠绕在每个人的心头。

就在这时，辕门外，一溜马蹄声由远而近地传了过来。一个使臣骑马飞快地来到众人面前，翻身下鞍，捧着一封黄绫子裹着的圣谕走到军部正营，庄严地宣布：

"江淮督府参谋军事中书舍人虞允文听旨——命你明日凌晨赶赴临安……"

虞允文一怔，这也太突然了吧，皇上的圣旨怎么来得这么快，召他进宫到底是干什么？难道真的像叶义问说的那样，等打败了金兵再把他抓回去治罪？还是有别的打算……叶义问想必早到临安了，不然，皇上怎么知道他也到了京口呢？

他遥望着在江面上低翔的沙鸥，陷入迷茫之中。此一去，到底凶多吉少，还是凶少吉多？唉，不管他，先把手上的事办完再说。

当即，虞允文派人将斡粘汗送过江去，又和时俊一道，把刘锜安顿到军帐中切脉治疗，自己坐在一边静静地陪着，直到天黑。

暮色四合时分，校场上已摆满了四方大桌。时俊和右营的将士们围着桌子，谈笑风生；几十个系着白围布的侍卫托着食盘在人堆里穿来穿去。不消片刻，大碟小碗都摆上了桌面，每只桌上，都有一只热腾腾的全鸡，一盘红红的大爪虾，一只卤鸭，一条烤羊腿，一尾二斤重的红尾鲤鱼，外加一小坛高粱酒，八只酒碗，把三尺见方的桌面挤得满满的。

圆脸小卫士端坐在时俊身边，两眼在桌子上直溜，口水差点淌了出来。时俊见他那股馋劲，伸开巴掌在他脑袋上一拍："馋鬼，别把眼珠子弹进了菜盘！"

小卫士咽了一下口水，怪不好意思地笑了笑，岔开话题："时将军，你说，冬天到了，哪来这么多好菜？"

时俊道："是淮东的百姓为你备下的，说你有功，慰劳你哩！"

"我哪里有什么功劳！"小卫士把脖子一缩，"要有，也只有这么一点点。"他掐着小指头比了比，大家哄地笑了。

时俊说："对嘛，你一点点，他一点点，我一点点，加到一块，就把金兵吓跑了，把完颜亮压死了。"

"你这个堂堂的右将军，怎么说功劳一点点呢！"圆脸小卫士把大拇指一伸，"应该是这么大！"

时俊想起在采石被薛尺从水里救上岸的情景，脸唰地红了，抄起筷子要打小卫士，胳臂刚抬起，筷子在空中定住了，咧嘴笑笑，指指那盘卤鸭，连声说："吃吧吃吧，江宁的板鸭闻名天下，吃一筷子香一辈子。"

大家又笑起来，八双筷子一起戳将过来，噼里啪啦，把鸭子叉了个七零八落。

时俊举起酒碗，大声说道："来来来，干！"

"来，干！干！"

大家把酒碗抵到唇边，正要喝，忽听一阵"噼噼啪啪"的声音在头顶上炸响，整个校场上的将士同时仰起脸，只见暗蓝色的天空中腾起了一朵朵五彩缤纷的焰火，像翡翠，似玛瑙，一齐射向高空。眨眼，又变成抛红坠绿的倾盆花雨，撒落到人们的头上、衣服上。每个人的眼睛里都在变幻着绚丽的色彩，跳动着无数奇妙的火焰。

三碗酒下肚，时俊有些飘飘然了，他举着酒碗，站在一闪一闪的光亮中，招呼大家：

"来，再干一碗，一醉方休！"

将士们应和着，纷纷把碗端起，一饮而尽。圆脸小卫士被酒辣得皱起眉头直咂嘴。

时俊一面吃，一面喝，一面还不停地说笑。小卫士嬉笑着，不停地往他碗里斟酒。时俊捧着，直往喉咙里倒。旁边有人劝他少喝点，他摇着头说："反正金兵已经退了，要我何用？喝，喝死拉倒！"

一个校尉官伸出筷头，在中间的大盘边上敲敲："哎哎，吃鱼呀，怎么不吃鱼！"

小卫士瞅着盘子里的鲤鱼，直嚷嚷："这鱼还没虞将军领着我们摸的鱼大！"

"虞将军……"人们不约而同地喊出了声。

一股热流在时俊心中滚过。这些日子，虞舍人为抗金吃尽了苦，操碎了心，在这喜庆的酒宴上，理应敬他一杯，他端起碗酒，磕磕绊绊地摸到左营。还没到跟前，就见梁平和在场的将士们举碗肃立，齐声念道：

"为在采石阵亡的将士……干！"

时俊听了，觉得嗓子眼里堵得慌，不禁想起为自己负伤的薛尺，想起虞粟，想起许许多多留在采石黄土下的将士。这个在战场上心不跳、眉不皱的勇将，此刻却忍不住了，双腿怎么站也站不稳，捧着酒碗的手也哆哆嗦嗦地发起抖来，两行热泪顺着下巴颏"啪嗒啪嗒"地滴到酒碗里。他没有上前，只是远远地站着，学着梁平的样子，把酒轻轻地、轻轻地洒在地上。

等大家重新坐定，时俊才慢慢地走到梁平身后，轻声问："虞舍人可在你们这里？"

梁平转过脸："咦，不是在你们营吗？"

时俊愣住了，说："不在呀。"

梁平沉吟了一下，说："可能在先锋营。"他站起身，为自己和时俊各斟一碗酒："走，我们代表全营将士，去敬他一碗！"

"梁将军慢走！"一位喝得脸红脖子粗的老兵撑着桌子大声说，"见到虞大将军，就说我们全体将士愿睡在金殿上，恳请皇上封他为真正的大将军！"

另一个把碗一举："管他呢，虞舍人就是我们的大将军！"

"对呀，是我们心上的将军！"

梁平应了声，领着时俊，穿过人群，朝先锋营走去。

先锋营大多是二十多岁的后生，此时已酒足饭饱，正兜着圈子跳舞助兴。喇叭王也被请来了，光着一只膀子站在一边，鼓着嘴巴，把一根尺把长的唢呐吹得“呜哩哇啦”地响。

“闪开！闪开！”时俊一手举着酒碗，一手牵着梁平，挤了进来。

镇上来了几十个姑娘，穿红着绿，手拿小碟、竹筷，敲敲打打，边敲边唱：

虞将军，本领强，
采石江上摆战场，
牵着海鳅船，
穿雾又破浪，
撞得金兵叫亲娘！
完颜亮，见阎王，
三十万大军全泡汤，
后退三十里，
不敢逞凶狂，
大宋的将士喜洋洋！

喇叭王两眼望天，嘴巴不住地抽动，吹得腮帮子鼓得老高，吹出的声调抑扬顿挫，味道十足，跟有人在说话一样。

呜哩呜哩哇，
呜哩呜哩哇，
呜里哇呜哩哇呜哩呜哩哇。
……

时俊上前拉拉喇叭王，问他可曾看见虞舍人。喇叭王正吹在兴头上，也不知听清了没有，用嘴巴努努东边的一片灯火。时俊带着梁平挤过去，可问来问去，谁都说没见到。

时俊的心一下子凉了半截，把酒碗一扔，和梁平一起，朝刘锜帐中奔去。

此时的刘锜正静静地躺在榻上，几位淮东的将官陪在旁边，见时俊来找虞允文，都说他刚才在这儿，这会儿不知上哪里去了，也许在自己的帐中料理什么，准备明日启程回临安。

时俊趸身奔到虞允文的帐外，见里面黑咕隆咚，叫了两声，没人应声。

时俊似乎预感到什么，三步并作两步蹿到点将台上，举臂大呼一声："都别乐了！"

校场上"唰"地安静下来。

"你们谁看到虞将军啦？"

将士们面面相觑。

一个士兵走到梁平身后，说他刚才好像看见虞舍人朝江边柳林滩去了。梁平告诉了时俊，时俊"哦"了一声，往台下一蹦，朝江边飞奔而去。将士们丢下碗筷，一起跟在他的身后。

地上又封冻了，飒飒的寒风一阵紧似一阵，坡地上的枫树和山杏的树叶全被昨日的一场雨雪打得通红通红。一轮玉盘似的月亮，被大江那坦荡的胸膛托上了暗紫色的天幕，就像从瑶池里出浴的仙女，浑身散发出纯洁姣美的光辉，把江水映得粼粼发光。

"瞧，虞舍人！"

不知谁喊了一声。

时俊站住了。哦，是虞舍人！他正伫立在江滩上，举目向江北眺望。江风吹拂着他那破旧的战袍，波光映衬着他那瘦削的身影。秋水无涯，微风阵阵，送来一声声寒雁的长鸣，一派凄凉、萧索的景象。

跟在后面的将士全都放慢了脚步，他们谁也不出声，似乎怕惊扰了虞舍人的思绪。

舍人哪，为什么将士们都在举杯庆贺，你却孤身一人来到这里？你不是告诉过我们吗？人生有四大宴席，那三次宴席都没有你的份，唯有这场宏大的宴席才是你的快乐和希望，可现在你怎么又离席而去了呢？你在想什么？看什么？是在眺望江北、想着何日收复中原大地？还是在思念采石的儿子和远在临安的父亲和夫人？还是在为死难的将士哀悼？也许啊，也许你在想，明日进了临安，会讨得一个怎样的结果……

将士们谁也不愿移动脚步，屏息凝神地立在大堤上，用静默来表达对舍人的敬意。看着看着，时俊觉得一股潮乎乎的东西直朝眼眶上涌，他急忙伸出袖子来揩自己的眼睛，才知道自己流泪了。他默无声息地望着虞允文，心里念着：“舍人，保重！”

虞允文好像听见身后有动静，慢慢地转过脸，见大家都望着他，有点不好意思，抬起胳臂，猛地一挥，擦去眼角的泪水，深沉地笑了。

校场上，锣鼓声和鞭炮声更密、更响，整个京口镇仿佛都要被这些热闹的气氛抬上云天。

月亮升得更高了，四周嵌上一道道昏黄的光圈。虞允文仰面看看，深深地吸了口气，又慢慢地吐了出来，他在想，明天的风还不小哩！

附：历史宝典

后来又发生了什么

采石一战大败金兵之后，虞允文被高宗皇上召回京都临安。本以为要倒大霉，没想到皇上并没有将他问罪，反而加封他为川陕宣谕史，专门负责考察地方政治、官吏，招抚起事者，宣谕朝廷对百姓的关心。虞允文干了四年，又担任了参知政事，最后竟被封为宰相。

按照当时的形势，采石之战的胜利对南宋极为有利，宋朝军队斗志旺盛，要求抗金的呼声日益高涨，而且金国的新政权刚刚建立，后方反抗声不断，前方一片混乱。如果这时候宋高宗真的信任虞允文，让他和其他抗金将领拧成一股绳，大举北伐，收复失地是完全有可能的。但是，宋高宗却不愿这么做。

虞允文就和当年浴血抗金的岳飞一样，正当他准备大展宏图的时候，宋高宗将他召了回来。所幸的是，他没有像岳飞那样被杀害，反而得了一顶大大的乌纱帽，压得虞允文左不是右不是，动弹不得。

采石之战后第三个月，金人正式派使臣来临安议和，宋高宗竟长叹一声："我早就料到是这样的结局！"意思是说，再打也没有用。同时还厚颜无耻地向金国表示，永不抗金，继续向金国称臣纳贡。

在这种情况下，满腔热血的虞允文又能怎样呢？

他可以在采石以一当十当百，打败三十万金兵，可在这样的一个昏君面前，只能是空怀壮志，一筹莫展。

就这样，虞允文郁郁寡欢，眼睁睁地看着大宋朝日益衰败。到了1174年，虞允文在四川老家，一病不起，离开了人世。

宋朝的徽、钦二帝结局如何

北去的徽、钦二帝逐渐消失在南方百姓的视野中，他们到底被带到哪里去了？古书记载，一路上，只有少数人与徽、钦二帝偶然相遇。曾经在怀州抵抗金军的范仲熊最后一次见到过宋钦宗。

当时，金朝决定，将那些原籍在黄河以南，但战争时恰好在黄河以北的宋朝将士送归南朝。其中有个叫范仲熊的，在释放途中看到几位内侍和妇人，他们把一个瘦子夹在中间，这就是被称为少帝的宋钦宗。范仲熊连忙礼拜，向少帝表示自己位卑才浅，无力扭转乾坤，让皇帝受此奇耻大辱，但少帝依然处于恐惧中，吓得连一句话都没有说。

太上皇宋徽宗在北迁的路上，遇到了曾经的宋臣，后来投降金国的郭药师、张令徽等人。郭药师拜见太上皇，表示既然昔日是君臣，现在也必须持君臣的礼节。但他为自己开脱，说他是实在没办法，不得已才投降的，请太上皇谅解。太上皇大度地表示："天时如此，非公之罪，何赦之有？"

根据金人记载，他们把北宋俘虏一万多人分成七批。其中一共有皇帝的妻子等三千余人，宗室男妇四千余人，贵戚男妇五千余人，工匠三千余人，教坊三千余人。中途死亡散失两千多人，释放了两千多人。到达目的地以后，男人只剩下十分之四，女人只剩下十分之七。是死是活，已经无法推敲。

两位皇帝到了金国受尽凌辱而没有勇气自杀，苟且偷生，最后客死他乡。

虞允文

虞允文（1110年12月14日—1174年7月18日），字彬父，一作彬甫，隆州仁寿县（今四川省眉山市仁寿县）人。南宋名臣，唐朝名臣虞世南之后。

宋高宗绍兴二十四年（1154年），虞允文登进士第。累官中书舍人、直学士院。他出使金国时，见其大举运粮造船，便在回朝后请朝廷加强防御。绍兴三十一年（1161年），以参谋军事犒师采石，指挥三军大破金帝完颜亮。次年，任川陕宣谕使，与大将吴璘共谋进取，收复陕西数处州郡。乾道元年（1165年），拜参知政事兼知枢密院事。乾道三年（1167年），出任四川宣抚使、知枢密院事。乾道五年（1169年）为相，任用胡铨、王十朋等。乾道八年（1172年），授左丞相兼枢密使、特进，旋即再镇四川，封雍国公，世称“虞雍公”。淳熙元年（1174年），虞允文去世，年六十五。淳熙四年（1177年），累赠太师，谥号“忠肃”。

虞允文姿貌雄伟，慷慨磊落。早年以文章置身台阁，后遭逢危局，挺身而出，出将入相近二十年，史称其“战伐之奇，妙算之策，忠烈义勇，为南宋第一”。毛泽东主席阅《宋史》，读到虞允文采石抗金这一段，激动不已，挥笔写下“千古一人，伟哉虞公”八个大字，给了虞允文极高的评价。

虞允文也有许多诗文，大多亡佚。《宋诗纪要》及《宋代蜀文辑存》辑录其作品。其书法“词语详雅，气象雍容”，传世墨迹有《适造帖》《钧堂帖》等。

赵构

赵构（1107—1187），宋朝第十位皇帝，即宋高宗，字德基，在位三十五年，南宋开国皇帝，宋徽宗赵佶第九子，宋钦宗赵桓异母弟，母显仁皇后韦氏。绍兴三十二年（1162年）禅位于皇太子赵昚，被尊为光尧寿圣宪天体道性仁诚德经武纬文绍业兴统明谟盛烈太上皇帝。淳熙十四年（1187年）卒，是中国历史上少有的长寿帝王之一，谥号曰圣神武文宪孝皇帝，庙号高宗。光宗绍熙二年（1191年），加谥受命中兴全功至德圣神武文昭仁宪孝皇帝。

高宗在位时，迫于形势起用岳飞、韩世忠等大将抗金，但大部分仍重用主和派的黄潜善、汪伯彦、王伦、秦桧等人，后来甚至处死岳飞，罢免李纲、张浚、韩世忠等主战派大臣。赵构精于书法，善真、行、草书，笔法洒脱婉丽，自然流畅，颇得晋人神韵。著有《翰墨志》，传世墨迹有《草书洛神赋》等。

陈康伯

陈康伯（1097—1165），字长卿，一字安侯。信州弋阳（今江西省弋阳县南港口乡南山）人。南宋名臣、诗人。

宋徽宗宣和三年（1121 年），陈康伯登进士第，授长洲主簿。宋高宗即位后，历任敕令所删定官、太常博士、枢密院计议官、军器监及知泉、汉二州。绍兴二十七年（1157 年），升任参知政事。绍兴二十九年（1159 年），再升尚书右仆射、同平章事。

金帝完颜亮南侵时，陈康伯力主抗金。危难之际，他迎眷属入临安，荐虞允文为参谋军事，在采石大败金兵。高宗曾称赞陈康伯"静重明敏，一语不妄发，真宰相也"。官至尚书左仆射、同平章事兼枢密使，封鲁国公。

乾道元年（1165 年），陈康伯病逝，年六十九。追赠太师，谥号"文恭"。宋宁宗时，配享孝宗庙庭，改谥"文正"。宝庆二年（1226 年），绘像于昭勋阁，为昭勋阁二十四功臣之一。著有《陈文正公文集》三十卷。

李显忠

李显忠（1109—1177），本名李世辅。绥德军青涧（今陕西省清涧县）人。南宋抗金名将。李显忠胆略过人，武艺超群。宋高宗初年，因延安失守，被迫仕金。后辗转南下，全家老幼不幸遇害，又投于西夏，借兵攻金。绍兴九年（1139 年），再以兵破西夏铁鹞子军，回归南宋。累授招抚司前军都统制，数次抵御金军入侵。

绍兴三十一年（1161 年），金主完颜亮大举南侵，李显忠临危受命，主持淮西战事，以功升授太尉。隆兴元年（1163 年），与邵宏渊出师北伐，攻取灵璧、宿州等地。但因二人失和，最终大败于符离，使北伐失败。战后，李显忠先贬后升，历授果州团练副使、浙东副总管、威武节度使、左金吾卫上将军、太尉等职。

淳熙四年（1177 年），李显忠去世，年六十九，三十二年后被追谥"忠襄"。

张孝祥

张孝祥（1132—1170），字安国，别号于湖居士，本为四川简州（今四川省简阳市）人，生于明州鄞县（今浙江省宁波市），先世移居历阳乌江（今安徽省马鞍山和县）。南宋著名词人，书法家。父亲张祁，任直秘阁、淮南转运判官。少年时阖家迁居芜湖（今安徽省芜湖市）。绍兴二十四年（1154 年）廷试，高宗亲擢为进士第一，授承事郎，签书镇东军节度判官。由于上疏为岳飞鸣冤，被当时权相秦桧所忌，诬陷其父张祁谋反，并将其父下狱。第二年秦桧死，授秘书省正字。历任秘书郎、著作郎、集英殿修撰、中书舍人等职。

1163 年，出兵北伐，被任为建康留守。此外还出任过抚州、平江、静江、潭州等地的地方长官。乾道五年（1169 年），以显谟阁直学士致仕。当年夏天在芜湖病死，葬南京江浦老山，享年三十八岁。有《于湖居士文集》《于湖词》传世。《全宋词》辑录其 223 首词。

完颜亮

完颜亮（1122—1161），字元功，女真名迪古乃，虎水（今黑龙江省哈尔滨市阿城区）人。金朝第四位皇帝、文学家，金太祖完颜阿骨打庶孙，太师完颜宗干次子，母为大氏。

完颜亮自幼天才英发，深沉有大略，风仪闲逸静和，体态雄伟练达，并极度崇尚汉文化，爱与留居于金地的辽宋名士交往，宗室之内名气很大，其才能为熙宗完颜亶所忌惮。皇统九年（1149 年），年仅二十七岁的完颜亮弑君而篡位称帝，改元天德。其在位十二年，残暴狂傲，淫恶不堪，杀人无数。在此同时，也励精图治，鼓励农业，整顿吏政，厉行革新，完善财制，并大力推广汉化，迁都燕京，极度加强中央集权，进一步巩固奠定了金朝在北方的统治。

正隆六年（1161 年），完颜亮意图统一华夏，发动大军侵略南宋，采石一仗被打得大败，后在瓜州死于部下手中，时年四十。死后先被追废为海陵炀王，不久又被废为庶人。

值得一提的是，完颜亮是一位很有成就的文学家，有人称赞："一吟一咏，冠绝当时。"其诗词雄浑遒劲，气象恢宏，有不为人下的英武豪迈之势。后金世宗完颜雍因人废文，完颜亮作品只留下寥寥几首，载于《全金元词》。